Ulrike Bliefert

Die Samariterin

Ulrike Bliefert, geb. 1951, ist eine beliebte Film- und TV-Schauspielerin. Ende der 70er Jahre wurde sie mit der Rolle der Maximiliane in den Literaturverfilmungen *Jauche und Levkojen* und *Nirgendwo ist Poenichen* bekannt.

Sie wirkte bis heute in mehr als 40 Hauptrollen in Fernseh- und Kinofilmen, Serien und Reihen mit, u.a. als Täterin, Ermittlerin, Hauptverdächtige und Zeugin in vier Tatort-Folgen, in der Eifelkrimi-Reihe *Der Bulle und das Landei* und der Krimiserie *Morden im Norden.*

Neben umfangreicher Tätigkeit als Hörspiel- und Featuresprecherin arbeitet sie als Drehbuchautorin (u.a. Tatort *Rückfällig),* Bühnen- und Romanautorin. Sie veröffentlichte eine Jugend-Thriller-Reihe, sowie diverse Kurzkrimis in Anthologien.

ULRIKE BLIEFERT

DIE SAMARITERIN

THRILLER

KBV

Originalausgabe

www.kbv-verlag.de
E-Mail: info@kbv-verlag.de
Telefon: 0 65 93 - 998 96-0
Fax: 0 65 93 - 998 96-20
Umschlaggestaltung: Ralf Kramp
unter Verwendung von: © PinkShot - Fotolia.com
Lektorat: Nicola Härms, Rheinbach
Druck: CPI books, Ebner & Spiegel GmbH, Ulm
Printed in Germany
ISBN 978-3-95441-435-2

Strafvollzug war und ist der Versuch,
an Menschen, die man kaum kennt,
unter Verhältnissen, die man wenig beherrscht,
Strafen zu vollstrecken,
um deren Wirkung man nicht viel weiß.

Heribert Prantl, *Süddeutsche Zeitung*
(Prantls Blick vom 22. Juli 2018)

KAPITEL 1

Es gibt Menschen, die schnarchen geradezu lieblich: sanft schnarrendes Einatmen, gefolgt von einem genussvoll entspannten Püüü oder Pfüüü; beide Sequenzen etwa gleich lang und beinahe ohne Pause aufeinander folgend: Genussschnarcher, mit schönen Träumen. Aber die waren in der Klinik eindeutig in der Minderzahl. Nach unzähligen Nachtschichten waren Susanne Kleinschmitt sämtliche anderen Varianten vertraut: Stressschnarcher zum Beispiel wirkten selbst im Tiefschlaf noch gehetzt, als gäbe es furchtbar Wichtiges, Unaufschiebbares zu erledigen: ein dumpfes Knarzen wie von einer schweren Eichentür, dann eine mitunter beängstigend lange Pause – unter zehn Sekunden Atemstillstand gab es jedoch keinen Anlass zur Sorge –, dann ein knappes, arrogantes Ph!

Die Einschüchterungsschnarcher übertrafen alle anderen in Sachen Lautstärke und Kontinuität. Sie demonstrierten Dominanz und Kompetenz, ganz im Sinne jener Theorie, dass das Schnarchen einst dem Verscheuchen wilder Tiere gedient und somit der Menschheit das Überleben gesichert habe. Das Ausatmen erfolgte bei ihnen meist geräuschlos, damit der nächste Schnarcher umso wirkungsvoller in Szene gesetzt werden konnte.

Mutti war Ekelschnarcherin. Ihr Einatmen erinnerte an das Geräusch, mit dem manche Männer ihren Nasenschleim zu komprimieren pflegen, um ihn anschließend auf die Straße zu spucken. Meist folgte auf Muttis Einatmer eine längere Pause – Susanne zählte jedes Mal die Sekunden –, und beim Entweichen der Atemluft entstand ein blubberndes Geräusch. Mitunter bildete sich dabei eine kleine Speichelblase, die nach kurzer Zeit mit einem »Plitsch!« zerplatzte.

Susanne Kleinschmitt stellte ihrer Mutter eine Thermoskanne mit Hagebuttentee und einen Teller mit Schinkenbrötchen und Essiggurken auf den Nachttisch.

»Mutti, brauchst du noch was?«

»Samstags hast du noch nie Spätschicht gehabt.«

Ich hab auch heute keine, aber das werd' ich dir nicht auf die Nase binden.

»Ich bin für Katja eingesprungen, das ist die Schwangere, weißt du? Die, die letztes Jahr unseren Physiotherapeuten geheiratet hat. Micha heißt er.«

Glatt gelogen.

»Ich will Bier.«

»Gleich, Mutti.«

Bier macht das Ganze noch schlimmer. Irgendwann krieg ich den Uringestank beim besten Willen nicht mehr raus.

Susanne nahm ein Bier aus dem Kühlschrank und brachte es – zusammen mit Flaschenöffner und Glas – ins Zimmer ihrer Mutter.

Früher hatte der Raum als Esszimmer gedient, mit einem Ausziehtisch und sechs Stühlen in der Mitte. Eine sinnlose Möblierung, denn außer Pfarrer Beckmann kam nie jemand zu Besuch.

Als Mutti nicht mehr in den ersten Stock hoch konnte, hatte Susanne den Eichentisch und die Polsterstühle in den Keller gebracht und das Zimmer zum Krankenzimmer umgestaltet, obwohl Mutti damals noch gar nicht krank war. Sie zog es einfach vor, im Bett zu bleiben. Raucherbein. Die Prothese lag ungenutzt im Kleiderschrank. Und irgendwann war Mutti so dick geworden, dass sie ohne Hilfe kaum noch aufstehen konnte. Oder wollte.

Gertrud Kleinschmitt biss in ihr Schinkenbrötchen, kaute und musterte ihre Tochter missbilligend von oben bis unten. »Seit wann donnerst du dich für den Dienst so auf?«

Susanne wurde rot. »Das Kleid hab ich doch schon seit dreieinhalb Jahren. Hab's nur noch nie angezogen.«

Auch gelogen. Aber egal.

Ihre Mutter gab einen abschätzigen Schmatzlaut von sich. »Bei deinen schrohen Knien solltest du besser nur Hosen tragen.«

Susanne rollte den Toilettenstuhl neben das Bett und schlüpfte in ihren Anorak. »Tschüss, Mutti. Bis dann.«

Das Fahrrad stand vor der Tür, gleich neben der Treppe. Unabgeschlossen. Hierhin kam ohnehin kein Mensch. Siebenhundert Meter Mischwald bis zum nächsten Wanderpfad: *Privatweg! Durchgang und Durchfahrt verboten!*

Das Haus war der Preis dafür, dass Gertrud Kleinschmitt bei Susannes Geburt nicht wahrheitsgemäß »Vater: Wolfgang Thelen«, sondern »Vater unbekannt« angegeben hatte. Ein uneheliches Kind wäre dem Image des traditionsreichsten Mayener Bestattungsunternehmens nun mal mehr als abträglich gewesen. Als Wolfgang Thelens Vater das Haus diskret auf Gertrud Kleinschmitt überschreiben ließ, hatte es bereits mehr als ein Jahrzehnt lang leer gestanden. Ein weißes, villenähnliches Gebäude mit Schieferdach, erbaut um die Jahrhundertwende, in Ausmaß und Ausstattung dem Zeitgeist Rechnung tragend. Nach dem Kriegsende hatte es für einige Jahre das Forstamt beherbergt: acht Zimmer, drei Mansarden, Keller, Waschküche, Vorratsraum, Balkon und Terrasse, dazu eine Küche in Gutshausformat und drei Bäder. Viel zu viel Platz für eine junge Mutter mit Kind, aber weit genug abgelegen, um Gertrud Kleinschmitt der Mayener Gerüchteküche zu entziehen. Als Gegenleistung hatte sie sich bereit erklärt, auf Kindesunterhalt zu verzichten. Lebenslänglich.

Beherzt trat Susanne Kleinschmitt in die Pedale.

Bestimmt wird Stefan kommen.

Stefan Stühn. »Streberleiche« hatten die anderen ihn gerufen, aber Susanne hatte ihn verehrt. Glühend.

Er war der Klügste in der Klasse.

Eigentlich hatte Susanne das neue, taubenblaue Seidenkleid nur seinetwegen gekauft.

Ich hätt mir eine passende Jacke dazu besorgen müssen. In Grau oder Beige. Der grüne Anorak passt überhaupt nicht dazu.

An ihrer ehemaligen Schule angekommen, klemmte Susanne den Anorak auf den Gepäckträger und stellte das Rad genau an der Stelle ab, an der sie es auch damals immer abgestellt hatte.

Auf dem Pausenhof schlug ihr ehemaliger Sportlehrer gerade ein Fass an. »Hallo! Schön, dass Sie gekommen sind. Marianne, nicht wahr?«

»Susanne«, korrigierte Susanne, »guten Abend, Herr Wirtz.«

»Bierchen?«

»Gern.«

Susanne stürzte in rascher Folge zwei Gläser eiskaltes Bitburger herunter und versuchte, in den Gesichtern der anwesenden Enddreißiger die Schulkameradinnen und Schulkameraden von damals wiederzuerkennen. Die mit den unnatürlich weinroten Haaren und dem viel zu engen Blazer musste Bettina sein.

Bettina Kersten. Die hat sich schon damals für nichts als Mode und Schminken interessiert.

Und der hochgewachsene Blonde mit Stirnglatze und Designerbrille war eindeutig Stefan.

»Stefan?«

Er saß mit Michaela Dornbusch zusammen an einem der Biergartentische und fummelte an seinem iPhone herum.

Als Susanne an den Tisch trat, blickte er nur kurz auf. »Ach. Grüß dich.«

Michaela Dornbusch sagte »Hi«, ohne den Blick von Stefans iPhone zu wenden. »Toller Strand.«

Susanne wurde rot. »Ich wollte nicht stören.«

»Ach was! Setz dich doch.«

Das Seidenkleid klebte an ihren Oberschenkeln.

Hätt ich doch bloß 'nen Unterrock druntergezogen!

»Wie alt ist er denn jetzt?« Michaela wischte auf dem iPhone herum und schaute immer noch nicht hoch.

»Finn? Dreieinhalb. Geht ab nächsten Herbst in den Kindergarten. Silke will auf jeden Fall wieder halbtags arbeiten.«

»Versteh ich gut! Ging mir genauso damals.«

Dieses Lachen von der Dornbusch. Aufdringlich. Genau wie früher.

Michaela Dornbuschs Lachen ging in kokettes Kichern über. »Gott, ist der süß! Willst du auch mal sehen?« Sie reichte Susanne das iPhone und wandte sich dann wieder Stefan zu.

Das Foto zeigte einen auffallend hellblonden kleinen Jungen, der umgeben von bunten Plastikförmchen im Sand buddelte.

»Das ist unser kleiner Finn.«

Susanne lächelte tapfer.

Ich muss jetzt irgendwas Nettes sagen …

»Finn? Schön. Passender Name.«

»Was?«

»Finn. Das kommt doch aus dem Gälischen. Fionn. Das heißt ja blond oder sehr hell.«

»Quatsch!« Stefan lachte. »Finn kommt aus dem Schwedischen und heißt ganz einfach der Finne oder die Finnin.«

»Aber bei uns auf der Station war mal eine Schottin, und die hat gesagt ...«

Stefan winkte ab. »Jaja. Andere behaupten, der Name würde aus dem Altgriechischen stammen. Von Phineas abgeleitet. Aber ...«, er lachte erneut, »aber das ist genauso bescheuert. Das heißt nämlich dunkel oder braun!«

Michaela Dornbusch fand das offenbar unglaublich lustig.

Ich wollte doch nur was Nettes sagen ...

»Ich verstehe.« Susanne nickte beschämt. Als ihr Tränen in die Augen schossen, senkte sie den Blick. Am Tisch entstand eine unbehagliche Stille.

Ich hätte den Mund halten sollen.

Schließlich brach Michaela das Schweigen. »Und du, Susanne? Mann? Kinder?«

»Weder noch.«

»Na, was nicht ist, kann ja noch werden.«

Michaela und Stefan saßen jetzt so eng beieinander, dass ihre Schenkel sich berührten.

Hemmungslos. So war die Dornbusch schon immer.

Auf der Mädchentoilette gab Susanne das Bier und die Reste des Abendbrots von sich und presste sich anschließend die Hand vor den Mund, um das aufsteigende Schluchzen zu unterdrücken. Unter den Armausschnitten ihres neuen Seidenkleides hatten sich dunkle Schweißflecken gebildet.

Oh Gott! Bestimmt haben das alle gesehen.

Sie zwang sich dazu, gleichmäßig und tief durchzuatmen. Die letzte Magenkontraktion brachte nur noch Galle hervor.

Rechts und links klappten Türen, und die Klospülung rauschte in beinahe regelmäßigen Abständen. Im Vorraum Gekicher, Gesprächsfetzen und das Brummen des Händetrockners.

Als Susannes Magen sich beruhigt hatte, zog sie das hochgerutschte Kleid zurecht und durchsuchte ihre Tasche nach einem Pfefferminzbonbon.

»Suse?«

Susanne schrak zusammen. So hatte sie seit zwanzig Jahren niemand mehr genannt.

»Suse, kann ich dir irgendwie helfen?«

»Nein nein, alles bestens.«

Die Stimme war niemandem zuzuordnen, jedenfalls nicht, ohne das dazugehörige Gesicht zu sehen.

»Na gut. Ich warte hier auf dich, und wenn du wieder okay bist, gehen wir zusammen zurück zu den anderen, ja?«

»Aber ... Wieso ...?«

»Hab mit halbem Ohr mitgekriegt, was an eurem Tisch abgelaufen ist. Bei mir am Tisch dasselbe in Grün. Kinder, Küche, Kirche. Wie in den Fifties. Ätzend, oder?«

Susanne schwieg.

»Suse? Geht's wieder?«

Die Stimme der Frau klang tief und rau. Beinahe maskulin.

Vielleicht 'ne Lesbe. Oder Kettenraucherin.

»Du brauchst nicht auf mich zu warten. Ich komm schon zurecht.«

»Ach, weißt du was? Ich fahr dich nach Hause!«

Susanne suchte fieberhaft nach einem Grund, das Angebot abzulehnen.

Was soll ich der Frau sagen? Dass ich Mutti was von 'ner Spätschicht vorgeflunkert hatte und dass ich deshalb auf keinen Fall vor Mitternacht nach Hause kommen darf?

»Ich weiß nicht …«

»Wenn du willst, können wir auch woandershin gehen.«

»Ist das 'n neues Partyspiel oder kann man hier mal pinkeln?« Eine zweite, bedeutend jüngere Stimme.

»Hey, immer mit der Ruhe, ja? Meiner Freundin ist nicht gut.«

Meiner Freundin …

»Moment! Sofort!« Susanne schob sich ein weiteres Pfefferminzbonbon in den Mund und öffnete die Tür.

»Na endlich!« Eine etwa fünfzehnjährige Schülerin, die am heutigen Abend mit Mitschülern das Bewirten der Ehemaligen übernommen hatte, drängelte sich an Susanne vorbei ins Innere der Toilettenkabine. Sie nahm sich nicht einmal die Zeit, den Riegel vorzuschieben.

Die Frau, die an die Waschbeckenreihe gelehnt auf sie wartete, hatte Susanne noch nie zuvor gesehen: kurze, exakt geschnittene schwarze Haare, weißes T-Shirt, Blue Jeans.

Sehr burschikos. Lange Beine.

Die Frau trug eine schwarze Lederjacke über dem Arm.

Kein Trauring.

Angesichts der sorgfältig manikürten, rot lackierten Fingernägel ließ Susanne reflexartig die Hände in die Taschen ihres Seidenkleides gleiten. Sie hatte es noch nie geschafft, ihren Nägeln eine einigermaßen ansehnliche Form zu geben. Ihre Mutter hatte behauptet, man müsse die Monde sehen. Als sie klein war, hatte sie ihr die Nagelhaut zuerst mit der Schere weggeschnitten und dann das rohe, blutende Fleisch mit einem Metallspatel nach unten geschoben. Immer und immer wieder. Genützt hatte es nichts.

»Ich hab erst während der Schwesternausbildung erfahren, dass diese halbrunden weißen Stellen unten an den Fingernägeln bei manchen Menschen ganz einfach nicht zu sehen sind.«

Oh Gott! Hab ich das eben etwa laut gesagt?

»Suse? Alles okay?«

»Ja. Danke.«

Susanne nahm ein paar tiefe Züge Leitungswasser. Die Frau reichte ihr ein Papiertaschentuch. »Wetten? Du überlegst die ganze Zeit fieberhaft, wo du mich hinstecken sollst, was?«

Susanne fühlte sich ertappt und wurde rot.

»Evelyn«, sagte die Frau, »oder besser: Ev. Ev Meinecke. Ich war in der Parallelklasse, und in der Oberstufe hatten wir zusammen Reli.« Sie tippte auf ihren Nasenrücken. »Die kennst du noch mit Höcker. Na? Fällt jetzt der Groschen? Evi-mit-der-Adlernase?«

Susanne nickte, nicht ganz aufrichtig. Es hatte eine Evelyn im Religionsunterricht gegeben. Aber die lässig-elegante Schwarzhaarige mit der rauen Stimme hatte in ihren Augen keinerlei Ähnlichkeit mit dem langen, dünnen

Mädchen, das drei Jahre vor dem Abi an die Schule gekommen war.

Evelyn Meinecke lächelte. »Pfefferminztee oder eiskalte Cola und Salzstangen?«

»Was?«

»Gegen verdorbenen Magen.«

»Och, geht schon wieder.«

»Na dann: *Löffels Landhaus* oder *Alte Mühle*?«

Zwei Stunden später hatte Susanne alles über Evelyn Meinecke erfahren. Dass sie Psychologie studiert hatte und in der JVA Diez als Therapeutin arbeitete, dass sie sich gerade eine Eigentumswohnung in Vallendar gekauft hatte, in der sie allein lebte, dass sie sich noch nie Kinder gewünscht hatte und dass sie definitiv keinen Mann fürs Leben brauchte.

»Ab und zu ein kleines Affärchen«, hatte sie vertraulich erklärt. Dann hatte sie lachend »Man gönnt sich ja sonst nichts« hinzugefügt und Susanne kumpelhaft in die Rippen geboxt.

Also doch keine Lesbe. Aber vielleicht lügt sie mir auch einfach was vor.

Um zehn nestelte Susanne ihr Handy aus der Handtasche und rief – wie immer um die Zeit – zu Hause an. »Hallo, Mutti, alles in Ordnung?«

Mutti war außer sich. »Dr. Flemming hat angerufen wegen der OP morgen früh. Ich hab gesagt, du bist auf Station!«

»Mutti, ich ...«

Susanne begann schon während des aufgebrachten Monologs ihrer Mutter, ihren Anorak von der Garderobe zu holen und hineinzuschlüpfen: Sie hatte gelogen, und Mutti war zu Recht böse.

Aufregung ist Gift für sie. Wegen ihrem Blutdruck. Und überhaupt.

»Ich bin in ein paar Minuten zu Hause!«

Evelyn winkte die Kellnerin herbei und wehrte Susannes Versuch, ihren Anteil an der Rechnung zu bezahlen, mit einer energischen Handbewegung ab.

»Warum lässt du dich denn dermaßen gängeln?«, fragte sie kopfschüttelnd, als sie im Wagen saßen und in Richtung Kürrenberg fuhren.

»Mutti meint das nicht so ...«

Wie sollte Susanne das alles in ein paar Sätzen erklären? Ihre Mutter war nun mal bettlägerig: tagein, tagaus mal auf der linken, mal auf der rechten Seite, weil ihr in Rückenlage das Atmen schwerfiel.

»Na ja, geht mich ja auch nichts an.« Evelyn zuckte mit den Achseln und bog, Susannes Anweisung folgend, in einen holprigen Waldweg ein. Als sie am Alten Forsthaus ankamen, schaltete der Bewegungsmelder die Außenbeleuchtung an. Evelyn war einen Moment lang buchstäblich sprachlos. »Was? Hier wohnst du?«

»Ja. Mutti hat das Haus ... geerbt.«

»Und ihr beide wohnt hier ganz alleine?«

Susanne hob ihr Fahrrad aus dem Wagen und stellte es neben der Treppe ab. »Ja. Schon immer.«

»Wahnsinn!«

Evelyn musterte ungläubig die vielen Fenster in der schneeweißen Stuckfassade. Bei Nacht, im bläulichen

Licht der Außenlampen, sah man die Risse und Ausblühungen nicht.

»Das muss doch weit über 'ne Million wert sein.«

»Kann sein.«

Susanne kramte umständlich ihren Schlüssel hervor.

Es wäre das Natürlichste von der Welt, sie noch auf n Kaffee oder 'ne Apfelschorle reinzubitten. Aber das kann ich nicht machen. Auf keinen Fall!

»Danke fürs Bringen, Ev. Und für die Einladung.«

»Tja, dann ...« Evelyn machte keine Anstalten, wieder in den Wagen zu steigen.

Betretenes Schweigen. Susannes Kehle war wie zugeschnürt.

Mutti wird eingekotet haben. Das macht sie immer, wenn sie böse auf mich ist.

»Ich würde dich ja noch reinbitten, aber ...«, stammelte sie schließlich, ohne zu wissen, was sie als Begründung dafür vorschieben sollte, dass sie genau das nicht tat.

Evelyn lächelte, legte ihr den Arm um die Schultern und zog sie kurz an sich. »Schon gut. Ist ja auch schon spät.« Sie beugte sich ins Wageninnere, griff ins Handschuhfach, drückte Susanne eine Visitenkarte in die Hand und gab ihr einen flüchtigen Kuss auf die Wange.

»Ciao!«, sagte sie, »bis bald!« Dann wendete sie den Wagen und fuhr winkend davon.

Reflexartig fuhr Susannes Hand zu der Stelle, an der Evelyn sie geküsst hatte.

Keine Angst. Das hat nichts zu bedeuten, das macht man heute so.

Sie rührte sich nicht von der Stelle, bis die roten Strahlen der Rücklichter von der Dunkelheit verschluckt wurden.

»Susanne?!«

Der Gestank im Flur war eindeutig und gab Susanne im Nachhinein recht.

Mutti ist mit Recht böse auf mich. Und ins Bett zu machen, ist nun mal ihre einzige Waffe.

»Gleich, Mutti!«

Menschen wie Evelyn verstehen so was nicht.

Einen Moment lang zögerte Susanne, dann zerknüllte sie Evelyn Meineckes Visitenkarte und warf sie in den Papierkorb.

Ich könnte sie sowieso niemals hierher einladen.

»Susanne!!!«

»Ich bin sofort bei dir!«

Niemand. Ich kann niemanden jemals hierhin einladen …

»Nicht, solange sie lebt.«

»Red lauter! Ich versteh' kein Wort!«

»Ich komm ja schon, Mutti.«

AZ 45329/C23

Transkript des Mitschnitts der Vernehmung

(vgl. Vernehmungsprotokoll)

Elke Peters

53945 Blankenheim

Im Eschenhölzchen 8 a

Also, ich war ja mit dem Fahrrad unterwegs. Richtung Leudersdorf, weil: Da wohnt 'ne Freundin von mir. Das war so um zwei oder drei nachmittags. Und auf'm Weg dahin hab ich mal austreten müssen.

Und da bin ich dann 'n paar Meter weit rein in 'n Wald, weil: Ich wollt ja nicht, dass mich einer sieht. Das war links vom Hauptweg, also: Da waren erst nach 'n paar Metern 'n paar Büsche, deswegen.

Auf jeden Fall hab ich dann, wie ich fertig war, was Rotes liegen sehen. Stück weiter, in so 'ner Bodensenke. Also, das war so 'ne Farbe, so irgendwie künstlich. Fast pink. Ich mein, das konnten keine Blumen sein, oder so, weil: War ja Herbst, da wächst doch so was nicht. Jedenfalls nicht im Wald. Na ja, und da dacht ich, da ist vielleicht jemand gestürzt und braucht Hilfe. Und wie ich dann näher gekommen bin, hab ich gesehen, dass da 'ne Frau liegt. Und da denk ich noch, die ist vielleicht nur ausgerutscht und hingefallen, weil: Wie die so dalag, da war ja nichts weiter in Unordnung an der. Außer eben dass der ihr Mantel und der ihre Haare total nass waren vom Regen.

Na, jedenfalls bin ich hin, aber wie ich näher dran war, hab ich's dann gerochen. Sie wissen schon. Und wie mir klar war, dass die tot is, bin ich zurück zu meinem Fahrrad. Hab mich auf dem Weg dahin zweimal übergeben müssen. Und wie ich dann wieder bei meinem Rad war, hab mich erst mal kurz hingesetzt, weil: Mir war total kodderig. Und dann hab ich von meinem Handy aus die Polizei gerufen.

KAPITEL 2

Am nächsten Morgen herrschte in der Klinik die übliche Hektik. Susanne fand nicht einmal die Zeit, Dr. Flemming zu fragen, was er sich eigentlich dabei gedacht hatte, so spät noch anzurufen, noch dazu auf dem Festnetz.

»Susanne, wenn Sie heute zwischendurch noch mal eine Sitzwache übernehmen könnten …?«

»Natürlich.«

Sterbende in den Tod zu begleiten gehörte schon lange nicht mehr zu den Aufgaben der Mayener Klinik. Umso höher rechnete Susanne es der neuen Krankenhausleitung an, dass sie trotz Personalknappheit daran festhielt.

In der Mittagspause schlang sie hastig das mitgebrachte Brötchen hinunter; für den Weg in die Kantine war keine Zeit.

Der Tod hält sich nun mal nicht an Tarifverträge.

»Richard Wendel« stand auf der Patientenakte. Susanne betrat das Sterbezimmer und schloss behutsam die Tür. Der alte Mann lag mit geschlossenen Augen da, blass, mit eingefallenen Wangen und fast kahlem, altersfleckigem Schädel.

»Martha?«

»Ja.«

Wer auch immer das sein mag.

»Keine Angst. Ich bin bei dir.«

»Das ist gut.« Bei jedem Einatmer des Sterbenden entstand ein tiefes, rasselndes Geräusch.

Susanne schob einen Stuhl neben das Bett, setzte sich, nahm die Hand des alten Mannes in die ihre und lauschte seinen immer mühsamer werdenden Atemzügen.

Es kann nicht mehr lange dauern.

Als es so weit war, strich sie dem Sterbenden sanft über den Kopf. »Richard? Alles ist gut. Du kannst jetzt gehen.«

Es gelang Richard Wendel, ein letztes Mal zu lächeln, bevor das rasselnde Geräusch ein Ende fand.

Susanne legte den schlaff gewordenen Arm des Toten zurück auf die Bettdecke, faltete ihm die Hände und schloss seine Augenlider. Dann stand sie auf, bekreuzigte sich, murmelte ein Vaterunser und verließ den Raum so leise und behutsam, wie sie gekommen war.

»Exitus auf der 2, Zimmer 228.«

Der Rest war Krankenhausroutine.

»Guck mal, wie schön sich die Rhododendronbüsche erholt haben.« Susanne nutzte die ersten Sonnenstrahlen nach der verregneten Woche und schob ihre Mutter im

Rollstuhl durch den Garten. Das kleine Paradies hinter dem Haus – von Susanne in jahrelanger Kleinarbeit dem vernadelten Waldboden abgetrotzt – war ihr ganzer Stolz.

»Ja. Und das Unkraut erholt sich ganz besonders gut bei deiner Pflege!«

»Mutti, es war doch die letzten Tage immer so schlechtes Wetter.«

»Zu faul! Das ist alles! Wenn ich so könnte, wie ich wollte, säh das hier aber tipptopp aus!«

Es sieht hier auch ohne dich tipptopp aus. Und du wolltest noch nie. Selbst als du noch gekonnt hast.

»Soll ich dir was zu trinken holen?«

»Ich will wieder rein.«

Als Susanne ihre Mutter zurück zur Terrasse schob, hörte man in einiger Entfernung das Geräusch eines näher kommenden Autos. Schließlich kam der Wagen auf der Auffahrt vor dem Haus zum Stehen.

»Kleinen Moment, Mutti. Da hat wohl mal wieder jemand die Schilder ignoriert.« Susanne ließ den Rollstuhl ihrer Mutter stehen und lief zum Gartentor. »Hallo?«, rief sie schon von Weitem, »haben Sie sich verfahren?«

»Nein, ganz und gar nicht!« Ev Meinecke stieg aus ihrem Cabrio und winkte Susanne gut gelaunt zu. »Ich dachte, wenn der Prophet nicht zum Berge kommt, muss der Berg halt zum Propheten.«

»W…welcher Berg?«, stammelte Susanne und hätte sich gleichzeitig für ihre Begriffsstutzigkeit ohrfeigen können.

»Lust, mit mir nach Maria Laach rüberzufahren? Im Kloster ist 'ne interessante Ausstellung von …«

»Nein! Auf keinen Fall!«, unterbrach sie Susanne, heftiger als beabsichtigt. »Ich kann hier doch nicht weg«, setzte sie erschrocken über ihren aggressiven Ton hinzu, »wegen Mutti.«

»Na, macht doch nichts!« Ev Meinecke zuckte mit den Achseln. »Dann bleiben wir halt hier und trinken 'n Schluck zusammen. Ist doch so schönes Wetter.« Ganz offensichtlich keinerlei Widerspruch duldend, zauberte sie eine Flasche Prosecco unter dem Beifahrersitz hervor. »Paar Minütchen im Tiefkühlfach wären nicht schlecht.«

Was mach ich jetzt bloß? Ich kann sie doch nicht einfach wegschicken!

»Susanne?! Wer ist da?!« Muttis Stimme klang alarmierend schrill.

»Kein Grund zur Aufregung, Frau Kleinschmitt! Ich bin eine Freundin Ihrer Tochter!«, rief Ev, noch bevor Susanne antworten konnte. Dann drückte sie ihr die Flasche in die Hand, wisperte verschwörerisch: »Eiskalt schmeckt er einfach besser«, und marschierte mit einer Selbstverständlichkeit in Richtung Garten, als sei sie schon hundertmal dort gewesen.

Noch bevor sie das hölzerne Törchen erreicht hatte, ertönte hinter dem Haus ein von scheinbar heftigen Schmerzen gedämpfter Hilfeschrei.

Es dauerte fast eine Stunde, bis das Schluchzen und Zittern aufhörte und Susannes Tränen versiegt waren. »Hast ja recht. Mutti macht das mit Absicht.« Susanne schnappte nach Luft und griff dankbar nach dem soundsovielten

Papiertaschentuch. »Aber wer will ihr das verdenken? Sie hat doch nur mich.«

»Und wen hast du?« Ev hob Susannes Kinn an und zwang sie, ihr direkt in die Augen zu sehen. »Suse, du hast das gleiche Recht auf Spaß und Freude und Menschen, die lieb zu dir sind, wie jeder andere auch.«

»Aber ...«

»Nichts aber! Und jetzt köpfen wir erst mal unsern Schampus! – Bleib sitzen, ich mach das schon.«

Während sie in die Küche ging, um Prosecco und Gläser zu holen, dachte Susanne noch einmal über das nach, was Evelyn Meinecke gesagt hatte.

»Suse, du bist doch eine junge, hübsche Frau! »Du kannst doch das Leben nicht einfach an dir vorüberrauschen lassen. Dass du deine Mutter pflegst, ehrt dich, aber was sie da treibt, ist Sklavenhaltung, und die ist schon lange abgeschafft.«

Sie hatte mit Evs Hilfe den umgekippten Rollstuhl wieder aufgestellt, Mutti hineingehievt und zurück ins Haus geschoben, und damit wäre eigentlich alles wieder in Ordnung gewesen, hätte Gertrud Kleinschmitt nicht darauf bestanden, von Kopf bis Fuß untersucht zu werden, »... ob ich mir auch nichts gebrochen habe«, um anschließend zunächst nach einem innen aufgerauten langärmeligen und dann doch lieber einem kurzärmeligen, etwas dünneren Nachthemd zu verlangen und zu guter Letzt dringend eine leichtere, zuvor frisch zu beziehende Bettdecke zu brauchen: zeitaufwendig genug, um ihre Tochter vor dem »unverschämten Mannweib da draußen im Garten« zu warnen und Susanne aufzufordern, »dieser Frau« mit allem Nachdruck klarzumachen, dass sie hier unerwünscht war. Irgendwann war Mutti – erschöpft von den üblichen Bosheiten – eingeschlafen.

Ev hat bestimmt nicht die ganze Zeit gewartet. Und wiederkommen wird sie auch nicht.

Doch Evelyn Meinecke hatte die Pumps ausgezogen und saß – die Füße auf die Brüstung gelegt – entspannt rauchend auf der Terrasse.

Als sei nichts gewesen.

Susanne konnte ihr Glück kaum fassen. In der Grundschule hatte es eine Barbara gegeben. Die hatte sie ein Mal besucht, aber die hatte Mutti ebenso erfolgreich vergrault wie später auf dem Gymnasium sämtliche anderen Klassenkameradinnen.

In der Proseccoflasche schwebte ein Eisklumpen.

»Prost!«, sagte Ev.

Als Susanne mit ihr anstieß, durchrieselte sie ein geradezu euphorisches Glücksgefühl.

Ev stört sich nicht an Mutti und ihren Tiraden. Vielleicht kommt sie sogar irgendwann mal wieder. Das wär so wunderbar …

»Auf dich!«

»Auf uns! – Ach, übrigens: Ich hab da was für dich!«

Evelyn kramte in ihrer Tasche. »Das ist der *Lichtblick*. So heißt unsere Gefangenenzeitung.« Sie riss eine mit Kugelschreiber umkringelte Annonce aus der letzten Seite heraus und schob sie zu Susanne hinüber. *»Suche Brieffreundschaft mit einer vorurteilslosen, liebenswürdigen Frau …«*

»Ev, was soll ich damit?« Auf der Stelle schrillten bei Susanne sämtliche Alarmglocken. Sie hatte ein Mal – vor zehn Jahren ungefähr – auf eine Kontaktanzeige geantwortet. Der Mann klang sehr nett in seinen Briefen und auch später noch am Telefon. Sie hatten sich schließlich getroffen, auf Susannes Bitte hin fernab der Mayener Gerüchteküche, in Monreal. Er hatte sie am Bahnhof abgeholt. Sie hatten im *Café Plüsch* Tee getrunken und Apfelkuchen gegessen, und auch da war alles noch sehr nett. Zum Abschied hatte er ihr dann einen Zungenkuss aufgedrängt, so überraschend und so heftig, dass sie das Ganze wie erstarrt über sich ergehen ließ. Bei dem Gedanken an das lauwarme, zuckende, speichelnasse Stück Fleisch in ihrer Mundhöhle drehte sich Susanne heute noch der Magen um.

Nein. Ich werd ganz sicher nicht noch mal irgendeinem fremden Mann …

»Suse, hörst du mir überhaupt zu?«

»Jaja, natürlich. Nur, weißt du …«

»Der ist bei mir in Therapie.« Ev ließ Susanne keine Zeit zum Nachdenken. »Netter Kerl. Immer höflich, hat sich während seiner Haftzeit nie was zuschulden kommen lassen. Demnächst besteht für ihn womöglich die Aussicht auf Haftlockerung und später dann auf vorzeitige Entlassung. Er hat es wirklich verdient, dass sich jemand die Mühe macht, ihm ab und zu mal zu schreiben. Andreas Vogel heißt er.«

»Aber … Ich kann doch keinem Verbrecher …«

»Ach was! Sind doch nur Briefe! Du kannst dir wahrscheinlich nicht einmal ansatzweise vorstellen, was für einen positiven Einfluss sowas auf meine LLs hat.«

»LLs?«

»Lebenslängliche.« Ev zuckte entschuldigend mit den Achseln und grinste. »Knastjargon.«

Lebenslänglich? Dann muss er ja was Schreckliches getan haben.

»Ev, ich weiß nicht ...«

»Was weißt du nicht?«

»Ich weiß nicht, ob ich so was kann. Oder was dieser Mann sich davon verspricht ...«

»Andreas Vogel? Der verspricht sich erst mal gar nichts davon. Ein Wunder, dass er sich überhaupt dazu durchgerungen hat, Kontakt zur Außenwelt aufzunehmen.« Ev beugte sich vor und grinste verschwörerisch. »Ich bin als seine Therapeutin ja sozusagen ans Beichtgeheimnis gebunden, aber ich glaub nicht, dass ich den professionellen Ehrenkodex verletze, wenn ich dir ganz unter uns anvertraue, dass Andreas Vogel das Thema Schuld und Sühne für meinen Geschmack ein bisschen allzu wörtlich nimmt. Als hätte der 'n Schweigegelübde abgelegt! Bleibt immer für sich und hält sich aus allem raus. Sein Zellengenosse ist der Einzige, mit dem er Kontakt hat, und der ist leider nicht die hellste Kerze auf der Torte.«

Bei der Vorstellung einer Torte mit nur schwach leuchtendem Zellengenossen musste Susanne unwillkürlich lachen: Evs flapsiger Ton wirkte geradezu ansteckend.

Es tut so gut, mit ihr zusammen zu sein. Bestimmt ist sie eine fantastische Therapeutin.

»Suse?«

»'Tschuldigung, ich hab nur gerade an die Bergpredigt gedacht: Selig seid ihr, die ihr hier weint, denn ihr werdet lachen.«

»Aha.«

Offenbar kann Evelyn mit Bibelzitaten nichts so recht anfangen.

»Hat unser Herr Jesus gesagt«, erklärte Susanne. »Natürlich ist es im Sinne christlicher Nächstenliebe wunderbar, jemanden zu trösten.«

»Okay. Wenn das sogar in der Bibel steht, dann nichts wie ran! Andreas Vogel braucht einfach jemanden, der nett zu ihm ist und mit dem er den ein oder anderen vernünftigen Gedanken austauschen kann.«

Ob ich das schaffe? Einen Menschen, der vielleicht für den Rest seines Lebens im Gefängnis sitzt … aufzuheitern?

Irgendwann hatte Susanne zugestimmt. Schließlich hatte jeder – auch wenn er noch so Schlimmes getan hatte – das Recht auf ein paar hilfreiche, freundliche Worte.

Nachdem Susanne sich einmal dazu durchgerungen hatte, Andreas Vogel zu schreiben, sehnte sie die nächste Nachtschicht geradezu herbei.

Endlich Ruhe!

Aber jetzt – allein im nächtlich verlassenen Schwesternzimmer – kamen ihr doch wieder Zweifel.

Warum hab ich mich bloß nicht getraut zu fragen, was dieser Mann eigentlich getan hat?

»Sehr geehrter Inserent …«, diktierte sie sich leise, um die Seite gleich anschließend zusammenzuknüllen und in den Papierkorb zu werfen. Dort lag bereits eine Seite mit »Sehr geehrter Herr Vogel« und eine mit »Lieber Andreas Vogel«.

Vielleicht ist es ja besser, gar nicht erst zu wissen, weswegen er verurteilt worden ist. Es geht hier schließlich nicht um seine

Vergangenheit, sondern darum, ihm dabei zu helfen, in Zukunft anständig zu bleiben.

Schließlich rang sie sich zu einem »Lieber Brieffreund Andreas« durch. Unglücklicherweise platzte just in diesem Moment eine von den Pflege-Azubis herein. »Menno! Mir ist voll schwummerig!« Nadja Küppersbusch setzte gekonnt ihren üblichen Du-wirst-mich-doch-nicht–verhungern-lassen-Blick ein. »Zuckerspiegel unter zero. Ich glaub, ich bräuchte dringend 'n Apfel oder 'ne Banane oder so was.«

Jaja. Ich weiß. Du brauchst immer irgendwas ganz dringend. Andererseits ... Bist ja fast noch 'n Kind ...

»Leberwurstbrötchen mit Gurke?«

»Au ja!«

Als Susanne sich zu ihrer Tasche hinunterbückte, segelte der Brief an Andreas Vogel vom Tisch, direkt vor Nadja Küppersbuschs Füße. Natürlich kannte die auch in Sachen Diskretion keinerlei Tabus. »Ey, Hammer!«, versetzte sie nach einem Blick auf die Anrede, »haste den Typi aus'm Internet oder was?«

Susanne versuchte vergebens, nicht rot zu werden. »Ich ... ich schreib' dem nur, weil ... Eine Freundin hat mich darum gebeten«, stammelte sie, »der ... dieser Mann sitzt in Koblenz – also in Diez – im Gefängnis, weißt du, und, und ...«

»Nee, in echt jetzt?« Nadja Küppersbusch biss herzhaft in Susannes Pausenbrötchen und kaute ausgiebig. »Und wozu soll das gut sein?«

»Quasi als ...«, Susanne suchte nach Worten, »als seelische Unterstützung. Und vielleicht für später. Wenn er entlassen wird. Resozialisation und so ...«

»Boah, krass!« Nadja machte sich nicht die Mühe, vor dem Sprechen den Mund leer zu machen, »Wenn der für länger sitzt, is das doch 'n Schwerverbrecher, oder?«

»Ich weiß nicht ...«

»Na, du hast vielleicht Nerven! Aber irgendwie auch cool.«

Während Nadja Küppersbusch sich mit an den Tisch setzte und Susanne beim Erstellen des Briefes half, lag dessen Empfänger in seiner Gefängniszelle auf dem oberen Stockbett und lauschte dem Monolog seines Zellengenossen.

»Dann zudrücken bis kurz vor Schluss. Bis kurz bevor sie die Augen verdreht und wegsackt.« Peter Esser lauschte in die Dunkelheit. »Der Moment ist der geilste, oder?« Er machte eine weitere auffordernde Pause, doch Andreas Vogel rührte sich nicht. »Pennst du?«

»Nein.«

»Also: Samstagabend. Disco, Club, Puff, was auch immer. Samstag halt. Und ist schon ziemlich dunkel. Und die Ische sieht auf jeden Fall nuttig aus. Um die zwanzig. Lange Haare. Blond gefärbt. Also ... ob die Ische in echt 'ne Nutte is oder ob die nur so aussieht: egal. Stiefel. Und 'n kurzer Rock. So einer, wo man im Sitzen den Schlüpfer sehen kann. Dann hat se's ja auch nicht anders gewollt, oder? Also, die sollte ruhig 'n bisschen Fett auf'm Arsch haben, was?«

Diesmal wartete Esser nicht auf eine Antwort. Er musste sich im Grunde nicht einmal vergewissern, dass sein Kumpel da oben im Bett wach war und zuhörte. Das

Zuhören gehörte schließlich zum Ritual. Und das Ritual selbst war beinahe noch wichtiger als das, was er sich bei den nächtlichen Sitzungen ausdachte. »Wenn der Rock so über dem Arsch spannt … ein, zwei Nummern zu eng. Leder. Auf jeden Fall so kurz, dass es nur 'ne Handbreit bis zu ihrer geilen, kleinen Fotze ist …«

Andreas Vogel lag auf dem Rücken und starrte mit unbewegtem Gesicht zur Decke.

»Hallo Andreas.« Susanne las ihren Brief zum dritten Mal durch, um sich zu vergewissern, dass zwischen den Zeilen nichts Missverständliches herauszulesen war. Auf Nadjas Rat hin hatte sie das »Lieber« durch »Hallo« ersetzt.

»›Lieber‹ klingt als Anrede für 'nen Knacki doch irgendwie bescheuert«, hatte Nadja festgestellt, und Susanne musste ihr recht geben. Sie hielt beim Lesen inne und dachte daran, dass sie als Kind sogar an »Lieber Gott« gezweifelt hatte: Warum sollte sie zu einem »lieben« Gott beten, wenn der wollte, dass sie sich seinetwegen wehtat?

Mutti hatte ihr erklärt, dass man sich wehtun muss, wenn man kein liebes Mädchen gewesen ist, weil man sonst in die Hölle kommt. Und Susanne hatte beinahe täglich etwas Schlimmes getan: »Der liebe Gott ist böse auf dich, weil du den Frühstückstisch nicht abgeräumt hast!«

… Oder das Honigglas nicht richtig zugeschraubt oder die Teppichfransen nicht ordentlich gekämmt oder zu lange auf der Toilette gesessen hast …

Der Fußabtreter vor der Treppe bestand aus einem Gitterrost, und Mutti hatte ihr erklärt, dass sie – um den lieben Gott wieder zu versöhnen – je nach begangener Sünde eine halbe bis zwei Stunden darauf zu knien hatte.

Wie komm ich jetzt darauf?

Susanne holte sich energisch zurück in die Gegenwart. Nadja hatte recht: »Hallo« war vielleicht beim lieben Gott nicht gerade angebracht, aber als Anrede für Andreas Vogel war »Hallo« genau richtig.

»Hallo Andreas, ich habe Ihre Annonce im Lichtblick *gefunden, und ich würde mich über einen gelegentlichen Briefwechsel mit Ihnen freuen.«*

Evelyn hatte ihr nachdrücklich eingeschärft, sie nicht zu verraten: Andreas Vogel musste ja – wie sie sagte – nicht wissen, dass sie bei seiner Suche nach einer Brieffreundschaft ein bisschen nachgeholfen hatte. »Sonst bildet er sich noch ein, was Besonderes zu sein.«

»Ich möchte mich Ihnen gern zunächst einmal vorstellen«, las Susanne weiter. *»Ich bin 39, von Beruf Krankenschwester und lebe mit meiner pflegebedürftigen Mutter zusammen ein wenig abgelegen in der Nähe von Kürrenberg, einem Ortsteil von Mayen. Nach dem Abitur hatte ich eigentlich Tierärztin werden wollen, aber im Nachhinein bin ich froh, dass meine Mutti mir damals stattdessen den Ausbildungsplatz in der Mayener Klinik besorgt hat. Der Umgang mit Menschen ist eine segensreiche und erfüllende Tätigkeit, die ich gerne auch zu Hause übernehme. Da die Pflege meiner bettlägerigen Mutter im Lauf der Zeit immer anspruchsvoller geworden ist, habe ich denn auch nur Hobbies, bei deren Ausübung ich zu Hause bleiben und die ich jederzeit unterbrechen kann, wenn meine Mutti mich braucht. Dass ich gern handarbeite, wird*

Sie daher nicht verwundern, aber mein allerschönstes Hobby ist unser Garten; vor allen Dingen meine Rosen und Rhododendren.«

Die letzten beiden Abschnitte bezogen sich auf Mayen und Kürrenberg und darauf, dass sie wegen Mutti noch nie die Gelegenheit hatte, die Gegend zu verlassen.

»Aber ich liebe meine Heimat sehr und könnte mir gar nicht vorstellen, irgendwo anders zu sein, nicht einmal in den Ferien.«

So ganz aufrichtig war das nicht. Dass sie ihre Heimat liebte und ihr schier das Herz überging, wenn nach einem langen, kalten Eifelwinter überall in der Umgebung der Ginster blühte, stimmte zwar, aber im Geheimen träumte Susanne immer wieder von so exotisch klingenden Orten wie Sansibar, Samoa oder Samarkand. Oder vom Kilimandscharo. Dann war sie eine andere Susanne und trug so schöne Kleider wie Meryl Streep in *Jenseits von Afrika*. Und sie konnte reiten und fliegen und nachts den Löwen lauschen …

Aber das wird diesen Andreas Vogel mit Sicherheit nicht interessieren. Und den Film wird er sowieso nicht kennen; der ist ja über zwanzig Jahre alt. Andererseits: vielleicht doch. Denn da war er ja bestimmt noch nicht im Gefängnis …

Auf Zimmer 296 verlangte man nach ihr.

Frau Tönnies braucht wahrscheinlich was zum wieder Einschlafen.

Entschlossen faltete sie den Brief zusammen, steckte ihn in den mitgebrachten Umschlag und klebte ihn zu. Eine Marke hatte sie ebenfalls schon besorgt. Fehlte nur noch die Adresse.

Die schreib ich nachher drauf. Muss ja niemand wissen, an wen der Brief ist.

Der Schichtwechsel geriet trotzdem zum Spießrutenlaufen. Natürlich hatte Nadja Küppersbusch den Kolleginnen von der Frühschicht brühwarm die neuesten Neuigkeiten erzählt, und natürlich hatten alle ihren Senf dazuzugeben.

»Wer hätte das gedacht? Macht einen auf Mauerblümchen und geht im Knast auf Männerjagd!«

»Gibt ja so Frauen. Die stehen auf Serienkiller.«

»Ich hab gelesen, dass dieser Fritzl körbeweise Fanpost kriegt.«

»Ist das der, der seine eigene Tochter eingesperrt und geschwängert hat?«

»Weiber, die auf so was fliegen, ham se doch nicht alle aufer Latte.«

»Pass auf, dass du nicht eines Tages mit 'nem Messer im Rücken aufwachst, Susanne!«

Susanne versuchte verzweifelt, den Kolleginnen zu erklären, dass Andreas Vogel mit Sicherheit kein Serienkiller war.

»Wieso? Was hat er denn angestellt?«

Ich weiß es doch selber nicht!

»Er … er … soll doch vielleicht bald entlassen werden«, stammelte sie hilflos, »dann kann er doch nichts allzu Schlimmes gemacht haben.«

»Genau«, versetzte eine der älteren Kolleginnen, »wer in Diez einsitzt, hat in der Regel einfach nur Eier geklaut.«

Die anderen Kolleginnen lachten. Als Susanne die Tränen nicht mehr zurückhalten konnte, klopften sie ihr gutmütig auf den Rücken und sagten so was wie: »Nimm's nicht krumm!«, oder: »Was soll schon groß passieren? Schließlich sitzt der Typ ja hinter Gittern«, und Nadja lud sie vor lauter schlechtem Gewissen zu einem schnellen Kaffee in die Kantine ein. Aber Susanne wollte einfach nur weg. Weg von diesen Hyänen, deren Lieblingsspiel offenbar darin bestand, sich am Unglück anderer zu weiden.

Wie komm' ich auf Unglück? Ich bin doch gar nicht unglücklich! Kein bisschen!

Energisch wischte sie sich die Tränen aus dem Gesicht und stieg auf ihr Fahrrad. Am Bahnhof gab es einen Briefkasten; der wurde – soweit sie sich erinnerte – gegen acht geleert.

Ob er wohl zurückschreibt?

AZ 45329/C23
Bericht der Spurensicherung

Leichenfundort inmitten eines infolge Wipfelbruchs weitgehend unzugänglichen Waldstücks, 23 Meter links des Wanderweges. Tote in Bauchlage am Fuß einer Bodensenke, Körper teilweise mit Laub und Ästen bedeckt. Oberbekleidung roter Regenmantel, grau-blau gestreifter Strickpullover und dunkelgrauer Rock, insgesamt stark verschmutzt und durchnässt.

Kopf mit dem Gesicht nach unten. Madenfraß. Rechter Arm ausgestreckt, Handfläche nach oben, Unterarm teilskelettiert durch Tierfraß. Linker Arm am Körper anliegend, Handfläche nach unten. Beine leicht gespreizt. Kein Schmuck. Links flacher, grauer Damenschuh mit silberfarbener Schnalle, rechter Schuh fehlt.

Umhängetasche mit Lippenpflegestift und gebrauchtem Papiertaschentuch in 4 Meter Entfernung vom Leichenfundort. Evtl. Ausweis, Portemonnaie, Schlüssel und Handy fehlen.

Fußspuren der Zeugin Elke Peters zum und vom Fundort. Weitere Fuß- bzw. Reifen- oder Schleifspuren infolge Liegezeit und Witterungsbedingungen nicht mehr feststellbar.

KAPITEL 3

Ein paar Tage später stand Evelyn Meinecke am Fenster ihres neuen Domizils in Vallendar: hundertzwanzig Quadratmeter, Panoramafenster und Eckbalkon; viel zu groß und viel zu teuer, aber der Blick über den Rhein war einfach spektakulär. Heute allerdings wollte sich das Überlegenheitsgefühl, das sie jedes Mal überkam, wenn sie von hoch oben auf den Fluss hinunter schaute, einfach nicht einstellen. Sie versuchte, ihre Nervosität in den Griff zu bekommen und tief durchzuatmen, während sie dem Self Empowerment Podcast einer gewissen Jessica Noland lauschte. Deren Pep Talk sollte angeblich dazu verhelfen, »... to live the life you want.«

»Never forget«, flötete Miss Noland, »You are the maker of your own destiny!«

Die flotten Plattitüden der jungen Frau hatten heute die absolut gegenteilige Wirkung. »Von wegen: Jeder ist seines Glückes Schmied«, murmelte Evelyn gereizt,

»Bullshit.« Sie switchte von Miss Noland zu ihrer in Stress-Situationen bewährten Klassik-Compilation und stieg auf ihr Laufband.

Ihre Anspannung kam nicht von ungefähr, und sie war durchaus berechtigt. Wenn es um eine Einschätzung in Sachen Lockerung der Haftbedingungen oder vorzeitige Entlassung ging, zog die Anstaltsleitung neuerdings ein unabhängiges Expertenteam hinzu. Seitdem einer der Vollzugsbeamten von einem Freigänger tödlich verletzt worden war, wollte man sich – auch der Öffentlichkeit gegenüber – so weit wie irgend möglich gegen weitere fatale Irrtümer absichern. Eigentlich kein schlechter Gedanke, gestand sich Evelyn ein, nur wurde sie bei den Fallbesprechungen in letzter Zeit immer öfter in die Defensive gedrängt, und bei der endgültigen Entscheidung hatte sie für ihre eigenen Klienten nicht einmal ein Stimmrecht. Das Stichwort hieß Befangenheit: »Sie sind zu nah dran«, »Ihnen fehlt in diesem Fall die professionelle Distanz«.

Evelyn hielt das für ein Totschlagargument. Sie war davon überzeugt, dass selbst das sorgfältigste Aktenstudium und die intensivste Analyse der Tatumstände den jahrelangen Umgang mit den Inhaftierten nicht wettmachen konnten. Der einzig erkennbare Vorteil dieses Vorgehens lag aus ihrer Sicht darin, dass sich die Verantwortung für die Gefährlichkeitsprognose auf mehrere Schultern verteilte.

Sie absolvierte ihre morgendlichen Pflichtkilometer, duschte ausgiebig, und nach etlichen als zu streng oder zu trist verworfenen Kombinationen entschied sie sich für einen cremefarbenen Hosenanzug mit dunkelroter

Seidenbluse. Die neuen High Heels zwickten schon beim Anziehen, aber zumindest Jessica Nolands Tipps zum Thema »Dress for success« hatten bei Evelyn nachhaltigen Eindruck hinterlassen: Sie fühlte sich tatsächlich, als habe sie eine Art Kampfmontur angelegt. Während der Fahrt nach Diez – immer am Rhein entlang – ließ sie trotz der morgendlichen Kälte das Verdeck ihres Cabrios offen: Ein kühler Kopf war genau das, was sie jetzt brauchte.

Am Personaleingang der JVA posierten zwei Muskelmänner für das Handy eines dritten: Calisthenics-Coaches, die den Häftlingen versprachen, dank ihrer Methode irgendwann mal auszusehen wie Arnold Schwarzenegger zu seinen besten Zeiten. Die drei tief gebräunten Muskelmänner hatten mit ihrer Methode zumindest bei sich selbst eindeutig mehr Erfolg zu verzeichnen als Jessica Noland mit ihrem heutigen Pep Talk: Kaum schloss sich die Eingangstür hinter Evelyn, meldete sich wieder das flaue Gefühl im Magen. Aber immerhin hatte sie mit Susanne Kleinschmitt ein – wenn auch zunächst nur kleines – Ass im Ärmel. Im Nachhinein war sie froh, doch noch zu jenem langweiligen Ehemaligentreffen gegangen zu sein.

Als Evelyn den Raum betrat, saß Martin Heinze, der Anstaltsleiter, bereits am Konferenztisch und unterhielt sich mit Gereon Keiffenheim. Evelyn verabscheute ihren dienstältesten Kollegen von ganzem Herzen, und das Gefühl beruhte zweifellos auf Gegenseitigkeit. Sie dachte kurz daran, dass einem hartnäckigen Vorurteil zufolge nur kleine, unscheinbare Männer einen Napoleonkomplex entwickelten. Keiffenheim war in ihren Augen die lebende Ausnahme. Fast zwei Meter groß, mit Sigmund-Freud-Bart und dekorativ ergrautem Nackenzopf hätte Evelyn ihm auf freier Wildbahn durchaus achteinhalb von zehn Punkten zugebilligt. Als Kollege hingegen war er mit seiner herablassenden Art für sie das »Rote Tuch«.

Dr. Amman – die Leiterin des externen Expertenteams – stand mit dem Rücken zur Tür an der Espressomaschine. Evelyn widerstand dem Bedürfnis, die zierliche, kleine Person mit dem prätentiösen Vornamen Rhea kurzerhand in die Geschirrablage zu schubsen. Sie sagte höflich »Guten Morgen« und setzte sich – Jessica Nolands Podcast-Anweisungen eins zu eins befolgend – an der Längsseite des Tisches mit dem Rücken zum Fenster exakt in die Mitte: »Be visible! Be seen!«

Rhea Amman drehte sich zu ihr um und zirpte lächelnd: »Guten Morgen, Frau Kollegin.« Evelyn hätte sie auf der Stelle umbringen können. Niemand, der es nicht besser wusste, würde in der zarten Blondine mit dem geradezu kindlich anmutenden Blumenkleidchen eine – zudem namhafte – forensische Psychiaterin vermuten. Evelyn erwiderte Rhea Ammans Gruß mit einem höflichen Kopfnicken und ließ ihre kollegialen Aggressionen ersatzweise am Inhalt ihrer Tasche aus.

»Frau Doktor Amman, gemäß den Ergebnissen Ihrer Untersuchungen wäre im Fall Andreas Vogel also vorläufig an Haftlockerung nicht zu denken.«

Obwohl sie nichts anderes erwartet hatte, sog Evelyn hörbar die Luft ein.

»Das ist richtig«, das reizende Blondchen nickte und wandte sich dann, als könne es Gedanken lesen, mit zuckersüßem Lächeln direkt an Evelyn. »Frau Kollegin, bitte betrachten Sie das nicht als Affront.«

»Selbstverständlich nicht.«

Natürlich empfand Evelyn das Urteil, das Rhea Amman und ihr Team gefällt hatten, als Herabsetzung. Immerhin arbeitete sie seit fast vier Jahren mit Andreas Vogel und kannte ihn definitiv besser alle anderen hier im Raum. Ihre Einschätzung handstreichmäßig für irrelevant zu erklären und zur Unterstreichung dessen mittels Hair flip und Augenaufschlag bei den Herren am Tisch innere Begeisterungsstürme zu entfachen, war in Evelyns Augen einfach nur billig.

Während Rhea Amman über ihre Bedenken in Sachen Andreas Vogel referierte, streckte Evelyn die Beine aus, lehnte sich zurück, verschränkte die Hände hinter dem Kopf und betrachtete eingehend die Neonlampen an der Decke. Normalerweise galt das in Sachen Körpersprache als rein männliches Dominanzgebaren, aber es wirkte auch in ihrem Fall: Obwohl ihre Kontrahentin das Manöver auf der Stelle hätte durchschauen müssen, unterbrach sie sich und kam einen Moment lang aus dem Konzept. Evelyn nutzte den Augenblick, beugte sich, die Hände vor sich auf der Tischplatte gefaltet, vor und erklärte in aller Gelassenheit – und mit stummem Dank an Jessica Noland –, dass man die Entscheidung unbedingt noch eine Zeit lang vertagen solle, da es Andreas Vogel betreffend eine erfreuliche Neuigkeit gebe. »Und da ich die Dame, die auf Vogels Annonce geantwortet hat, zufällig aus meiner Schulzeit kenne, sehe ich da eine in jeder Hinsicht positive Entwicklung. Die Betreffende ist Ende dreißig und – soweit ich weiß – Krankenschwester von Beruf. Eine nette, hilfsbereite, in jeder Hinsicht unscheinbare Person und ganz bestimmt niemand, der sich durch den Kontakt mit einem Häftling interessant machen will. Also ganz sicher kein Rotkäppchen.«

Gereon Keiffenheim stöhnte leise auf und runzelte demonstrativ die Stirn. Unter der flapsigen Bezeichnung Rotkäppchen verstand man im Knastjargon Frauen, die ihr mangelndes Selbstwertgefühl durch die Beziehung zu einem Schwerverbrecher – je prominenter, brutaler und grausamer, desto besser – zu kompensieren versuchten: Das unschuldige Rotkäppchen zähmt den großen, bösen Wolf. Natürlich war das angesichts der Tatsache, dass der Wolf in diesem Fall wehrlos hinter Gittern saß, nicht gerade eine Meisterleistung und das mit dem Zähmen in den allermeisten Fällen eine Illusion.

»Evelyn, dir ist aber schon bewusst, dass das Profil Krankenschwester, Ende dreißig, wahrscheinlich alleinstehend und kinderlos und – wie sagtest du so schön? – un-schein-bar«, Keiffenheim betonte jede Silbe einzeln und streifte Evelyns tief dekolletierte Seidenbluse dabei mit einem anzüglichen Blick, »zu annähernd hundert Prozent auf eine hybristophile Neigung schließen lässt, oder?«

Evelyn ließ sich nichts anmerken. Natürlich entsprach das auffallend schüchterne Susannchen, das sie damals im Religionsunterricht kennengelernt hatte, als erwachsene Frau exakt dem Charakterprofil der üblichen Verdächtigen: Gisela Deike, die Mitte der Siebzigerjahre den Kindermörder Jürgen Bartsch geheiratet hatte, war von Beruf Krankenschwester; Tamar Segal, die Ende der Neunziger den Heidemörder Thomas Holst geehelicht hatte, war dessen Therapeutin, und all die anderen, weniger prominenten Rotkäppchen waren fast ausnahmslos in helfenden Berufen tätig. Aber bei Susanne Kleinschmitt lag der Fall, wie sie sehr wohl wusste, anders: Die wäre schließlich nie von sich aus auf die Idee gekommen, einem Knastinsassen zu schreiben. Dass sie selbst für den Kontakt gesorgt hatte, durfte Evelyn natürlich keinem der Beteiligten auf die Nase binden. »Gereon, da kann ich dich beruhigen. Soweit ich mich erinnere, ist die Betreffende streng katholisch. Ihr Briefwechsel mit Vogel dürfte daher in rein menschlichen – um nicht zu sagen: christlichen – Motiven begründet sein, und auch wenn das Ganze seinerseits lediglich ein erster Versuch ist, soziale Kontakte zu knüpfen, möchte ich doch vorschlagen, die entsprechende Entwicklung zunächst einmal abzuwarten.«

Gereon Keiffenheim zuckte mit den Achseln und blätterte demonstrativ desinteressiert in der nächsten Akte. Rhea Amman hingegen konnte das Ganze natürlich – wie üblich – nicht unkommentiert lassen. »Frau Kollegin, Ihnen ist hoffentlich bewusst, wie schnell die Häftlinge in der Regel das Interesse an dieser Art von Außenkontakten verlieren.«

»Ach, wissen Sie, ich finde, man soll nie nie sagen.« Notfalls konnte Evelyn Meinecke fast genauso lieblich lächeln wie ihre Kontrahentin. »Ich schlage vor, wir lassen den Dingen erst mal einfach ihren Lauf. Und wenn die Sache sich positiv entwickeln sollte, steht Vogels Antrag ja wohl nichts Gravierendes mehr im Wege.«

Die anderen Fälle rauschten mehr oder weniger an Evelyn vorbei. Nachdem man bei einem der drei zur Debatte stehenden Häftlinge Kokain gefunden hatte, schied dieser ohnehin aus; der zweite Kandidat war an Krebs erkrankt und zog es vor, zunächst seine Chemotherapie zu beenden. Die Frage, ob man Vogels Zellengenossen Peter Esser Langzeitausgang in Aussicht stellen konnte, zog allerdings eine heftige Diskussion nach sich.

»Peter Essers Strafregister reicht von schwerer Körperverletzung bis hin zum Mord«, rekapitulierte Rhea Amman. »Hinsichtlich der Frage, ob Esser sein Opfer aus Angst vor Strafe getötet hat oder ob es sich dabei um ein erstes Umsetzen sadistischer Mordfantasien handelte, gibt es meines Erachtens keine schlüssige Antwort. Unser Vorschlag besteht daher darin, ihn zunächst einmal an Gruppenausführungen teilnehmen zu lassen. Ein Langzeitausgang wäre dann nach einer weiteren Prüfung in Erwägung zu ziehen.«

»Essers Teilnahme an sämtlichen zur Verfügung stehenden Therapieprogrammen, sein Alter und sein inniges Verhältnis zu seiner älteren Schwester lassen meines Erachtens eine positive Prognose durchaus zu,« wandte einer der beiden Sozialarbeiter ein, »andererseits ist natürlich nicht ausgeschlossen, dass Esser uns seit Jahren täuscht.«

Sein Kollege nickte zustimmend. »Eigentümlich ist und bleibt jedenfalls, dass Esser das Angebot, in eine Einzelzelle umzuziehen, nach wie vor vehement ablehnt. Und Vogel will und wollte ebenfalls nicht auf seinen Zellengenossen verzichten.«

»Ja«, Gereon Keiffenheim zuckte mit den Achseln, »seltsames Paar, die zwei. Was da zwischen den beiden läuft, ist mir ein Rätsel.« Er wandte sich mit einer auffordernden Geste Evelyn zu, als falle die Frage selbstverständlich in ihren Zuständigkeitsbereich. »Evelyn, sag du doch auch mal was dazu. Vogel ist schließlich dein Klient.«

»Tut mir leid, Gereon, aber als ich hierherkam, waren Esser und Vogel schon seit Jahren Zellengenossen. Im Unterschied zu dir hab ich das, was möglicherweise zu deren Entscheidung geführt hat, nicht voneinander getrennt zu werden, also gar nicht mitverfolgen können.«

Keiffenheim registrierte durchaus die Retourkutsche, die Evelyn ihm damit verpasste, aber er schluckte seinen Ärger herunter. »Wie auch immer: Dass die Beziehung der beiden eine sexuelle Komponente hat, kann ich mir schwerlich vorstellen. Dazu ist Esser zu unattraktiv und Vogel zu sehr Ästhet.«

Gereon Keiffenheim wusste ganz offensichtlich nichts von den Sitzungen, die Peter Esser abzuhalten pflegte, und Evelyn hütete sich, sie zu erwähnen. Die Dinge liefen nun mal nicht immer nach Lehrbuch ab, und es zwang sie schließlich niemand, ihr Insiderwissen Gereon Keiffenheim oder der Amman auf die Nase zu binden.

Nach der Fallbesprechung führte Evelyns erster Weg in ihr Büro und ans Telefon.

»Suse? Stör' ich?«

»Nein, 'n paar Minuten können wir gern ...«

»Wer ruft denn da ausgerechnet um die Mittagszeit an?!«

»Niemand, Mutti. Eine Kollegin hat 'ne Frage.«

»Und das kann nicht bis nachher warten?«

»Nein, sie kommt ohne mich nicht mit der neuen Echo-Sonde klar.«

Das Lügen fällt mir immer leichter.

»Und derweil wird mein Essen kalt!«

Evelyn Meinecke hütete sich, im Hause Kleinschmitt zum Streitobjekt zu werden. »Suse, ruf mich doch einfach zurück, wenn's passt, okay?«

»Mach ich. Tschüss, Ev!«

Susanne legte das Handy beiseite und brachte ihrer Mutter einen Teller mit Hühnerfrikassee ans Bett.

»Ist das alles?«

»Nein, Mutti, es gibt nachher noch ein bisschen Quark mit Honig.«

»Will ich nicht.«

»Ich könnte auch ein paar Pfirsiche ...«

»Aus der Dose, was? Na, nicht dass du dich beim Essenmachen noch mal übernimmst!«

»Du weißt doch, dass ich neuerdings zu Hause auch noch diese ellenlangen Patientenberichte schreiben muss.«

Großartige Ausrede!

»Mal 'n Pudding kochen wird ja wohl trotzdem noch drin sein, oder?«

»Natürlich, Mutti.«

Und jetzt lass mich endlich in Ruhe!

Susanne konnte es kaum erwarten. Andreas Vogels Brief brannte geradezu in ihrer Schürzentasche, und die angeblich so zeitraubenden Patientenberichte verschafften ihr genau die Muße, die sie brauchte, um ihn noch mal – zum vierten, fünften oder sechsten Mal – zu lesen.

»Liebe Frau Kleinschmitt«, schrieb Vogel, *»ich hätte um ein Haar ›Liebes Fräulein Susanne‹ geschrieben. Bitte seien Sie mir deswegen nicht böse. Ich verstehe nämlich ehrlich gesagt nicht, warum der Begriff Fräulein so völlig aus unserem Sprachgebrauch verschwunden ist. Natürlich ist die Anrede Fräulein ungerecht, weil es ja auch kein Herrlein gibt, aber für mich hört sich Fräulein einfach viel heller, freundlicher und fröhlicher an als Frau. Und ich dachte bei Ihren liebenswürdigen Zeilen und der Beschreibung Ihres Zuhauses sofort an ein Burgfräulein: Eine edle junge Dame, die wie auf einem präraffaelitischen Gemälde durch ihren Garten streift und sich am Duft ihrer wunderschönen, betörend duftenden Rosen erfreut.«*

Susanne hatte »präraffaelitisch« googeln müssen. Da sie Kunst in der Oberstufe abgewählt hatte, reichten ihre entsprechenden Kenntnisse nicht über Picasso, van Gogh und Rembrandt hinaus. Von Millais, Rossetti und Waterhouse und wie sie alle hießen hatte sie noch nie etwas gehört. Nach ein paar Clicks stieß sie auf das Bild einer elegant in Grünblau gewandeten, rothaarigen jungen Frau, die mit geschlossenen Augen verträumt an einer Kletterrose schnupperte. Das Gemälde trug den Namen »Die Seele der Rose«.

Genau das muss er gemeint haben!

Susanne stiegen bei Andreas Vogels Zeilen immer noch Tränen in die Augen, obwohl sie sie mittlerweile auswendig kannte.

»Fräulein ...« Sie flüsterte das Wort ein ums andere Mal vor sich hin, »Fräulein Susanne ...«

Das klingt einfach zauberhaft. Und die Frau auf dem Bild ist so schön. Ich darf ihm auf keinen Fall jemals ein Foto von mir schicken!

»Und jetzt fünf Hanging Leg Raises!« Torsten – einer der drei Calisthenics-Trainer, die sich regelmäßig um die Diezer Häftlinge kümmerten, vollzog die entsprechenden Anweisungen gleichzeitig mit. »Das linke Bein ausstrecken, mit der linken Hand die Fußspitze umfassen und langsam in die Hocke gehen: einbeinige Kniebeuge, sozusagen. Und los!«

Die Anfänger in Sachen Ghetto-Fitness verloren spätestens im letzten Drittel der Übung die Balance.

»Aufstehen, und gleich noch mal«, kommandierte Torsten. »Sehr gut!«, setzte er mit Blick auf Andreas Vogel hinzu und reckte den Daumen hoch.

Vogel standen Schweißperlen auf der Stirn, aber er schaffte es: zweimal, dreimal. Bei der fünften Wiederholung waren er und Trainer Torsten die Einzigen, die zum Schluss noch standen. Damals, als er inhaftiert wurde, hatte Vogel eindeutig etliche Kilos zuviel mit sich herumgeschleppt: Die Bierchen nach Feierabend, sein Faible für schwere, winterliche Hausmannskost einerseits und üppige sommerliche Grillfeste andererseits waren nicht ohne Folgen geblieben. In Diez hatten die verabreichten Psychopharmaka zusätzlich dazu beigetragen, dass er aus der Form geriet.

Erst als Evelyn Meinecke ihn als Klienten übernahm, hatte sich das Blatt gewendet. Sie hatte ihn dazu ermuntert, die Medikamente abzusetzen und auf seinen Körper zu achten.

Dank Calisthenics war das Resultat geradezu spektakulär: kein Gramm Fett zu viel, breite Schultern, schmale Taille, schmale Hüften, genau so, wie es Torsten und seine Kollegen als Idealfigur propagierten. Dass nur wenige Frauen einen steinharten Waschbrettbauch als unabdingbares Kriterium für männliche Attraktivität betrachteten, kam weder im Weltbild der Calisthenics-Trainer noch in dem der meisten Inhaftierten vor.

Zurück in der Zelle rundete Andreas Vogel sein Programm noch mit einer Reihe Sit-ups und Liegestützen ab.

»Was versprichst'n du dir davon?« Peter Esser – selbst weit entfernt von Sixpack und definiertem Bizeps – zeigte keinerlei Verständnis für derlei Schinderei.

»Körperbeherrschung. Selbstüberwindung. Willensstärke. Schon mal was davon gehört?«

»Geht mir am Arsch vorbei.«

Im Stillen war Esser davon überzeugt, dass in Wirklichkeit nichts von alldem seinen Kumpel Andi antrieb. Aber es lohnte sich nicht, in dieser Hinsicht tiefer zu schürfen. Mit Andi Vogel legte sich jedenfalls keiner der Mitgefangenen an, das war das wirklich Gute an der Kraftmeierei. Ganz einfach, weil es ihm – einem knapp über einssechzig großen und von Mithäftlingen wie Wachpersonal als Schwächling betrachteten Duckmäuser – Sicherheit bot.

Als Gegenleistung war Esser bereit, buchstäblich alles für Andreas Vogel zu tun.

Das Märchen von den angeblichen Patientenberichten verschaffte Susanne jedes Mal wieder genau die ein, zwei Stunden Auszeit von Muttis Quengeleien, die sie brauchte, um Andreas' Briefe zu lesen und zu beantworten.

»*Mein liebes Burgfräulein*«, schrieb er, »*Du kannst Dir gar nicht vorstellen, wie viel es mir bedeutet, mit einem so wunderbaren Menschen, wie Du es bist, reden zu können. Ich schreibe ›reden‹, weil es mir beim Lesen Deiner Briefe immer so vorkommt, als ob Du neben mir sitzen und mir von Dir erzählen würdest. Liebe Susi, bitte versteh mich nicht falsch, aber ich hab mich tatsächlich noch nie in meinem Leben einem Menschen so nahe gefühlt.*«

Sie waren bereits beim dritten Brief zu »Du«, »Susi« und »Andi« übergegangen, aber das »Burgfräulein« in der Anrede blieb – und jagte Susanne jedes Mal einen wohligen Schauer über den Rücken. Sie fühlte sich dann beinahe so schön wie die Frau mit den Rosen auf dem Waterhouse-Gemälde.

»*Lieber Andi, wenn ich es nicht besser wüsste, würde ich sagen, die Frau auf dem Bild, das Du anscheinend in Deinem ersten Brief gemeint hast, schnuppert an einer ›Constance Spry‹. Aber die wurde ja erst in den Sechzigerjahren gezüchtet. Ich finde, sie ist die Schönste aller Kletterrosen. Es gibt ein berühmtes Foto von einem südenglischen Anwesen namens Mottisfont Abbey, auf dem eine Constance Spry um eine weiß gestrichene Holzbank herum rankt. Von genau so etwas hab ich schon immer für unseren Garten geträumt. Ich hab mittlerweile zwar eine weiße Bank, aber die Constance Spry ist nun mal leider ausgesprochen anfällig für Sternruß- und Mehltau, und ich fürchte, man würde ihr keinen Gefallen damit tun, sie hier bei uns in der Eifel zu ziehen.«*

In seinem Antwortbrief hatte Andi eine Rosenblüte an den Rand gezeichnet. *»Für mein Burgfräulein hier eine auch dem grimmigsten Eifelregen trotzende ›Constance Spry‹«* stand darunter.

»Andi?«

»Was?«

Andreas Vogels Stimme klang ungehalten, aber Peter Esser ließ sich nicht davon abschrecken. »Ich hab dir doch erzählt, dass die mich irgendwann rauslassen wollen.«

»Und?«

»Meinst du, so was ... ich meine ... so eine ... Veranlagung ändert sich im Lauf des Lebens? Wenn man älter wird?«

»Fragst du das jetzt im Ernst?«

»Heißt das Nein?«

»Was glaubst du denn?«

»Na ja, ich dachte ...«

»Nicht deine Stärke, das mit dem Denken.«

»Ich weiß. Aber ich weiß halt nicht, was ich tun soll.«

»Mach einfach, was die dir sagen. Das ist doch deine Stärke. Und halt vor allen Dingen die Klappe.«

Peter Esser wusste nicht recht, ob sich das Letztere auf die aktuelle Situation oder auf das Knastpersonal – insbesondere natürlich auf Gereon Keiffenheim – bezog.

Andi Vogel lag auf dem oberen Bett, blätterte in einem Bildband über englische Cottage-Gärten und schien gänzlich von dessen Inhalt gefesselt zu sein.

Als das Licht gelöscht wurde, machte Esser einen erneuten Versuch. »Ich hab schon überlegt, denen nach all den Jahren einfach die Wahrheit zu sagen.«

»Und was versprichst du dir davon?«

Esser zuckte mit den Achseln. Dann rollte er sich auf den Rücken und begann mit dem üblichen Ritual. »Die Kleine trägt Zeitungen aus. Ist schon in aller Herrgottsfrühe unterwegs. Neubausiedlung. 'N paar Häuser sind noch im Rohbau. In den anderen pennt noch alles. Die ist noch keine siebzehn, aber hat's schon faustdick hinter den Ohren. Stellt sich vor, wie geil es wäre, wenn einer von den braven Ehemännern aus den Häusern rechts und links sie hernehmen würde, in einem von den leeren Häusern. Ich meine: Daran soll's nich scheitern, oder? Das kann sie haben. Und noch 'n bisschen mehr. Dann gibt's eben heute für keinen mehr 'ne Zeitung. Und morgen auch nich. Aber die hat's ja nich anders gewollt, oder?«

KAPITEL 4

Ich fühl' mich von ihm ganz einfach ... verstanden«, vertraute Susanne Evelyn bei einem ihrer Treffen in der Mayener Innenstadt an.

Dabei ist Andi doch ein verurteilter Verbrecher ...

Sie hatte ihn noch immer nicht gefragt. Und sie traute sich auch nach all den Wochen noch nicht, Evelyn zu fragen, wofür Andreas Vogel eigentlich verurteilt worden war.

Lebenslänglich bekommt man, soviel ich weiß, nur bei Mord. Aber vielleicht sollte ich einfach nicht länger darüber nachdenken. Mittlerweile will ich es eigentlich gar nicht mehr wissen.

Es kam ihr vor wie Zauberei: Sie hatte Andi nach und nach all die schrecklichen Dinge aus ihrer Kindheit und Jugend erzählt, die sie trotz aller Mühe nicht aus ihrem Gedächtnis tilgen konnte, und er hörte geduldig zu und tröstete sie, selbst wenn ihm der Inhalt ihrer Briefe mitunter – wie er schrieb – schier die Sprache verschlug. Zum

Beispiel die Geschichte mit dem Haferschleim. Sie hatte sich schon bei dem Geruch jedes Mal vor Ekel geschüttelt. Aber Mutti hörte trotzdem nicht auf, diesen glibberigen Matsch zu kochen. Und wenn Susanne das widerliche Zeug Sekunden, nachdem es ihr mit Gewalt eingeflößt worden war, wieder von sich gab, zwang Mutti sie zur Strafe für ihre angebliche Undankbarkeit, den unverdaut hervorgewürgten Brei erneut zu essen. Susanne hatte sich jedes Mal zutiefst dafür geschämt: Was für eine schreckliche Tochter musste sie sein, dass sie so etwas verdient hatte? In ihren Augen hatten damals alle anderen Kinder liebe Muttis, die ihnen niemals etwas zuleide taten. Natürlich war das Unsinn. Und doch: In einem verborgenen Winkel ihrer selbst schämte sich Susanne sogar heute noch dafür, so ein furchtbares Kind gewesen zu sein.

Einmal, als sie schon älter war, hatte sie während der Beichte gestanden, dass sie sich manchmal wünschte, ihre Mutter wäre tot. Pfarrer Beckmann hatte ihr daraufhin noch einmal nachdrücklich klargemacht, dass Moses das vierte Gebot von Gott selbst empfangen hatte und dass auch böse Gedanken Sünde waren. Die von ihm zur Buße auferlegten zehn Ave Maria hatte Susanne brav absolviert, aber die bösen Gedanken waren davon nicht weggegangen. Sie hatte ihre schlimmen Fantasien allerdings nie wieder gebeichtet, denn Pfarrer Beckmann hatte – jung und unerfahren, wie er damals noch war – bei seinem nächsten Hausbesuch versucht, mit Mutti darüber zu sprechen, dass körperliche Strafen als Erziehungsmethode mittlerweile überholt waren. Gertrud Kleinschmitt hatte natürlich sofort gewusst, woher der

Wind wehte, und Susanne musste anschließend wegen der Kratzwunden und Hämatome an den Armen wochenlang mit langärmeligen Kleidern zur Schule gehen, obwohl es Hochsommer und brütend heiß gewesen war.

Einmal hatte sich sogar Frau Reichel, eine ihrer Lehrerinnen, »eingemischt« – wie Mutti es nannte. Sie hatte Gertrud Kleinschmitt zu einem Elterngespräch gebeten: Susanne versuche auffallend häufig, das Nachhausegehen hinauszuzögern. Offenbar habe sie Angst davor. Natürlich war Frau Reichel nicht klar, mit welch drastischen Strafen »Nestbeschmutzer« zu rechnen hatten. Die Narbe – da, wo die Platzwunde an Susannes Schläfe genäht worden war – sah man heute noch. Sie hatte sich angewöhnt, ihr Haar darüberfallen zu lassen.

»Ich hab lange über die Geschichten mit Deiner Mutter nachgedacht«, schrieb Andreas, *»und die haben meine eigenen Erinnerungen ganz schön zurechtgerückt. Ich dachte immer, nur ich hätte so etwas wie eine schlimme Kindheit gehabt. Aber gegen das, was Du erzählst, ist ein ständig betrunkener Vater ja fast das kleinere Übel. Und wenigstens konnte ich von zu Hause weg, als ich volljährig war. Innerlich einsam war ich trotzdem, und ich bin es noch heute. Oder besser: Ich war es bis zu dem Tag, an dem Du mir zum ersten Mal geschrieben hast.«*

Susanne genoss das Glücksgefühl, das sie bei Andreas' Zeilen durchrann, jedes Mal aufs Neue.

Er ist mir nach so kurzer Zeit schon so nahe, als ob wir uns ewig kennen würden. Vielleicht kommt man sich ja sogar schneller nahe, wenn man sich körperlich nicht nahe sein kann …

Sie hatte in der Klinik täglich – im wortwörtlichen Sinne hautnah – mit Männern zu tun: mit alten, jungen, netten, unangenehmen, gut aussehenden und ekligen, aber sie alle waren für sie lediglich zu verwaltendes Fleisch, Neutren, um deren Wohlergehen sie sich zu kümmern hatte und die sie freundlich, aber unmissverständlich in die Schranken wies, wenn der Kontakt auch nur ansatzweise persönlich zu werden drohte. Männer hielt man sich vom Leib; das hatte Mutti ihr von klein auf eingetrichtert. »Das Dreckstück, das dich gezeugt hat«, pflegte sie zu sagen, wenn es um Susannes Vater ging. Die Bezeichnung Dreckstück galt bei Mutti stellvertretend für alle Männer. Die Hochzeit sei bereits geplant gewesen und das Brautkleid schon gekauft, hatte sie erklärt, als Susanne anfing, nach ihrem Vater zu fragen. Doch kurz davor habe sie das Dreckstück, dessen Namen sie sich standhaft weigerte zu nennen, schwanger und mittellos sitzen lassen.

Als Susanne nach der Schule ihre Krankenpflegerinnenausbildung begann, war es für sie ein Leichtes gewesen, die Wahrheit herauszufinden. Die älteren Kolleginnen konnten sich bestens an die seinerzeit umgehenden Gerüchte und den entsprechenden Klatsch und Tratsch erinnern. Wolfgang Thelen – Juniorchef des Bestattungsinstituts »Pietät« – hatte neun Monate vor ihrer Geburt als Karnevalsprinz Wolfgang II. fungiert, und Mutti hatte – wie es sich gehörte im tief dekolletierten Rüschenkleid – zu seiner Entourage gehört. Es gab ein Foto im Mayener Lokalanzeiger, auf dem Gertrud Kleinschmitt neben Prinz Wolfgang II. saß und in die Kamera prostete. Die beiden hatten bereits glasige Augen, und den Rest konnte Susanne sich unschwer zusammenreimen. Wolfgang Thelens Vater starb noch im gleichen Jahr und überschrieb Mutti kurz davor das Alte Forsthaus im Gegenzug für ihr Schweigen: Schließlich würde der Junior nach seinem Tod die Geschäfte übernehmen, und ein außerehelich gezeugtes Balg passte nun mal nicht ins familiäre Renommee.

Susanne hatte ein einziges Mal – wenige Wochen nach ihrem achtzehnten Geburtstag – versucht, Kontakt mit ihrem Vater aufzunehmen. Eine Anwältin teilte ihr kurz darauf in knappen Worten mit, dass sich »Herr Thelen« jeden weiteren Kontaktversuch verbat.

Warum fällt mir das alles ausgerechnet jetzt ein?

Aus einen plötzlichen Impuls heraus wählte Susanne Evelyns Nummer.

Ich kann ihr gar nicht genug danken für das Geschenk, das sie mir mit diesem unscheinbaren kleinen Zeitungsausriss gemacht hat.

Wie so oft meldete sich zunächst einmal Evelyns Mailbox: »Bitte haben Sie einen Moment Geduld. Wenn Sie Ihre Nummer hinterlassen, melde ich mich so bald wie möglich.«

Es dauerte keine zehn Minuten, bis sie zurückrief. Noch bevor Susanne etwas sagen konnte, fiel Evelyn auch schon mit der Tür ins Haus. »Du, Suse, ich muss dir endlich mal sagen, wie dankbar ich dir bin: Deine Briefe machen Andreas Vogel genau den Mut, den er braucht, um die ersten Schritte in eine Zukunft in Freiheit in Angriff zu nehmen.«

Gut, dass Ev jetzt mein Gesicht nicht sehen kann.

Susanne kicherte verhalten.

Ich glaub, ich grinse wie ein Honigkuchenpferd!

»Das ist schön.«

Das ist wunderschön!

»Ich könnte mir vorstellen, dass er irre gern 'n Foto von dir hätte. Fast alle Häftlinge haben irgendwelche Bilder an den Wänden. Nur er nicht. Hat ja keine Verwandten oder so. Aber psst!, hörst du? Offiziell hab ich dir natürlich kein Wort davon gesagt. Es wär nur einfach toll, wenn du ihm 'ne Porträtaufnahme oder irgend 'n hübschen Schnappschuss von dir schicken würdest. Wie ich ihn kenne, traut er sich auf keinen Fall von sich aus, dich darum zu bitten.«

Ein Foto? Oh, mein Gott …

»Natürlich, Ev. Versteh ich gut … Ist doch kein Problem …«

Selbstverständlich ist das ein Problem! Ich seh doch der Frau auf dem Waterhouse-Gemälde überhaupt nicht ähnlich!

Andererseits …

Andererseits hatte Andi Vogel vielleicht ein Recht darauf, die Wahrheit zu erfahren, und wenn sie noch so niederschmetternd war: krause, kaum zu bändigende mausbraune Haare, ein Grübchen im Kinn und auffallend helle, fast graue Augen.

Bei Mutti heißt das Negerkrause und spülwasserblau.

Das Ergebnis eines überstürzt angesetzten Friseurtermins und des anschließenden Versuchs, mit Mascara und Lipgloss umzugehen, zeigte eine verhuschte, blasse, nicht mehr ganz junge Frau mit großen, ängstlichen Augen und einem zaghaften, kaum wahrnehmbaren Lächeln.

Nachdem das Licht ausging, war es totenstill in der Zelle.

»Andreas?«

Keine Antwort.

»Schläfst du?«

Peter Esser drehte sich auf den Rücken und lauschte ins Dunkel. Aus den gleichmäßigen Atemzügen seines Zellengenossen war nicht zu schließen, ob er noch wach war oder nicht.

»Kellnerin«, flüsterte Esser nach einer Weile, »noch keine zwanzig. Hochsommer. Und die hat eins von diesen Oberteilen an, mit so dünnen Trägern. Und nichts drunter. Da zeichnen sich vorne die Nippel ab und so. Und die Ische weiß genau, wie geil das die Kerle macht. Die steht drauf, beglotzt zu werden. So was bringt außerdem fettes Trinkgeld. Manchmal lässt sie sich auch unter'n Rock greifen. Kostet natürlich extra. Wie sie fertig ist und der Laden dichtmacht, setzt sie sich auf ihr Fahrrad. Und der ihr Rock is so kurz, dass man beim Fahren den Schlüpfer sehen kann. – Andreas?«

»Ja.«

»Schläfst du?«

»Nein.«

»Wenn 'ne Ische so rumläuft, legt sie's ja schließlich drauf an, begrapscht zu werden! Und der Ische macht es sogar Spaß, wenn ihr einer mal eben beim Bezahlen zwischen die Beine greift. Aber mehr nicht, da ist sie zickig. Trotzdem: Was soll man davon halten, wenn eine so gar nicht drüber nachdenkt, was passieren kann. Ich mein', dann hat sie's doch nicht anders verdient, oder?«

Peter Esser überlegte kurz, ob die junge Kellnerin den nächtlichen Überfall überleben sollte oder nicht, und er entschied sich dagegen. Es machte einfach mehr her, die Sache mit dem Würgen und Loslassen und wieder Würgen.

»Als ihr ein Mann entgegenkommt, versucht sie auszuweichen, aber der Waldweg ist zu schmal. Sie fällt und kommt unter ihrem Rad zu liegen. Und sie denkt immer noch, das Ganze war ein Versehen. Tja, wie man sich täuschen kann ...«

KAPITEL 5

AZ 45329/C23
Transkript der mündlichen Befragung
Michael Golombik
56727 Mayen
Giebelstr. 27 a

Logisch kannt ich die Tote. Schon als kleines Mädchen. Hat als Kind in der Metzgerei von meinem Großvater immer 'n Scheibchen Fleischwurst gekriegt. Na ja, bevor es überall nur noch Supermärkte gab und so. Sie wissen schon.

Höfliches kleines Ding, immer mit Dankeschön und Knicks. Ist doch verrückt, oder? So was war ja schon zu meiner Zeit aus der Mode. Wir haben uns gedacht, die Kleine kennt das vielleicht aus diesen alten Filmen im Fernsehen, Sissi und so. Da hat sie sich das vielleicht abgeguckt. Keine Ahnung. Aber ...

Kriminaloberkommissarin Lisa Wiegand stöhnte genervt, drückte den Pausenknopf und legte für einen Moment den Kopfhörer zur Seite. »Ey, Max! Kannst du mir vielleicht erklären, weshalb wir den ganzen Mist hier wortwörtlich abtippen sollen?«

Ihr Gegenüber zuckte mit den Achseln. »Nee.«

»Der hier schwafelt auch nur Blech, genau wie alle anderen. Verschwendung von Steuergeldern, wenn du mich fragst.«

»Ich frag dich aber nicht.«

Missmutig streifte Max' Kollegin den Kopfhörer wieder über, drückte auf »Play« und hieb in die Tasten des Computers, als säße sie an einer uralten, mechanischen Schreibmaschine.

... das mit dem Knickschen war das einzige von wegen Prinzessin oder so. Die war ansonsten total unauffällig. Und wie sie dann groß war, also: nicht unhübsch oder so. Aber eben total zurückhaltend. Kein Klatsch, kein Tratsch, gar nichts. Also, das war keine von denen, die man leicht rumkriegt, wenn Sie verstehen, was ich meine. Deshalb hat ja auch keiner von den Nachbarn kapiert, was da abgelaufen ist.

KAPITEL 6

Mein wunderbares Burgfräulein« …
Susanne ging nach wie vor bei Andis »Burgfräulein« das Herz auf.

»Dein Foto steht gerahmt – ohne Glas, denn so was sollte man in den Hafträumen lieber nicht für jeden griffbereit haben – oben auf meinem Stockbett, damit ich vor dem Einschlafen mit Dir reden kann.«

Das, was man als Normalsterblicher Zelle nannte, hieß also korrekterweise Haftraum. Susanne beschloss, sich das Wort zu merken. Es war das erste Mal, dass Andi sich in irgendeiner Weise zu seinem Knastalltag äußerte.

Ohne Glas … Weil man Glas als Waffe einsetzen könnte. Oder um sich damit die Pulsadern aufzuschneiden …

Sie hatte bis dahin regelrecht verdrängt, dass das Gefängnis ein grausamer und gefährlicher Ort war. Andi hatte zwar einmal kurz seinen Zellengenossen erwähnt, aber der schien ein harmloser Trottel zu sein, genau wie Evelyn gesagt hatte. Nur: Mit Sicherheit gab es auch andere.

Es muss einfach eine Möglichkeit geben, Andi da rauszuholen!

»Begnadigung?« Ev hatte laut gelacht, »Aus welcher Ami-Serie hast du denn das?«

Und dann hatte sie ihr einen ellenlangen Vortrag über Paragrafen, Bestimmungen und Zuständigkeiten in Deutschland gehalten, der in der Warnung gipfelte, sich bloß nicht zu sehr in »die Sache mit Vogel« einzulassen. »Eine Brieffreundschaft, weiter nichts, hörst du?«

Zwei Wochen später war der Brief gekommen, in dem stand, dass Andi sich nichts sehnlicher wünschte, als sein Burgfräulein wenigstens ein Mal nicht nur auf dem Foto zu sehen.

»Mach hinne, die anderen sind schon fertig!« Die Vollzugsbeamtin warf einen Kleidersack auf das untere Stockbett, und Peter Esser zwängte sich mühsam in seinen viel zu engen, hoffnungslos unmodernen Cordanzug. Das Oberhemd spannte über dem Bauch, und die Schuhe, die er damals bei seiner Inhaftierung getragen hatte, drückten an den Zehen. »Sie brauchen was Neues«, stellte die Beamtin fest, »aber für heute muss es reichen.«

Esser biss die Zähne zusammen. Er würde sich mit Sicherheit Blasen laufen.

»Andi?«

Keine Antwort. Andreas Vogel saß völlig unbeteiligt am Tisch und las.

Esser war gekränkt. Immerhin war heute doch sein großer Tag: Er würde gemeinsam mit drei Mitgefangenen und zwei Vollzugsbeamten nach Koblenz ins *Kinopolis* fahren. Sie würden irgendeinen lustigen Film angucken, aber das war nicht das Wichtigste bei der Sache. Das Wichtigste war der Test: Wer sich bei zwei, drei Anlässen dieser Art als unauffällig erwies und brav wieder mit nach Hause in seine Zelle kam, konnte irgendwann auf Langzeitausgang hoffen. Ohne Bewachung.

Der Gedanke an vierundzwanzig oder mehr Stunden in Freiheit war verlockend. Andererseits war da das Problem mit seiner Schwester. Vielleicht sollte er heute einfach abhauen. Im dunklen Kino sollte das kein Problem sein.

»Andi?«

»Was?«

»Was, wenn ich heute einfach abhaue?«

Vogel zuckte mit den Achseln.

Als Esser am Abend zurückkehrte, las sein Zellenkumpel immer noch in irgendwelchen Gartenbüchern.

»Der Film war blöd, Andi. Und an Abhauen war nicht zu denken.«

»Offensichtlich.« Andreas Vogel fragte nicht einmal nach, um was für einen Film es sich gehandelt hatte, und in Peter Esser regte sich der Verdacht, dass diese Krankenschwester aus Mayen mittlerweile zu einer Art unsichtbarer Mitbewohnerin geworden war. Eine, die ihm langsam aber sicher seinen Platz streitig machen würde. Und der Gedanke gefiel ihm ganz und gar nicht.

Gertrud Kleinschmitt war nicht entgangen, dass ihre Tochter versuchte, irgendetwas vor ihr zu verbergen. »Was hast'n du in der Tüte da?«

Ein wunderschönes weißes Kleid, Mutti. Ein Burgfräulein-Kleid.

»Nichts Besonderes, Mutti. Bisschen Unterwäsche und 'n neues Nachthemd.«

»Zeig mal.«

»Tut mir leid, aber das muss bis heute Abend warten.«

»Du hast doch heute frei!«

»Ja, eigentlich schon. Aber du weißt doch: Manchmal muss ich halt einspringen. Für die Schwangere. Katja. Das ist die, die letztes Jahr unseren Physiotherapeuten geheiratet hat.«

»Ach, die ist immer noch schwanger?!«

Ich muss mir unbedingt 'ne neue Kollegin zum Einspringenmüssen ausdenken.

»Ja. Die sitzt halt die letzten Schwangerschaftsmonate über am Empfangstresen ...«

»Und für die musst ausgerechnet du einspringen?«

»Personalknappheit. Kennt man doch.«

»Vielleicht solltest du denen mal stecken, dass du hier zu Hause auch noch Verpflichtungen hast! Soll ich vielleicht mal im Personalbüro anrufen?«

Um Himmels willen! Bloß das nicht!

»Nein, Mutti, ich mach das schon. Ich kümmer mich drum.«

Susanne zerstampfte die beiden Schlaftabletten im Küchenmörser, nahm den bereitliegenden Trichter und füllte das Pulver in eine Flasche Eifeler Landbier.

Für die nächsten sechs bis acht Stunden war Mutti damit außer Gefecht.

Die Fahrt von Mayen Ost bis zum Bahnhof Diez dauerte über zwei Stunden: dreiundzwanzig Haltestellen und jede Weiterfahrt eine Herausforderung.

Wieso mach ich das? Ev muss es doch besser wissen. Sie ist schließlich die Fachfrau, und sie hat mich bestimmt nicht ohne Grund so eindringlich gewarnt!

»Kein persönlicher Kontakt, hörst du?«, hatte sie gesagt. »Wenn du einmal mit Besuchen anfängst, kannst du nicht einfach wieder damit aufhören, ohne nachhaltigen Schaden anzurichten und im Zweifelsfall sogar dich selbst zu gefährden!«

Ach was! Ich könnte Andi nie wehtun und er mir auch nicht! Niemals! Und er hat mich doch so inständig darum gebeten …

Ev hatte auf einen Vorfall angespielt, der vor nicht allzu langer Zeit durch die Presse gegangen war: In Diez hatte ein Häftling seine Frau vor den Augen seiner Kinder mit einer Glasscherbe bedroht und sie anschließend verletzt und vergewaltigt, in der Spielecke des Besucherraums, nur zum Teil von den übrigen Anwesenden abgeschirmt und praktisch unter den Augen der Wachleute. Und die hatten tatsächlich nichts davon gemerkt, bis es zu spät war.

Aber die Frau wollte sich von ihrem Mann trennen und nie wieder kommen. Da ist er ausgerastet. Das ist doch eine völlig andere Situation!

»Nächster Halt: Andernach. Sie haben Anschluss an den Intercity 1922 nach Berlin Ostbahnhof über Köln, Hamm, Hannover …«

Natürlich wird sich nicht verheimlichen lassen, dass ich Evs Warnungen einfach in den Wind geschlagen habe. Vielleicht hat man sie sogar gefragt, wie sie das findet, wenn ich Andi besuche, und sie verschweigt mir das ihrerseits.

Eine füllige alte Dame mit Hündchen in der Einkaufstasche stieg ein und setzte sich auf dem Platz gegenüber. Das Tier hechelte und zeigte dabei eine Reihe erbarmungswürdig schiefer Zähne im Unterkiefer.

»Wie heißt er denn?« Susanne war dem unansehnlichen kleinen Köter von Herzen dafür dankbar, dass er sie von ihren destruktiven Gedanken ablenkte.

»Car-re-menn«, antwortete die Hundebesitzerin, geschmeichelt von Susannes Aufmerksamkeit, »Dat Liebschen hier is nämlisch en Mädsche un keine Jung.«

Kölnerin, eindeutig.

»Woll'n se dem Liebschen vielleisch en Leckerschen jeben?«

Die Kölnerin kramte einen winzigen, in Knochenform ausgestochenen Hundekeks aus ihrer Manteltasche und hielt ihn Susanne auffordernd hin.

»Gerne.«

Der Hund schnappte danach und quittierte die freundliche Gabe mit ausgiebigem Schwanzwedeln.

»Fahr'n se och nach Koblenz zem Kaiserin-Aujusta-Fest?«

»Nein, ich ...«

Was soll ich der Frau sagen? ›Ich fahr' in'n Knast, einen Mörder oder Vergewaltiger oder was auch immer für einen Schwerverbrecher besuchen?‹

»Ich besuch einen Freund.«

»Och enee«, die Frau musterte Susannes blütenweißes Sommerkleid mit wissendem Blick und grinste gutmütig, »dat mit däm Fründ is abber wat Ernstes, oder?«

»Entschuldigung!« Als Susanne aufsprang, riss sie der leutseligen Kölnerin um ein Haar die Tasche vom Schoß. Sie stürzte – verfolgt von Klein-Carmens hysterischem Gebell – zur nächstbesten Verbindungstür und in den nächsten Waggon. Dort tummelte sich eine Schulklasse, deren Begleitpersonen es offenbar längst aufgegeben hatten, bei ihren Schutzbefohlenen für ein einigermaßen zivilisiertes Verhalten zu sorgen.

Kurzerhand riss Susanne die WC-Tür auf und riegelte sich ein. Ein flüchtiger Blick in den Spiegel ließ sie regelrecht zusammenfahren.

Ich seh' schrecklich aus! Durchgeschwitzt, mit hektischen Flecken im Gesicht, und die Frisur haben die auch nicht so hingekriegt wie auf dem Foto.

Bevor sie sich – den Tränen nahe – auf den Toilettensitz fallen ließ, bedeckte sie die Klobrille sorgfältig mit einer Schicht Papierhandtücher. Es roch nach Exkrementen und im Handwaschbecken klebte ein dickes, dunkelblondes Schamhaar, über dessen Vorhandensein just an dieser Stelle sie lieber nicht länger nachdachte: Sie war ganz einfach froh, einen Moment lang mit sich alleine zu sein.

»Nächster Halt: Nassau/Lahn.«

Ach? Nicht Nassau/Bahamas?

Susanne kicherte überdreht.

Gott, bin ich albern! Das ist so ziemlich das Letzte, was Andi brauchen kann.

Sie rief sich entschlossen zur Ordnung. Statt sich weiter über die Vorstellung zu amüsieren, bei der nächsten Station an einem Palmenstrand mitten im Atlantik zu landen, haderte sie zum x-ten Mal mit der Tatsache, dass sie Mutti einen Cocktail aus Bier und Schlaftabletten zu trinken gegeben hatte, bevor sie – angeblich – in die Klinik fuhr.

Schaden kann's ihr jedenfalls nicht. Obwohl ... Na ja, und wenn schon.

Wie jedes Mal, wenn sie solch schreckliche Gedanken heimsuchten, schlug sie hastig ein Kreuz und bat den lieben Gott um Vergebung.

Erst als jemand nachdrücklich an der Klinke ruckelte, schrak sie aus ihren Gedanken auf, drückte pro forma die Spülung und ging zurück in den mittlerweile teenagerfreien Waggon.

Peter Esser fummelte an der Kordel seiner Jogginghose herum und schwieg. Rhea Amman versuchte es mit einem Themenwechsel. »Herr Esser, dann erzählen Sie doch ein wenig über Ihre Schwester.«

»Heidrun?« Esser zuckte mit den Achseln. »Die ist zwölf Jahre älter wie ich.«

»Ach?«

»Was soll ich denn über sie sagen?«

»Was Ihnen einfällt. Was immer Sie möchten.«

Erneutes Achselzucken. Dann hielt das Schweigen an. Bis zum Ende der Sitzung.

Zurück in der Zelle, erstattete Esser seinem Freund Andi wie üblich Bericht. »Ey, das war echt bekloppt. Diese spillerige kleine Psycho-Ische is 'ne totale Null. Wenn du die auflaufen lässt, fällt der nichts mehr ein.«

»Und?«

»Ich hab der nichts erzählt. Gar nichts. Ich hab doch nicht jahrelang die Klappe gehalten, um kurz vor Toresschluss mit allem rauszurücken!«

»Na dann.« Vogel ging zur Tür.

»Wo willst'n du hin?«

»Haare schneiden.«

»Bloß weil dich heute die Ische auf dem Foto besuchen kommt?«

»Genau.«

Die anderthalb Kilometer Fußweg von der Bahnstation Diez bis zur JVA hatten Susanne erschöpft. Es war viel zu heiß für die Jahreszeit, und sie hatte das Gefühl, ihr schönes weißes Kleid hinge wie ein nasser Lappen an ihrem Körper.

Vor dem Besuchereingang der JVA hatte sich eine kleine Warteschlange gebildet: sechs oder sieben Frauen und ein über und über tätowierter junger Mann. Die Frauen waren zum Teil aufgetakelt, als wollten sie in die Dorf-Disco. Die meisten kannten einander, duzten sich und tauschten sich unbefangen über den jeweils neuesten Stand des Haftverlaufs ihrer Väter, Brüder, Ehemänner oder Geliebten aus.

»Neu hier?« Eine der Frauen stupste Susanne vertraulich in die Rippen.

»Ja.«

»Man gewöhnt sich dran.«

»Ich weiß nicht, ob ich …«

Ich sollte auf der Stelle umkehren. Ev hat mich genau hiervor gewarnt. »Bloß keine Verbindlichkeiten eingehen! Immer die nötige Distanz wahren!«

Susanne beschloss einfach wegzulaufen: zurück zum Bahnhof, zurück nach Mayen, zurück ins Alte Forsthaus.

Zurück zu Mutti und ihren täglichen Erniedrigungen …

»Hey, pennst du oder was?« Der Tätowierte schob sie unsanft vorwärts.

Die Einlassroutine lief genauso ab, wie Andi es beschrieben hatte. Der Beamte an der Pforte nickte ihr aufmunternd zu, als sie ihren Ausweis in die Zwei-Wege-Schublade legte. Dann schloss sich hinter ihr die erste Tür. In der Schleuse zwischen dem Eingang und dem Raum, in dem die Besucher ihre Taschen einschließen mussten, stand die Luft. Es roch nach Schweiß und billigem Parfüm; Fenster gab es lediglich in unerreichbarer Höhe, unmittelbar unterhalb der Decke. Susanne keuchte.

Schließlich wurde die zweite Tür geöffnet, und Susanne nahm die sorgsam gehorteten Ein- und Zwei-Euro-Münzen aus dem Portemonnaie, bevor sie ihre Tasche in eines der Schließfächer legte: zehn Euro in Münzen, exakt wie sie es im Besuchermerkblatt gelesen hatte.

Das Abgetastetwerden war genauso unangenehm wie sie es erwartet hatte. Sie hasste es ganz einfach, berührt zu werden.

»Für Sie kommt vorläufig nur ein Besuch an einem Tisch mit Trennvorrichtung infrage«, hatte der Vollzugsabteilungsleiter am Telefon gesagt.

Vielleicht ist das auch ganz gut so.

Die Tische, an denen man ohne irgendwelche Barrieren mit den Häftlingen sitzen konnte, würden heute leer bleiben: Für die »ohne-Trennvorrichtung« galten andere Besuchszeiten.

Susanne stieg als Letzte die Treppe zum Besuchsraum hoch.

Jetzt gibt es endgültig kein Zurück mehr.

Ihr war schwindelig, und sie nahm zwei, drei tiefe Atemzüge, bis sie weiterging. Dann stand sie endlich in der Tür.

Der Raum war überraschend hell und freundlich, obwohl auch hier die Fenster so weit oben angebracht waren, dass man nicht hinausschauen konnte. An der Stirnseite des Raumes saßen – etwas erhöht, um das Geschehen zu überblicken – zwei Vollzugsbeamte. Zusätzliche Monitore dienten offenbar dazu, auch das kleinste Detail zu registrieren.

Links stand eine Reihe Getränke- und Süßigkeiten-Automaten: Cola, Wasser, Limonade, Knabberzeug und Schokoriegel. Dafür waren die zehn Euro Kleingeld gedacht.

Vielleicht kann ich Andi wenigstens auf was zu trinken einladen.

»Waren, die im Besuchsraum erworben wurden, dürfen von den Inhaftierten nicht mit auf die Hafträume genommen werden«, stand im Besuchermerkblatt.

Die Hafträume. Da war es wieder, dieses Wort.

Wahrscheinlich sind damit nicht nur die Zellen, sondern auch der Fernsehraum und was es hier sonst noch an Aufenthaltsräumen gibt, gemeint. Aber warum dürfen die Gefangenen nicht mal 'ne Cola oder 'n Päckchen Erdnüsse von hier mitnehmen? Was soll dabei schon groß passieren?

Die barrierefreien Vierertische standen in der Mitte des Raumes und rechts; gleich als Erster in einer langen Reihe von mit halbhohen Plexiglasscheiben getrennten Zweier-Sitzplätzen saß ein Mann im grauem Anstalts-T-Shirt und winkte ihr zu.

Andreas ..? Andi ..?

Susanne hatte das Gefühl, nicht mehr zu wissen, wie man einen Fuß vor den anderen setzt, und ihr war nicht einmal klar, ob sie lächelte oder den Mann, der Andreas Vogel sein musste, einfach nur bewegungslos anstarrte. Als ihr einer der Wachleute freundlich die Hand auf die Schulter legte und sie zu dem ihr zugedachten Sitzplatz führte, folgte sie ihm mechanisch.

Der Mann auf der anderen Seite der Plexiglas-Barriere lächelte. »Hallo, Susi. Ich freu mich unendlich, dich zu sehen.«

»Ja.« Mehr brachte Susanne nicht über die Lippen. Sie hatte sich nie groß Gedanken darüber gemacht, was an Männern schön sein sollte. Die Models in den Werbespots oder die Stars der Vorabendserien, die sie sich manchmal mit Mutti zusammen anschaute, galten wahlweise als »attraktiv« oder »sexy«, aber Susanne konnte sich im Grunde unter keinem dieser Kriterien etwas vorstellen.

Komisch. Niemand verschwendet auch nur einen Gedanken an die Augen ...

... oder die Hände ...

Andreas Vogels Augen waren dunkel, fast südländisch, mit langen, schwarzen Wimpern, und seine Arme und Hände waren leicht gebräunt.

»Mein Burgfräulein. Setz dich doch.«

... oder die Stimme.

Seine Stimme war ungewöhnlich tief, und sie klang leicht rau. »Tja ...«, Andreas Vogel seufzte und zuckte ironisch lächelnd die Achseln, »so seh ich aus, und so wohne ich. Enttäuscht?«

Das ist, glaub ich, der schönste Mensch, den ich je gesehen habe.

Im Nachhinein versuchte Susanne, sich an jedes Wort, das in dieser einen Stunde gesagt wurde zu erinnern.

Wir haben über das Wetter geredet ...

Und über Mittel gegen Mehl- und Sternrußtau ...

Dass Andi Vogel neuerdings die Erlaubnis bekommen hatte, im geschlossenen Bereich der JVA-eigenen Gärtnerei zu arbeiten, war – wie er sagte – ein Geschenk des Himmels. »*Rilke hat einmal gesagt, es gibt Augenblicke, in denen eine Rose wichtiger ist als ein Stück Brot*«, hatte er in einem seiner Briefe geschrieben.

Gegen Sternrußtau schwor Susanne auf vorbeugende Güsse mit Zwiebelsud. »Etwas aufwendig«, hatte sie erklärt, »aber in jedem Fall besser als Chemie.«

»Ich werd das genau so weitergeben. In der Gefängnisküche kommt jede Menge Gemüseabfall zusammen. Da dürfte es doch ein Leichtes sein, so eine Brühe herzustellen. Und im Unterschied zu den üblichen Spritzmitteln sogar noch kostenlos!«

Über Evelyn verlor Susanne – wie versprochen – kein Wort.

Wohl wissend, dass ihre Tochter frühestens in zwei, drei Stunden wieder da sein würde, wuchtete sich Mutti aus dem Bett und in den Rollstuhl – ein Vorgang, den sie angeblich schon lange nicht mehr alleine bewältigen konnte. Dann bewegte sie sich in einem geschickten Slalom an Toilettenstuhl, Fernseher und Pflegetisch vorbei in den Flur. Susannes Zimmertür war wie üblich nicht verschlossen, und drinnen kannte Gertrud Kleinschmitt jedes auch nur denkbare Versteck. Das Bier hatte heute einen eigentümlichen Beigeschmack gehabt, und dass ihre Tochter sich heimlich umgezogen hatte, bevor sie das Haus verließ, war ihr ebenfalls nicht entgangen.

Andreas Vogels Briefe waren schnell gefunden.

Als die Besuchszeit vorbei war, wartete Peter Esser bereits ungeduldig auf seinen Zellengenossen.

»Und? Wie ist sie denn so?«

»Wie soll wer sein?«

»Deine Ische. Titten? Arsch und so? Auf dem Foto sieht man ja nichts davon.«

Vogel blieb ihm die Antwort schuldig und verzog sich auf sein Bett, bis der Essenwagen erschien: Gemüsesuppe mit Bockwurst. Zu viel Salz, zu viel Fett, wie üblich. Die Wurst landete umgehend auf Essers Tablett.

»Danke, Andi.«

Peter Esser betrachtete es als selbstverständlich, die Frau auf dem Foto in die nächtlichen Sitzungen einzubauen. Aber dazu musste er natürlich etwas mehr über sie erfahren. »Na, sag schon, Andreas! Wie ist sie so? Jetzt mach's doch nicht so spannend!«

»Schüchtern.«

Esser seufzte ergeben. Mehr würde er aus seinem Zellengenossen nicht herausbekommen, so viel war klar. Aber bis zum Einschluss lagen noch Stunden vor ihnen. Ihm würde bis dahin schon noch was einfallen. Schüchtern war gar nicht so schlecht. Naiv wahrscheinlich auch noch. Und gutgläubig. Vielleicht würde sie sich am Anfang nicht mal trauen, um Hilfe zu schreien. Und dann wäre es dafür sowieso zu spät. Irgendein Waldweg bei Mayen. Dunkel. Und weit und breit kein Mensch. Da würde Andis Ische entlanggehen. Das war schon mal ein guter Anfang. Und sie würde ihn nicht kommen hören. Und wenn er dicht hinter ihr war, würde sie sich umdrehen. Und erst wenn seine Hand an ihrer Kehle lag und er zudrückte, würde sie ahnen, was ihr bevorstand. Aber an Weglaufen wäre dann schon nicht mehr zu denken. Peter Esser erinnerte sich an eine Liedzeile, die irgendein Schlager-Fuzzi vor Jahren mal gesungen hatte: »Die größten Abenteuer sind im Kopf«. Aber die Melodie dazu wollte ihm einfach nicht mehr einfallen.

Als Susanne nach Hause kam, stand ihr Fenster offen. Die Hitze der letzten Tage hatte sich in einem gewaltigen Gewitter entladen, und das halbe Zimmer stand unter Wasser. Auf dem Fußboden lagen – durchweicht vom Regen und unwiderruflich zerstört – Andis Briefe.

Sie hätte schwören können, dass sie die nicht auf dem Schreibtisch liegen gelassen hatte. Und das Fenster hatte sie doch wie immer verriegelt.

Oder?

Sie hängte den Teppich zum Trocknen über die Terrassen-Brüstung, wischte den Boden auf und trug Andreas Vogels zu einem jämmerlichen, triefend nassen Klumpen zusammengeballte Briefe in den Abfalleimer.

Erst als sie sich ausgeweint hatte, lauschte sie nach Mutti. Aus deren Zimmer kam kein Laut.

So lange können die Schlaftabletten doch nicht vorhalten. Ob sie vielleicht …

»Susanne?! Bist du das?!«

Wer sonst, Mutti?

KAPITEL 7

AZ 45329/C23
Transkript der mündlichen Befragung
Thea Klütsch
Am Weidenbach 22
56727 Mayen

Tja, was soll ich sagen? Ich geh ja nicht mehr so viel aus. In meinem Alter. Und die Arthrose. Ich war den Tag ja auch nur da, weil meine Cusi…

»Ey Max!« Kriminaloberkommissarin Lisa Wiegand fuchtelte wild mit beiden Armen in der Luft herum, um ihr Gegenüber auf sich aufmerksam zu machen.

Kollege Max gab einen unwilligen Grunzlaut von sich und nahm den Kopfhörer ab. »Was?« Er fand es eindeutig nicht gerade erbaulich, ständig aus seiner Konzentration gerissen zu werden.

»Max, nur kurz: Schreibt man Cousine mit C oder mit K?«

»Mit C, wenn du's mit OU schreibst und mit K, wenn du's nur mit U schreibst. Und wenn du's mit C und UI schreibst, heißt es Küche. Auf Französisch.«

»Scheiß-verfickte Drecks-Rechtschreibreform!«

Seufzend wandte sich ihr Kollege wieder der Aussage eines gewissen Hannes Benecke zu.

So viel ich weiß, hat die keinen Freund oder so was gehabt. Ich meine: Das hätt man doch irgendwann mal mitgekriegt. Also, verstehen Se mich nich falsch: Ich bin zwar Rentner, aber das heißt ja noch lange nicht, dass ich den ganzen Tag am Fenster hänge und gucke, was die Leute so machen, ne?

(Befragter lacht)

Aber die Kleine war 'ne ganz Brave. Immer ordentlich gekleidet, das Mädel. Nicht schick, aber immer tipptopp. Nicht so wie manche von den Weibern heutzutage, wo man bei denen ihren Klamotten nie weiß, ob die ins Büro gehen oder auf'n Strich.

(Befragter lacht).

Während Kriminaloberkommissar Max Odry weiterhin stumm unter den Statements eines Scherzkekses namens Hannes Benecke vor sich hin litt, trank Lisa Wiegand den Rest ihres dritten Nescafés aus, löschte das C, ersetzte es durch ein K und tippte weiter:

...ne war. Wir haben hinten – also im Festsaal von der Eifelstube – gefeiert. Ich bin vielleicht ein-, zweimal nach vorne in den Schankraum, weil's da zu den Toiletten geht. Und da ist mir nichts aufgefallen.

Drei, vier Männer am Stammtisch, einer – so 'n jüngerer – hat am Spielautomat rumgemacht. Und sonst – ich mein – man merkt sich ja die Gesichter nicht so. Die junge Frau hab ich da nur flüchtig gesehen. Bei uns im Saal hat ja 'ne Hilfskraft gekellnert. Bulgare oder Rumäne oder so was, schätze Mitte zwanzig. Keine Ahnung. Sprach aber ganz gut Deutsch. Netter Kerl eigentlich. Aber ich mein, man hört ja dieser Tage so viel ...

»Blablablabla! Dämliche Kuh!« Es fehlte nicht viel, und Lisa Wiegand hätte den Kopfhörer an die Wand gepfeffert. Max Odry ignorierte den Ausbruch seiner jungen Kollegin und tippte in aller Ruhe weiter.

Also, ich kann mir nicht vorstellen, dass die Kleine durchgebrannt ist. Anständig, gut katholisch. Nie irgendwas Auffälliges oder so.

Lisa nutzte den Moment, als Max Odry zum nächsten Mitschnitt überging, um bei ihm vielleicht doch noch ein bisschen kollegiales Mitgefühl zu erzeugen. »Also echt jetzt! Ich weiß nicht, was sich Geissler dabei denkt. Aus dem blöden Gelaber kann doch nach wie vor kein Schwein irgendwelche Hinweise generieren!«

»Wenn dir das hier dermaßen gegen den Strich geht, kannst du sicher schon ab morgen wieder Streife laufen.«

»Nee, is klar.«

Lisa Wiegand hütete sich, ihren Kollegen weiter gegen sich aufzubringen. Das Auswahlprozedere für den Wechsel von der Schutzpolizei zur Kripo war nur mit Ach und Krach zu ihren Gunsten ausgefallen. Sicher hatte Onkel Robert ein gutes Wort für sie eingelegt. Der hatte zwar bei den jüngeren Kollegen einen eher merkwürdigen Ruf, aber es gab immer noch ein paar Ältere, die große Stücke auf Ex-KHK Robert Melchers hielten.

KAPITEL 8

Susanne hatte endlich ihren ganzen Mut zusammengenommen und Evelyn ihren Besuch in der JVA gebeichtet. Jetzt saßen die beiden Frauen in der Krankenhaus-Kantine und tranken Kaffee. Zu Susannes Erleichterung fiel die erwartete Gardinenpredigt aus.

»Suse, du musst wissen, was du tust.« Evelyn zuckte – offensichtlich doch ein wenig verschnupft, weil sie übergangen worden war – mit den Achseln. »Jedenfalls hast du dir damit wie auch immer 'ne gewisse Verantwortung aufgeladen. Sag nicht, ich hätte dich nicht gewarnt! Vogel rechnet garantiert mit regelmäßigen Besuchen. Für den bist du doch jetzt automatisch so was wie 'ne feste Freundin. Ob du's willst oder nicht.«

Und? Was ist daran so schlimm?

»Kein Problem, Ev, wirklich! Du kannst mir da hundertprozentig vertrauen! Andi und ich haben gemeinsam beschlossen, dass wir die vier Stunden Besuchszeit pro Monat auf vier Tage aufteilen.«

Damit die Zeit dazwischen nicht so lang wird.

»Und?« Evelyn schlug die Beine übereinander und grinste Susanne ironisch an. »Hat er dir erzählt, dass er im Grunde unschuldig ist und dass das Ganze damals ein fatales Fehlurteil war?«

»Was?« Susanne war wie vom Donner gerührt. »Wie kommst du denn darauf?«

»Weil das alle machen: Mitleid heischen und sich als Opfer eines Rachefeldzugs, einer Lügenkampagne, eines angeblich völlig inkompetenten Pflichtverteidigers oder irgendeines gnadenlosen Richters darstellen.« Evelyn zuckte mit den Achseln. »Muss man einfach wissen. Um des Vorteils willen lügen die Gefangenen, dass sich die Balken biegen. Hat nichts zu bedeuten. Machen sie alle. Ohne Ausnahme.«

Aber Andi ist die Ausnahme!

Beinahe hätte Susanne das laut gesagt, aber dann überlegte sie es sich anders. Irgendwas stimmte heute nicht mit Evelyn.

Vielleicht ist sie doch ein bisschen saurer auf mich, als sie zugibt.

»Nein, Ev, wir reden nie über ... so was.«

»Worüber denn dann?«

Manchmal sagen wir auch gar nichts und schauen uns nur in die Augen.

»Wir haben zum Beispiel lange über Rosen gesprochen. Und über Sternrußtau.«

Evelyn verschluckte sich beinahe an ihrem Kaffee. »Sternruß-... was?! Und Rosen?! Na, das ist ja mal 'ne interessante Variante!« Evelyn lachte laut auf, und Susanne fuhr regelrecht zusammen.

Na gut, sie ist mit Recht ein bisschen böse auf mich. Aber ich weiß wirklich nicht, was an Rosen so komisch sein soll.

»Weißt du«, begann sie zaghaft, » Sternrußtau ist ein anderer Begriff für die sogenannte Schwarzfleckenkrankheit, also: Das ist ein Pilz, der leider auch noch in den abgefallenen Blättern überwintert und im Frühjahr …«

Evelyn prustete geradezu vor Lachen, und Susanne hielt verärgert inne.

Natürlich ist das für jemanden, der zu Hause höchstwahrscheinlich nicht mal 'ne Topfpflanze auf der Fensterbank hat, reinstes Fachchinesisch!

»Tut mir leid, wenn dich das alles nicht interessiert, Ev. Aber jetzt sag doch mal selber: Ist es für Andi – ich meine: für Andreas Vogel – nicht ganz in deinem Sinne, wenn er mit jemandem, der nichts mit dem Gefängnisalltag zu tun hat, gemeinsame Interessen hat?«

Evelyn antwortete nicht. Sie war schlagartig wieder ernst geworden, nippte an ihrem Kaffee, verzog angewidert das Gesicht und schüttete Kondensmilch in die Tasse. »Es ist ja schön, dass er bei dir nicht die übliche Ich-bin-unschuldig-Masche durchgezogen hat. Heißt das, ihr habt überhaupt nicht über seine Vergangenheit gesprochen?«

Susanne schüttelte stumm den Kopf und fühlte sich augenblicklich klein, feige und erbärmlich. »Ich hab mich bis jetzt einfach nicht getraut, zu fragen«, murmelte sie.

Wir sollten keine Geheimnisse voreinander haben, Andi und ich, aber …

Doch statt sie zurechtzuweisen, legte Evelyn tröstend eine Hand auf die ihre. »Suse«, sagte sie sanft, »wenn du dich bei ihm noch immer nicht zu fragen traust, mach ich dir zuliebe gern mal 'ne Ausnahme. Ist schließlich kein Geheimnis, weswegen man ihn verurteilt hat. Die Zeitungen waren ja damals voll davon.«

»Ich hab zuerst gedacht, dass ich das alles nicht wissen will, Ev. Und dann war der Zeitpunkt zu fragen irgendwann vorbei.«

»Echt? Also, für mich wär' das jedenfalls das Erste, was ich wissen wollte!«

Aber du bist nicht ich.

»Also komm, Suse, jetzt mal ehrlich: Warum hast du ihn nicht spätestens bei deinem ersten Besuch gefragt, was Sache ist?«

Weil alles so schön war. Deshalb.

»Aber solche Fragen kann man jemandem doch nicht einfach ins Gesicht ...«

»Natürlich kann man das!«, unterbrach sie Evelyn. »Suse, du darfst auf keinen Fall vergessen, wen du vor dir hast!«

»Einen Menschen, der Schlimmes getan und dafür gebüßt hat. Das hast du selber gesagt!«

»Na, dann ist es doch auch kein Problem zu wissen, *was* er Schlimmes getan hat, oder?«

Vielleicht.

»Nein. Hast recht. Eigentlich nicht.«

»Na, siehst du.« Evelyn seufzte, legte Susanne den Arm um die Schultern und zog sie an sich. »Also, du kannst ganz beruhigt sein: Andreas Vogel war weder Auftragskiller bei der Mafia noch sonst irgendwas Gruseliges, das man aus den Fernsehkrimis kennt.«

»Sondern?« Susanne schlug das Herz bis zum Hals.

»Er hat seine Frau totgeschlagen.«

»Was?!«

Das kann nicht sein! Unmöglich!

Susanne löste sich abrupt aus Evelyns Umarmung. »Das glaub' ich einfach nicht!«

Und er war verheiratet?!

Evelyn lächelte spöttisch. »Na, komm, was hast du denn erwartet? Für nichts kriegt niemand ›lebenslänglich‹.«

Was erzählt sie denn da? Irgendwas kann da doch nicht stimmen! Lebenslänglich kriegt man nur bei einem vorsätzlich geplanten Mord! Das weiß ja sogar ich!

Susanne versuchte hektisch, ihre Gedanken zu ordnen. »Aber: Wie ist denn das passiert? Im Streit! Oder? Er hatte Streit mit seiner Frau, ja? Oder wie?«

»Das hat jedenfalls seine Anwältin immer wieder ins Feld geführt.« Evelyn hob wie entschuldigend die Hände. »Nur: Wer hat schon 'nen drei Kilo schweren Schlosserhammer griffbereit zu Hause rumliegen?«

Susanne verschlug die Abgeklärtheit, mit der Evelyn eine Ungeheuerlichkeit nach der anderen von sich gab, die Sprache.

Vielleicht muss man so sein, wenn man Tag für Tag mit Schwerverbrechern zu tun hat. Nur: Warum erzählt sie mir jetzt plötzlich diese schreckliche Geschichte? Sie muss doch gespürt haben, dass ich das alles eigentlich gar nicht wissen will.

»Du, ich muss los.« Evelyn schob den Kaffee endgültig beiseite, stand auf und griff nach ihrer Tasche. »Guck doch einfach mal in die Zeitungen von damals: »Der Hammermörder von Mayen«. Ich sims dir die Daten. Hat seinerzeit ziemliche Wellen geschlagen.«

»Hey, Andreas!« Kaum war das Licht gelöscht, begann Peter Esser mit der Sitzung. »Was würdest du mit deiner Ische machen, wenn du könntest?«

Aus dem anderen Bett drang kein Laut.

»Also, deine Ische muss wirklich ganz schön naiv sein. Obwohl sie es besser wissen müsste. Oder? Andreas? Was hättest du zum Beispiel heute mit ihr gemacht? Ich meine, ohne Trennscheibe. Hätt'st du sie hergenommen? So wie der, der seine Frau da in der Spielecke hergenommen hat, wie keiner geguckt hat?«

Keine Antwort.

»Okay. Erst mal nett sein. Völlig klar. Aber wenn du nun draußen wärst, ich meine: raus hier, und keiner kann dir was. Ich mein, das Geile ist doch, dass du's gleich am Anfang schon weißt. Dass du ihr zum Beispiel mittendrin plötzlich die Hände um den Hals legst und so lange zudrückst, bis es fast vorbei ist. Aber eben erst mal nur fast. Na ja, und dann sagt man halt wieder was Nettes, damit sie denkt ... Ey, Andreas? Na komm, sag' doch auch mal was!«

»Lass das!«

»Hä? Was'n jetzt los?« Dass Vogel die Sitzung einfach unterbrach, hatte es noch nie gegeben.

»Ich hab' gesagt, du sollst das lassen.«

Esser wusste, dass es sinnlos war, nachzuhaken, und er entschied sich auf die Schnelle zu einem hinlänglich bewährten Szenarium. »Okay. Samstagabend, Kirmes, Schützenfest oder so was. Die Ische irre aufgetakelt und geschminkt. Heiß draußen. Alles schwitzig. Überall, verstehst du? Und wie es so richtig stockdunkel ist, zieht sie los, will nach Hause, alleine, durch'n Park. Jemand hinter ihr. Sie: schneller. Der hinter ihr: auch schneller. Und sie denkt, wenn sie so tut, als wenn sie keine Angst hätte, würde sie sich das, was jetzt kommt, ersparen. Und wie er näher kommt, dreht sie sich um und guckt ihn mit weit aufgerissenen Augen an und fragt: »Kann ich Ihnen helfen?« Na klar kann sie helfen. Zum Beispiel, indem sie schön langsam ihren Schlüpfer auszieht. Wie sie das hört, weiß sie endgültig, was ihr blüht. Und sie fängt an wie verrückt zu schreien. Aber da ist keiner. Andi? Andreas?«

»Ja.«

Esser konnte sich nicht mehr daran erinnern, was an dem altmodischen Wort Schlüpfer so erregend war, aber er hatte keine Lust, weiter darüber nachzudenken. Es ging auch ohne Andis Ische. Irgendeine Ische eben. Das hatte er kapiert.

Am nächsten Tag saß Susanne – trotz der nach wie vor drückenden Sommerhitze am ganzen Leib zitternd – im Zeitschriftenlesesaal der Landesbibliothek. Drei Stunden Zugfahrt hin und drei zurück. In der Klinik hatte sie sich krankgemeldet. Den Verwaltungschef zu belügen, wäre ihr in all den Jahren nicht in den Sinn gekommen, aber die Ungewissheit über das, was damals zwischen Andi und seiner Frau geschehen war, ließ ihr jetzt, nachdem Evelyn den Stein ins Rollen gebracht hatte, einfach keine Ruhe. Bei Mutti würde eine Caritas-Pflegerin für sie einspringen. »Bisschen viele Vertretungsschichten in letzter Zeit«, hatte Gertrud Kleinschmitt zum Abschied süffisant gesagt und offensichtlich irgendeine Rechtfertigung erwartet. Doch Susanne hatte einfach nicht die Nerven, eine passendere Ausrede zu erfinden.

Andi hat eine Frau erschlagen. Er hat eine Frau erschlagen. Er hat seine Frau erschlagen …

Der Satz rotierte wie eine Endlosschleife in Susannes Kopf. Verzweifelt versuchte sie wieder und wieder, die entsetzliche Wahrheit zu relativieren.

Andi ist nicht so. Er wird für einen Sekundenbruchteil die Kontrolle verloren haben. Und da war es zu spät. Und ich weiß genau, dass er es anschließend an jedem Tag seines Lebens bereut hat.

Die ganze lange Fahrt über klammerte sie sich an die Hoffnung, dass das alles nichts weiter als eine tragische Verkettung von Ereignissen und dieses grausame »Lebenslänglich« tatsächlich ein Fehlurteil war.

Vielleicht war die Ehe ja damals bereits gescheitert. Vielleicht war es eine von vielen, zermürbenden Meinungsverschiedenheiten. Und dann setzt einen furchtbaren Augenblick lang der Verstand aus …

Die ersten Zeitungsberichte waren wie üblich wenig informativ: *»Häuslicher Streit in Mayen endet tödlich.« »Beziehungstragödie in Mayen.« »Mayen (RP): Frau nach Ehestreit erschlagen.«*

Später dann die Prozessberichte. Andis Anwältin hatte im Gegensatz zur Staatsanwaltschaft auf eine Affekthandlung und auf schwere Körperverletzung mit Todesfolge plädiert, und sie hatte zudem die Tatsache, dass ihr Mandant zur Tatzeit betrunken war, als potenziell strafmildernd ins Feld geführt.

Der *Allgemeinen Rhein-Zeitung* zufolge hatte sich das Ganze jedoch ganz anders zugetragen. *»Der Zeuge Leopold W. (63) konnte ebenso wie seine Frau Anneliese (65) bezeugen, dass sich das Tatwerkzeug im Gegensatz zur Aussage des Angeklagten unmittelbar vor der Tatzeit nicht am Tatort, d. h. im Wohnhaus der Vogels, befand. Andreas V. konnte demzufolge nicht im Affekt zu jenem schweren Schmiedehammer gegriffen und seine Frau erschlagen haben. Vielmehr hatte sich Leopold W. das bewusste Beweisstück mit Einverständnis von Vogels Frau Mareike für einige Tage ausgeliehen und erst etwa eine Stunde vor der Tat zurück in den Geräteschuppen der Vogels gebracht.«*

Susanne versuchte, die Bilder, die vor ihrem inneren Auge entstanden, zurückzudrängen. Die Zeilen drohten zu verschwimmen, aber sie las tapfer weiter.

»Der Hammer befand sich demzufolge nicht, wie Andreas V. behauptet hatte, wegen Renovierungsarbeiten in der ersten Etage seines Wohnhauses. Vielmehr musste Vogel, um seiner habhaft zu werden, die etwa 26 Meter vom Wohnhaus bis zur Grundstücksgrenze zurücklegen. Zudem herrschte in der betreffenden Nacht tiefe Dunkelheit, was den entsprechenden Vorgang noch erschwert haben dürfte. Dies schloss nach Überzeugung der Staatsanwaltschaft eine Affekthandlung aus. Richterin Gartzen folgte dem entsprechenden Antrag …«

Susanne war fassungslos. Die Tatsache, dass Andreas – wie seine Anwältin zu Recht angeführt hatte – schwer betrunken war, wurde einfach ignoriert: *»Es ist nicht auszuschließen, dass der Angeklagte erst nach der Tat eine größere Menge Alkohol zu sich genommen hat, um den Tötungsvorsatz zu verschleiern.«*

Die reißerischste aller Boulevardzeitungen las Susanne bewusst erst ganz zum Schluss. *»Lebenslänglich für den Hammermörder von Mayen!«*, hieß es da in fetten Lettern, gleich auf Seite eins.

Als sei das Urteil ein Triumph der Gerechtigkeit!

Im zweiten Absatz wurde geradezu genüsslich darauf eingegangen, dass Mareike Vogel ihren Mann in jener Nacht offenbar fluchtartig verlassen wollte. *»Sie hatte bereits ihren Mantel an und war gerade im Begriff, die gemeinsame Tochter Bernadette (4) aus dem Bettchen zu nehmen, als Andreas V. brutal zuschlug.«*

»Ist Ihnen nicht gut?« Susanne nahm die Stimme der besorgten Bibliothekarin nur leise und eigentümlich gedämpft wahr, wie aus weiter Entfernung. Danach spielte sich alles um sie herum wie in Zeitlupe ab: Ein hilfreicher junger Mann brachte ihr ein Glas Wasser, und die Bibliothekarin bestand darauf, dass sie sich wenigstens für ein paar Minuten auf die Couch im Mitarbeiterzimmer legte. Die anschließende Zugfahrt zurück nach Mayen verbrachte sie wie in Trance.

Er hat seine Frau im Beisein seines eigenen Kindes umgebracht! Und wie abgrundtief verzweifelt muss ein Mensch sein, um so etwas zu tun?

Als Susanne – später als geplant, um Muttis Fragen auszuweichen – nach Hause kam, griff sie nach der Flasche Schnaps, die sie für Pfarrer Beckmanns Besuche bereitzuhalten pflegte, stolperte ins Bad und schloss sich ein.

Mutti hatte sie als Kind, wenn ihr gerade mal wieder danach war, in den Wandschrank im Flur eingesperrt; irgendeine Begründung fand sich immer. Man konnte darin lediglich aufrecht stehen und nur flach atmen, zu mehr reichte der Platz nicht. Es roch muffig, und Licht gab es ebenfalls nicht. Susanne hatte Stunden dort verbracht, immer mit der Angst, gleich zu ersticken. Seitdem geriet sie jedes Mal in Panik, wenn im Krankenhaus mehr als zwei, drei Leute gleichzeitig in den Fahrstuhl stiegen, und dunkle Räume lösten bei ihr Todesangst aus.

Zitternd schraubte sie die Flasche auf.

Kirschbrand aus Eifeler Wildkirschen.

Er roch nach Marzipan.

Susanne machte sich nichts aus Alkohol. Ab und zu ein Bier oder eine Weißweinschorle, noch seltener mal ein Glas Sekt, das war alles. Und selbst davon wurde ihr manchmal schon nach wenigen Schlucken schwindelig. Einen richtigen Rausch hatte sie noch nie gehabt.

Pfarrer Beckmanns Lieblingsschnaps wird seinen Zweck schon erfüllen.

Lediglich unterbrochen von angewidertem Keuchen trank sie die Flasche aus und löschte das Licht. Augenblicklich meldeten sich das übliche Herzrasen und das Gefühl, dass die Luft zum Atmen von Mal zu Mal weniger wurde. »Ich muss wissen, wie du dich damals gefühlt hast, Andi«, flüsterte sie, »ich muss es einfach wissen.«

Dann drehten sich Feuerräder in ihrem Kopf, und sie schlug der Länge nach auf den kalten Steinboden.

»Rosen also.« Evelyn Meinecke tat so, als mache sie sich Notizen. An diesem Morgen saß Rhea Amman mit im Therapieraum, und natürlich musste Ev so tun, als habe sie keine Ahnung davon, dass Rosen und Sternrußtau bei Susannes Besuchen offenbar das wichtigste Gesprächsthema waren. Sie verkniff sich angesichts des Begriffs ein ironisches Grinsen. »Sternrußtau«: Das klang so wie die Buchtitel, die eine Zeit lang in Mode gewesen waren; die, bei denen zwanghaft irgendwelche widersprüchlichen Substantive aneinandergereiht wurden. »Prinzessinnenmord« oder »Feenblut«; so inflationär, dass am Ende offenbar alle denkbaren Varianten im Buchhandel erhältlich waren und zwei Substantive nicht mehr ausreichten. Das Resultat waren dann so abenteuerliche Konstruktionen wie »Nachtblütenfluch« oder »Todesschattentanz«. Ev las nicht gerne Krimis, aber der Trend war zu auffällig gewesen, um unbemerkt an ihr vorüberzugehen. »Sternrußtau« kritzelte sie auf ihren Schreibblock. Langsam begann es ihr Spaß zu machen, Rhea Amman an ihrer reizenden kleinen Stupsnase herumzuführen. Denn natürlich hatte sie bei der Sache ein bisschen nachgeholfen und »rein zufällig« ein paar antiquarische Fachbücher zum Thema Rosen an die Gefängnisbibliothek verschenkt. Und die hatte sich Andi Vogel kurz darauf »rein zufällig« ausgeliehen. Sein hastig angelesenes Wissen hatte sich als wahrer Segen erwiesen. Rosen! Worüber sollte man auch sonst bei einem Knastbesuch reden? Über die Tat? Ausgeschlossen. Über den Knastalltag? Was sich da abspielte, glaubte ohnehin keiner, der es nicht selbst erlebt hatte. Es war für Ev ein Leichtes gewesen, Susanne gegenüber die Überraschte zu spielen: »Ernsthaft? Rosen?«

Erstaunlich, mit welch einfachen Mitteln man manche Menschen glücklich machen konnte.

»Frau Meinecke?« Rhea Amman riss Evelyn aus ihren Gedanken. Scheinbar war der Kollegin nicht entgangen, dass sie nur mit halbem Ohr zuhörte.

Evelyn lächelte ihre Kontrahentin gewinnend an, lehnte sich zurück und beschloss, das so wunderbar unverfängliche Thema noch ein wenig länger auszuschlachten. »Herr Vogel, wie sind Sie denn ausgerechnet auf Rosen gekommen?«, fragte sie mit unschuldigem Augenaufschlag.

Andreas Vogel verzog keine Miene. »Nun ja ... Ich wusste ja aus Frau Kleinschmitts Briefen, dass Rosen ihr Ein und Alles sind. Und seitdem ich hier in der Gärtnerei arbeite, interessiere ich mich natürlich brennend für das Thema.« Er verschwieg Rhea Amman gegenüber wohlweislich, dass er im geschlossenen Bereich der Gefängnisgärtnerei nichts weiter zu tun hatte als sogenannte Strohrömer herzustellen: verschieden große Rohlinge für Advents-, Grab- und Türkränze; etwas Langweiligeres und Uninteressanteres war kaum vorstellbar. Und mit Rosen hatte das Ganze nicht einmal entfernt etwas zu tun.

Rhea Amman jedoch war wie geplant beeindruckt, zumal sie den entsprechenden Bereich der JVA nur oberflächlich kannte. Und Evelyn war hoch zufrieden. Keine Frage: Susanne Kleinschmitt und ihr Rosenfimmel waren ein einziger Glücksgriff.

KAPITEL 9

AZ 45329/C23
Transkript der mündlichen Befragung
Andreas Vogel
Birkenweg 1 a
56727 Mayen

Ich bin von Beruf Reiseleiter und war an dem Tag auf dem Rückweg nach einer ziemlich anstrengenden Tour. Deshalb bin ich vor dem Nachhausefahren noch kurz in die Eifelstube. Ich wollte erst mal runterkommen und so. Man muss ja den Arbeitsstress nicht in die Familie tragen. Ich hab da allerdings die ganze Zeit am Spielautomat gesessen, also wer da wann rein oder raus ist, kann ich beim besten Willen nicht sagen. Vorne im Schankraum war, soweit ich mich erinnere, nicht viel los an dem Abend. Hinten im Saal war ’ne Feier, da sind natürlich ab und zu mal welche aufs

Klo gegangen oder so, aber – wie gesagt – ich hab da nicht drauf geachtet.

Jedenfalls war ich zum »Tatort« zu Hause, das weiß ich noch genau.

War sie da etwa schon tot?

»Ey, Max, was passiert denn jetzt mit dem ganzen Zeugs?«

Max Odry war heute ausnahmsweise einmal gnädig gestimmt: Lisa Wiegand und er machten Mittagspause, die Sonne schien, und ihre beiden – höchst illegalen – Campingstühle auf dem Dach des LKA hatte Gott sei Dank noch keiner bemerkt. Ganz Mainz lag ihnen von hier oben aus zu Füßen, und die Mammutarbeit, sämtliche Mitschnitte der Nachbarschaftsbefragungen von damals wortwörtlich abzutippen war fast erledigt.

Die Sache mit den Campingstühlen war Lisas Idee gewesen.

»Cool hier, oder?« Dem konnte Max ausnahmsweise einmal nicht widersprechen, und Lisa überlegte ernsthaft, dem Polizeipräsidenten vorzuschlagen, das ungenutzte Flachdach des Präsidiums mit ein paar Kübelpflanzen zu verschönern. Oder mit einem richtigen Garten und ein paar schattenspendenden Bäumen, denn es war ziemlich heiß hier oben.

»Nun sag schon!«, insistierte Lisa, »Hast du 'ne Ahnung, wie das jetzt weitergehen soll? Und was mit dem ganzen Krempel von den Düsseldorfern passiert?«

»Die Akte liegt sowohl eingescannt in der Düsseldorfer Datenbank für Cold Cases als auch –ausgedruckt – weil

Geissler sagt, er blättert lieber richtig – bei uns, die Asservate lagern in Bielefeld, können aber jederzeit angefordert werden. Die Bänder gehen zurück, und unsere Transkripte kriegen jetzt natürlich beide LKAs.« Max Odry nahm die Brille ab und schmierte sich ein Kleckschen Sonnencreme auf Stirn und Nasenrücken.

»Echt? Hätte man doch von vornherein so machen können.«

»Hätte, hätte, Fahrradkette. Willst du auch?«

Lisa Wiegand nickte und nahm die Tube mit der Sonnencreme dankend entgegen. »Wäre doch nur logisch gewesen, dass Koblenz den Fall von vornherein übernimmt.«

»Der Leichenfundort bestimmt nun mal die Zuständigkeit, nicht der Wohnort.«

»Und wenn die Landesgrenze genau dazwischen liegt?«

»Ändert das gar nichts, wie dir ja schwerlich entgangen sein wird.«

»Bescheuert.« Lisa gab die Sonnencreme zurück und zog den Rocksaum hoch, um ihren blassen Beinen endlich etwas sommerliche Bräune zukommen zu lassen.

Max gab sich redlich Mühe, nicht allzu offensichtlich hinzugucken. »Wenn dein Freund Melchers damals schon 'n Promi gewesen wäre, wär das Ganze vielleicht anders gelaufen.«

»Robert Melchers ist nicht mein Freund, sondern der Patenonkel von meiner Nichte Leonie.«

»Egal. Jedenfalls haben die Kollegen wohl gehofft, dass uns beim Transkribieren der Nachbarschaftsbefragungen irgendwas auffällt.«

»Ist aber nun mal nicht. Und bei der Aktendurchsicht auch nicht.«

»Tja. Blöd. Keine Ahnung.«

»Wie sind die denn überhaupt auf die Idee gekommen, den Fall noch mal aufzurollen und so weiter?«

»Wenn mich nicht alles täuscht, steckt dahinter irgendeine fixe Idee von deinem Onkel.«

»Nenn-Onkel!«

»Und wie geht das Ganze jetzt weiter?«

»Wie auch immer. Schau'n mer mal.«

Das Wetter war viel zu schön, um die Mittagspause mit Grübeln zu verbringen.

KAPITEL 10

Susanne hatte sich im Lauf der Nacht gleich mehrfach übergeben müssen, und die Stunden, die sie auf dem kalten Steinboden im Bad verbracht hatte, forderten ebenfalls ihren Tribut. Die erneute Krankmeldung entsprach diesmal tatsächlich der Wahrheit: Ihr war übel, ihr war schwindelig, und sie hatte so heftige Kopfschmerzen, dass sie jede überflüssige Bewegung vermied. Ihr Plan, am eigenen Leib zu erfahren, wie Andreas Vogel sich wohl – wie sie annahm, vor Wut und Angst wie von Sinnen und schwer alkoholisiert – während der Tat gefühlt haben mochte, war trotzdem nicht aufgegangen.

Nur das mit der Panik. Das hat funktioniert. Aber das erklärt rein gar nichts. Manchen Leuten flößt schon der Anblick von Spinnen Todesangst ein, und in den meisten Fällen gibt es überhaupt keinen nachvollziehbaren Anlass für Panikattacken.

Die Caritas-Pflegerin kam für einen weiteren Tag vorbei, um nach Mutti zu sehen. Als es an Susannes Tür klopfte, ging sie davon aus, dass die Pflegerin sich wie üblich bei ihr über Muttis unverschämten Ton beschweren wollte.

Stattdessen marschierte Nadja Küppersbusch ins Zimmer und bekam prompt einen Lachanfall. »Boah, Susanne! Erst durchsumpfen und dann krankfeiern! Das sieht dir ähnlich!«

Das sieht mir überhaupt nicht ähnlich! Wie kommt sie darauf?

Die Pflegeschülerin wedelte – immer noch kichernd – mit einer Bäckertüte vor Susannes Nase herum »Wo du mir doch immer von deinen Pausenbrötchen abgibst, dachte ich, ich revanchier' mich mal!«

Das ist ja nett, aber schon beim Gedanken an was Süßes wird mir schlecht.

»Tut mir leid, Nadja, aber ...«

»Ich seh schon. Du kotzt gleich.« Nadine nickte verständnisvoll, nahm einen der beiden Kirschstreusel aus der Tüte und biss hinein. »Und?«

Warum sagt dem Mädchen keiner mal, dass man mit vollem Mund nicht spricht?

»Nadja, was bei einem Beruf, bei dem man mit anderen Menschen umgeht, wirklich nicht so gut ankommt, ist, beim Essen mit vollem ...«

»Vergiss es, Susanne! Ich bin echt nicht wegen Job oder Lernen oder so was vorbeigekommen.«

Und sein Gegenüber nach jedem Halbsatz zu unterbrechen, ist ebenfalls nicht gerade höflich.

Andererseits war es unmöglich, Nadja mit ihrer durch nichts zu erschütternden guten Laune irgendetwas übel zu nehmen.

»Sag mal: Wer wohnt denn sonst noch in dem Palazzo hier?«

»Niemand. Nur meine Mutti und ich.«

»Krass. In dem Riesenkasten?« Nadja musterte angetan die Flügelfenster und die schnörkelige Stuckdecke, »Und wieso?«

»Mutti mag keine fremden Leute um sich haben.«

»Aber wär' doch cool, wenn hier 'n bisschen Leben in die Bude käme, oder?« Nadja leckte sich genüsslich die Kirschmarmelade von den Fingern, »Ich mein', von morgens bis abends immer nur mit deiner Ollen rumzuglucken, is' doch voll depri! Also, ich würd da durchdrehen!«

Ich auch. Eigentlich.

Nadjas muntere Dreistigkeit verschlug Susanne regelrecht die Sprache, und die Tatsache, dass sie mit dem Gesagten auch noch recht hatte, machte das Ganze nur noch schlimmer.

Aber Nadja ließ sich von Susannes betroffenem Schweigen keineswegs ausbremsen. »So, und jetzt erzähl! Was macht dein Knacki, hm? Weißt du, das ist auf Station nämlich Thema Nummer eins«, erklärte sie, nachdem sie den hinuntergeschluckten Kirschstreuselbrei umgehend durch einen frischen Bissen ersetzt hatte. »Die Kolleginnen zerreißen sich seit Wochen das Maul über dich, und da dacht ich, ich komm mal privat bei dir vorbei, um dich zu warnen.«

»Warnen? Wovor?«

»Na, kommt bei manchen nicht so richtig gut an, weißte?«

»Wieso? Ich versteh nicht ganz.«

Nadja kaute und zuckte mit den Achseln. »Also, mir ist das echt vollkommen wurscht, wer mit wem und so. Aber bei den älteren Kolleginnen und im Personalbüro findet man das mit deinem Knacki, glaub ich, mittlerweile nicht mehr ganz so prickelnd.«

»Aber es geht doch nur darum, jemandem, der seine Tat bereut und der außerdem seine Strafe eigentlich schon abgesessen hat, den Weg zurück in die Gesellschaft ...«

»Quatsch! Das interessiert doch keine Sau, von wegen zurück in die Gesellschaft und so. Die sollen bleiben, wo sie sind: Klappe zu, Affe tot, und gut is'! Oder noch besser: Rübe runter! Also: Ich denk das nicht, aber die meisten reden so, verstehste? – Der Kuchen ist echt supi, willste nicht vielleicht doch 'n Stückchen?«

»Nein, danke.«

»Dann ess ich das andere Stück auch noch, okay?« Ohne Susannes Antwort abzuwarten, angelte Nadja sich das zweite Stück Hefekuchen aus der Tüte.

Susanne überlegte fieberhaft, was sie ihrer Kollegin in spe sagen sollte. Der ganze Vorgang schien ihr absurd.

Wahrscheinlich stellen die sich wer weiß was vor. Dass Andi irgendein brutaler Kerl mit ellenlangem Strafregister und Totenkopf-Tattoos am ganzen Körper ist.

»Nadja, ist den Kolleginnen denn nicht klar, dass ich sehr wohl weiß, was ich tue? Und die im Personalbüro sollten schließlich wissen, dass ich seit über zwanzig Jahren in der Klinik arbeite und mir nie hab was zuschulden kommen lassen!«

»Klar. Außer Party machen und anschließend krankfeiern!« Nadja kicherte verschwörerisch. »Kenn'n wir doch alle!«

»Kannst du denen nicht einfach sagen, dass es nun mal so was wie Familientragödien mit schrecklichen Folgen gibt und dass Andi – ich meine Herr Vogel – dafür immerhin seit fast fünfzehn Jahren büßt?«

»Wofür?«

»Er hat …«

Wie soll ich das ausdrücken? So kühl und abgeklärt wie Ev? Er hat seine Frau erschlagen?

Susanne suchte nach einer weniger schockierenden Formulierung. »Er hat im Streit seine Frau umgebracht.«

»Oh shit!« Nadja hielt einen Moment lang mit dem Kauen inne. Dann aß sie – offenbar beruhigt – weiter. »Also wenigstens kein Kinderschänder oder Serienkiller oder so was.«

»Mit so jemandem würde ich mich doch keine Sekunde lang abgeben!«

Gelogen, aber: egal. Sie muss ja nicht wissen, dass ich am Anfang keine Ahnung hatte, was Andi getan hat.

»Na, dann isses ja gut …« Nadja nahm den letzten Bissen Kirschstreusel. »Gibt ja Frauen, die ihre Männer echt auf die Palme bringen können.« Sie zerknüllte die Tüte und zielte damit erfolglos auf Susannes Papierkorb. »Aber andererseits: Deswegen muss man sie ja nicht gleich um die Ecke bringen, oder?«

»Frau Kleinschmitt?« – Die Caritas-Pflegerin trat ein, ohne anzuklopfen. »Es tut mir leid, Frau Kleinschmitt, aber ich fürchte, die Bettdecke von Ihrer Mutter können Sie mal wieder wegschmeißen.«

Nadja verzog wissend das Gesicht. »Boah«, sagte sie und hielt sich die Nase zu. »Als ob's nicht reicht, das Düftchen täglich bei der Arbeit inhalieren zu müssen.«

Nachdem die Caritas-Dame einen demonstrativen Blick auf ihre Armbanduhr geworfen und erklärt hatte, dass ihr Dienst bekanntlich sehr eng getaktet sei, übernahm es Nadja ohne mit der Wimper zu zucken, die Daunendecke zu entsorgen, das Bett frisch zu beziehen und Mutti zu duschen und umzuziehen.

»Bleib du man liegen«, hatte sie zu Susanne gesagt. Muttis Gezeter schien bei ihr nicht den geringsten Eindruck zu machen.

Susanne schwor sich, ab jetzt jeden Tag ein Extra-Brötchen für Nadja mit in die Klinik zu nehmen. Dann schlummerte sie – eigentümlich entspannt und geradezu glücklich – ein.

»Gibt ja Frauen, die ihre Männer echt auf die Palme bringen können«, hat Nadja gesagt. Wieso bin ich da nicht selber drauf gekommen?

Sie erinnerte sich an den Artikel, in dem stand, dass Andis Frau im Mantel war und offenbar bei Nacht und Nebel das Haus verlassen wollte. Und dabei wollte sie das kleine Mädchen offensichtlich mitnehmen.

Sie wollte Andi seine kleine Tochter wegnehmen.

Er hat sie vielleicht einfach nur davon zurückhalten wollen. Aber sie hat nicht auf ihn gehört. Da ist er durchgedreht.

Die Sache mit dem Hammer hatte sie erfolgreich verdrängt.

Ev Meinecke war froh, dass diesmal weder Rhea Amman noch sonst ein Kollege die Einzeltherapiestunde mit Andreas Vogel störte: Die heutige Bestandsaufnahme war bereits seit Tagen überfällig.

»Jetzt weiß sie also Bescheid.«

»Ja.«

Vogel wippte ununterbrochen mit dem linken Bein. Evelyn erinnerte sich, dass das als eines der Symptome dessen galt, was man als Zappelphilipp-Syndrom bezeichnet hatte, bevor das wesentlich schicker klingende ADHS erfunden wurde und sich von der Tagesmutter bis zum Geigenlehrer jeder zum entsprechenden Experten aufschwang. Die Störung hatte zur Freude der Pharmaindustrie innerhalb kürzester Zeit Kultstatus erlangt. Allerdings wussten wohl die wenigsten, dass es dasselbe Phänomen auch bei Erwachsenen gab. Da hieß es – weniger schick – Hyperaktivitätssyndrom, und bei unkontrollierbarem Bewegungsdrang und Konzentrationsschwäche blieb es dabei nicht: Mangelnde soziale Anpassung war die Regel, die Pflege stabiler Beziehungen die absolute Ausnahme. Insofern hatte Rhea Amman mit ihren Zweifeln an Andreas Vogel sogar rein schulbuchmäßig recht. Aber was in den Psychologiebüchern stand, änderte sich schließlich von Mal zu Mal, und was gestern als gesichert galt, war morgen schon in sein Gegenteil verkehrt. Außerdem wusste Evelyn nun mal mehr über Andreas Vogel als all ihre Kolleginnen und Kollegen zusammen.

Viel mehr.

»Das macht mich wahnsinnig!« Sie deutete enerviert auf Vogels Knie.

»Sorry.« Vogel presste seine Hand auf den Oberschenkel und versuchte, sich zu konzentrieren. »Vielleicht war's ja zu früh. Vielleicht hätte Susanne den Zeitpunkt selbst bestimmen müssen.«

»Aber wir waren uns doch einig: Je weiter sich die Beziehung entwickelt, desto problematischer wird so was in der Regel.«

»Und wenn die Sache mit Mareike sie so abschreckt, dass sie nicht wiederkommt?«

Evelyn zuckte mit den Achseln und schwieg. Die Antwort lag schließlich auf der Hand: Im Zweifelsfall war ein Ende mit Schrecken nun mal besser als ein immer weiteres Hinauszögern, das irgendwann mit einem Desaster enden würde.

Vogel lehnte sich zurück und schloss die Augen. »Womöglich ist sie mehr davon geschockt, dass ich verheiratet war als von allem anderen.«

»Bernadette nicht zu vergessen.«

»Ja. Das auch.«

Für ihren nächsten Besuch in der JVA zog Susanne das blaue Seidenkleid an, das sie sich damals für das Ehemaligentreffen gekauft hatte. Es war frisch gereinigt, sie hatte Schweißblätter eingenäht, und diesmal vergaß sie auch nicht, einen Unterrock darunterzuziehen. Einen Moment lang dachte sie dabei an jenen Abend und an Stefan Stühn. Im Nachhinein war ihr geradezu schleierhaft, wieso sie damals für so einen arroganten Besserwisser geschwärmt hatte. Er hatte sie regelrecht vorgeführt mit seinem blöden »Finn heißt einfach der Finne oder die Finnin«. Sie hatte es am nächsten Tag gegoogelt, und fionn war tatsächlich – genau, wie sie gesagt hatte – die gälische Vokabel für blond.

Er wollte sich Michaela gegenüber einfach nur aufspielen! Andi würde so etwas nie tun. Niemals!

Sie hatte allen Mut zusammengenommen und ihn in einem ihrer Briefe nach seiner Tochter gefragt – natürlich ohne ihm einen Vorwurf daraus zu machen, dass er ihr nie etwas von ihr erzählt hatte.

»Mein allerliebstes Burgfräulein«, schrieb er zurück, *»es tut mir leid, dass Du das alles nicht von mir selbst erfahren hast. Ich hatte einfach solche Angst, dass Du dich von mir abwenden könntest.«*

Auf der Fahrt nach Diez las Susanne Andreas' Brief immer und immer wieder von Anfang bis Ende durch.

»Bernadette war damals zwar noch klein, aber die schrecklichen Ereignisse (ich würde wirklich alles dafür geben, sie ungeschehen zu machen!) können trotzdem nicht spurlos an ihr vorübergegangen sein. Da es keine noch lebenden Großeltern oder andere nahen Verwandten gab, habe ich mich damals schweren Herzens dazu entschlossen, unsere kleine Benny zur Adoption freizugeben. Was wäre das sonst für sie für ein Leben gewesen? In irgendeiner Pflegefamilie, bei der das Jugendamt womöglich gerne mal ein Auge zudrückt, wenn nicht alles so gut läuft? Und dazu ein Vater im Gefängnis; ein Vater, der ihre Mutter auf dem Gewissen hat und mit dem sie mit Sicherheit nichts zu tun haben möchte.«

Susanne hielt einen Moment lang beim Lesen inne. Sie dachte an ihren eigenen Vater und daran, dass er damals als einziger Mensch auf der Welt die Möglichkeit gehabt hätte, Muttis Quälereien und Demütigungen ein Ende zu setzen.

Aber er hat sich ein Leben lang nicht dafür interessiert, wie es mir geht. Ganz im Gegensatz zu Andi. Es muss furchtbar für ihn gewesen sein, sich für immer von seinem Töchterchen zu trennen.

Sie hatte Wolfgang Thelen damals geschrieben, weil sie ihrem Vater wenigstens ein einziges Mal gegenüberstehen wollte; wenigstens einen kurzen Moment lang wollte sie einen Eindruck davon bekommen, was wohl den anderen Anteil ihrer Gene ausmachte. Muttis Gene waren vielleicht in der Minderzahl. So hatte sie jedenfalls inständig gehofft. Aber ihr Vater hatte ihr diese Begegnung verweigert. Mit anwaltlicher Unterstützung.

Ob es Andis Tochter wohl wie mir damals geht? Ob sie vielleicht auch wissen möchte, wer ihr leiblicher Vater ist?

Im Besucherraum waren heute außer ihr nur noch zwei ältere Frauen. Die meisten zogen offenbar einen längeren Besuch im Monat vier kurzen Besuchen vor.

Manche wohnen vielleicht auch weiter weg und können nicht jede Woche herkommen.

»Bernadette ist mittlerweile fast achtzehn, oder?«

»Ja«, Andreas Vogel fuhr sich mit der Hand über die Augen, »eine junge Frau.«

Er sah müde aus, und Susanne wusste nicht recht, ob sie das Thema weiterverfolgen sollte.

Andererseits tut es Andi vielleicht sogar gut, darüber zu sprechen.

»Hat sie denn irgendwann mal versucht, Kontakt mit dir aufzunehmen?«

Vogel schüttelte den Kopf. »Ich weiß noch nicht mal, ob sie sich überhaupt daran erinnert, dass sie einmal andere Eltern hatte. Oder ob man ihr das überhaupt gesagt hat.«

»Mit fast vier Jahren? Da erinnert man sich eigentlich schon an das ein oder andere.«

Zum Beispiel daran, aus Angst vor Muttis Schlägen jedes Mal, wenn sie eine heftige Armbewegung machte, zusammengezuckt zu sein. Und dann gab es erst recht Schläge: »Weil du gezuckt hast!«

Susanne sah die einzelnen Szenarien auch heute noch – so scharf wie auf einer Kinoleinwand – vor sich: Sie hatte zu ihrem vierten Geburtstag einen dunkelblauen Rock mit bunten Querstreifen angezogen. Und sie hatte sich in der Küche immer schneller und schneller im Kreis gedreht und auf die bunten Ringel geschaut, die um sie herumwirbelten. Als sie stehen blieb, wurde ihr schwindelig, und Mutti hatte hastig nach dem Milchkrug auf dem Tisch gegriffen, damit sie ihn nicht umriss. Die abrupte Bewegung sah genauso aus wie sonst, wenn Mutti ausholte, um ihr ins Gesicht zu schlagen. Und sie war zusammengezuckt.

»Du hast gezuckt!«

Natürlich. Aus Angst vor Prügel.

Und die gab es dann auch.

Susanne hätte es malen können: Muttis gelber Pullover mit den braunen Ärmelbündchen, der schwarze Jersey-Rock und die ausgetretenen Pantoffeln dazu.

Damals wog sie nicht einmal die Hälfte.

»Ich hoffe inständig, dass Benny sich nicht an jene furchtbare Nacht erinnert …« Andreas Vogel hatte den Blick gesenkt und krampfte seine Hände so heftig zusammen, dass seine Knöchel weiß hervortraten.

Ich wollte, ich könnte ihn irgendwie trösten.

Susanne streckte reflexartig ihre Hand aus: Die Hände ängstlicher, trauriger oder verzweifelter Menschen zu streicheln, war ihr in Fleisch und Blut übergegangen. Doch die Plexiglasbarriere verhinderte nach wie vor jede Berührung.

»Andi, vielleicht wird ja bald alles gut. Ev hat gesagt, du kannst vielleicht demnächst – wie nennt man das? – Haftlockerung beantragen. Und das wäre dann sogar ein erster Schritt in Richtung Freiheit.«

Sie schlug sich erschrocken auf den Mund. Ev hatte ihr doch streng verboten, Andi zu erzählen, dass sie sich kannten; schließlich war sie seine Therapeutin!

Bestimmt fände Andi es nicht gut, zu erfahren, dass Ev mich mehr oder weniger zum Briefkontakt mit ihm genötigt hat. Und dass sie nicht gerade begeistert davon ist, dass mittlerweile mehr daraus geworden ist, sollte ich ihm unter keinen Umständen sagen.

»Ja. Frau Meinecke gibt sich in dieser Hinsicht wirklich Mühe«, über Andreas Vogels Gesicht huschte ein Schatten, »aber ob das reichen wird, steht in den Sternen.«

Gott sei Dank! Er ist mit seinen Gedanken woanders und wundert sich nicht darüber, dass Ev und ich uns kennen.

»Andi, was immer ich dazu beitragen kann, dass es dir besser geht …«

»Ich trau mich nicht, es auszusprechen, aber …«

»Was?«

Andi Vogel senkte den Blick. Er sprach so leise, dass das, was er sagte, im Gezeter der Frau, die zwei Plätze weiter saß, beinahe unterging. »Du weißt, was ich Schreckliches getan habe, aber du bist trotzdem wiedergekommen.«

»Ja.«

Susanne hielt den Atem an.

Bitte, bitte, sag jetzt das, was ich mir schon seit Wochen so innig wünsche.

Bernadette Mangoldt
Ölstraße 9
50825 Köln

Sehr geehrter Herr Melchers,

zunächst einmal vielen Dank, dass Sie mir Ihre Aufmerksamkeit schenken. Leider habe ich mich mit meinem Anliegen vergeblich an Ihre Kolleginnen und Kollegen in Koblenz gewandt. Aber im Zusammenhang mit meinem Vorsprechen dort habe ich erfahren, dass Sie seinerzeit dort beschäftigt waren und in der Mordsache Mareike Vogel ermittelt haben. Ich bin Mareike Vogels Tochter (ich wurde unmittelbar nach dem Tod meiner Mutter von Martin und Liane Mangoldt, einem Kölner Ehepaar, adoptiert).

Mit knapp vier Jahren wurde ich seinerzeit unmittelbare Augenzeugin der Ermordung meiner Mutter; vielleicht erinnern Sie sich ja sogar noch an mich und daran, dass ich damals nicht dazu zu bewegen war, eine Aussage zu machen.

Im Zuge einer Trauma- bzw. Hypnosetherapie ist es mir jedoch mittlerweile gelungen, den Ablauf des bewussten Abends in meine Erinnerung zurückzurufen. Leider konnte ich Ihre KollegInnen mit dem Gedächtnisprotokoll, das ich daraufhin erstellt habe, nicht überzeugen, und natürlich ist mir klar, dass eine entsprechende Aussage vor Gericht keinerlei Beweiskraft hätte. Dennoch ist es mir natürlich ein Anliegen, dass die Tatumstände – wenn auch spät – rückhaltlos aufgeklärt werden.

Da Sie es, wie ich mittlerweile erfahren habe, zumindest für denkbar gehalten haben, dass Tatmotiv und Tathergang nicht der Version entsprachen, die seinerzeit zur Verurteilung meines Vaters geführt hat, würde ich mich über eine Kontaktaufnahme freuen; der Einfachheit halber gern auch per E-Mail unter benny.m@netcologne.de

Mit freundlichen Grüßen
Bernadette Mangoldt

KAPITEL 11

Er kam mit der Post, auf direktem Weg von einem Onlinehändler. Aber das war Susanne egal: ein zierlicher Ring aus Gelbgold, schmal und unauffällig, mit einem winzigen Brillanten, weit entfernt von jenen haselnussgroßen Klunkern, mit denen frisch Verlobte in amerikanischen Filmen bei ihren Freundinnen exaltiertes Kreischen hervorzurufen pflegten. Für Susanne jedoch bedeutete der schlichte kleine Goldreif eine ganz neue Welt: Er war das Symbol einer vielleicht nicht allzu fernen, ganz und gar glücklichen Zukunft.

»Ev, wie war denn das möglich? Ich meine: Wie hat Andi denn das hingekriegt? Er kann doch in Diez nicht einfach im Internet surfen und irgendwas bestellen.«

»Nein, kann er nicht. Aber er hat ihn trotzdem selber ausgesucht.« Evelyn hob in spielerischer Abwehr die Hände. »Und alles ganz legal! Ist alles seinen offiziellen Weg gegangen.«

Rhea Amman und Gereon Keiffenheim waren zwar zunächst irritiert gewesen, als Evelyn sich in der Zigarettenpause zu ihnen gesellte, aber wie sagte Jessica Noland so schön?: »If you can't beat them, you must join them«; frei nach Evelyns zweitwichtigstem Lebensberater Niccolò Machiavelli: »Man soll den Menschen entweder schmeicheln oder sie sich unterwerfen.« Und da das mit dem Unterwerfen ein eher aussichtsloses Unterfangen war, hatte Evelyn sich für die Schmeichelvariante entschieden.

»Rhea, Sie müssen mir helfen«, hatte sie – wohlweislich in der Raucherecke statt im Sitzungsraum – erklärt, »Andreas Vogel hat sich ja nun verlobt, und aus seiner Sicht gehört dazu natürlich der entsprechende Ring.«

»Ach Gottchen, wie romantisch.« Gereon Keiffenheim hatte geringschätzig aufgelacht und die Asche seines Zigarillos betont lässig neben den Wassereimer geschnippt, in dem die unverbesserlichen Raucherinnen und Raucher unter den Knast-Mitarbeitern ihre Kippen zu entsorgen pflegten. Evelyn hatte mit nichts anderem gerechnet. Sie wandte sich – gespielt gekränkt – wieder Rhea Amman zu. »Rhea, ich bin weit davon entfernt, hier eine Gender-Debatte vom Zaun zu brechen, aber vielleicht haben Sie als Frau denn doch ein bisschen mehr Verständnis für den Wunsch, ein Eheversprechen auch nach außen hin sichtbar zu machen.«

Natürlich wusste Ev, dass sie damit Rhea Ammans verwundbarste Stelle traf: Es war mehr als deutlich, dass die Amman es verletzend fand, wie kühl und distanziert Gereon Keiffenheim sie in Gegenwart Dritter behandelte, nur um zu verschleiern, dass da offenbar etwas zwischen ihnen lief.

»Ich fände eine Gender-Debatte in unserer Konstellation denn auch obsolet, Frau Kollegin«, versetzte Rhea mit vielsagendem Blick auf Gereon Keiffenheim, »immerhin sind wir Frauen hier in der Mehrheit.«

Keiffenheim zuckte mit den Achseln. »Na toll. Dann macht was draus, Mädels.«

Rhea Amman reagierte sichtlich eingeschnappt, und Ev amüsierte sich königlich: »Teile und herrsche« – Machiavelli hatte wieder einmal recht! Stifte Unfrieden zwischen deinen Gegnern, und früher oder später bist du die sprichwörtlich lachende Dritte! Jetzt galt es nur noch, so zu tun, als sei sie Rhea Ammans allerbeste Freundin. »Rhea, ich sollte mich als Vogels Therapeutin ja tunlichst raushalten, aber vielleicht können Sie sich ja bei der Anstaltsleitung dafür einsetzen, dass er im Internet einem Ring aussuchen und sein Guthaben für einen entsprechenden Kauf verwenden darf. Ihnen frisst Martin Heinze doch aus der Hand.«

Wie erwartet ließ sich Rhea von Evelyns Kuschelkurs nach allen Regeln der Kunst einwickeln: Susanne würde ihren Ring bekommen, und Rhea Amman war auf diese Weise zu einer Art Postillon d'amour geworden. Mit dem Pfund ließ sich in Zukunft sicher prima wuchern.

kontakt@robert-melchers.de
Betreff: Ihr Schreiben
An: benny.m@netcologne.de

Sehr geehrte Frau Mangoldt,

vielen Dank für Ihr Schreiben. Tatsächlich habe ich bereits von Ihrem Versuch erfahren, bei den Kollegen in Koblenz mit Ihrem Anliegen Gehör zu finden. Da ich mittlerweile nicht mehr aktiv im Dienst bin, habe ich jedoch - nicht zuletzt auch aus Pietätsgründen - davon abgesehen, meinerseits die Initiative zu ergreifen und mich an Sie zu wenden. Umso erfreuter bin ich, dass Sie von sich aus auf mich zugekommen sind. Mir ist klar, dass der Vorgang, sich die Ereignisse von damals ins Gedächtnis zurückzurufen, schmerzlich für Sie sein muss. Umso mehr weiß ich Ihr Bemühen zu schätzen.

Gerne komme ich zu einem Termin, den Sie bestimmen, nach Köln, um zu erfahren, an welche bis dato unbekannten Details Sie sich hinsichtlich der Mordnacht erinnern.

Ich freue mich, von Ihnen zu hören.

Mit den besten Grüßen
Ihr Robert Melchers

KAPITEL 12

Wenige Tage nach der offiziellen Verlobung kam das ersehnte Antwortschreiben der Vollzugsabteilung. Susanne riss mit fliegenden Fingern den Umschlag auf:

»Ihrem Wunsch, in Zukunft ohne Trennscheibe mit Ihrem Verlobten an einem der Tische sitzen zu dürfen, ist stattgegeben worden.«

Ihr Verlobter …

Wie das klingt …

Er wird mich berühren können. Und ich ihn.

Bei dem Gedanken lief ihr ein kalter Schauer über den Rücken. Ob aus Angst oder Vorfreude, war seltsamerweise nicht zu unterscheiden.

»Ey Andi, wann heirateste denn deine Ische?«

Andreas Vogel tat, als habe er die Frage nicht gehört.

»Ich mein, wenn du die Ische poppen willst, geht das ja auch hier im Liebeszimmer …«

»Halt die Klappe!« Vogels Griff an Peter Essers Kehle erfolgte blitzartig, und er drückte erbarmungslos zu.

»Andi, ich ...« Esser schnappte nach Luft. Selbst wenn er es gewollt hätte: An Gegenwehr war nicht zu denken; Vogel war ihm körperlich haushoch überlegen.

»Ich hab gesagt, du sollst die Klappe halten!« Vogel ließ ebenso abrupt von seinem Zellengenossen ab, wie die Attacke erfolgt war.

»Hab's ja kapiert.« Peter Esser nahm die körperliche Zurechtweisung mit geradezu hündischer Ergebenheit hin. Vogel war sein Beschützer und sein Held, aber manchmal war es eben schwierig auszumachen, was ihm Freude machte und was nicht. Seine Ische jedenfalls war ein Kapitel für sich. Tabu für die Sitzungen. Warum auch immer.

»Mein liebes, kleines Burgfräulein,

ich zähle die Stunden, bis Du wieder bei mir bist, und der Gedanke, in vielleicht nicht allzu ferner Zukunft ganz mit Dir zusammen sein zu können, lässt mich alles um mich herum leichter ertragen.«

Susanne las Andis Zeilen mit gemischten Gefühlen. Sie machten ihr Angst.

Ganz mit ihm zusammen sein. Das bedeutet ...

Sie wagte es nicht, den Gedanken weiterzuverfolgen, denn wann immer sie sich ausmalte, wie Andi sie in seine Arme nahm, schob sich das Bild jenes widerlichen Kerls von damals darüber, und das Gefühl seiner schleimigen, zuckenden Zunge in ihrer Mundhöhle stellte sich wieder ein, als ob es gestern gewesen wäre.

Glitschig. Glibberig. Wie Muttis Haferschleim.

Die Erinnerung an den lauwarmen, unverdaut hervorgewürgten Brei auf ihrem Teller und an Muttis eisernen Griff, während sie sie unbarmherzig dazu zwang, das Zeug erneut zu schlucken, verschmolz mit dem Gefühl, das dieser Kerl in ihr hervorgerufen hatte. Damals. Auf dem Parkplatz. Am Ortseingang von Monreal.

Und ich hab mich nicht einmal gewehrt. Wie bei Mutti. Da hab ich mich auch nie gewehrt. »Wer seinem Vater und seiner Mutter flucht, des Leuchte wird verlöschen mitten in der Finsternis«. Aber vielleicht bestätigen auch bei Bibelsprüchen Ausnahmen die Regel. Und Salomo ist lange tot.

Susanne überlegte, wie Andi wohl reagieren würde, wenn sie ihm das mit dem Mann auf dem Parkplatz erzählte.

Vielleicht könnte ich ihn dann bitten, mich nicht zu küssen. Niemals. Zumindest nicht so wie der Mann auf dem Parkplatz.

Aber Männer brauchen das vielleicht. Und das andere auch.

Das, weswegen Mutti alle Männer Dreckstück nennt.

»Die Ische hat's echt drauf. Reizwäsche. In Rot. Mit schwarzer Spitze. Und der ihr Schlüpfer besteht im Schritt aus zwei Hälften. Damit sie ihn beim Ficken anbehalten kann. Der nächste Freier wartet ja schon. Aber der kann lange warten. Ich meine: Wer auf'n Strich geht, muss doch mit allem rechnen, oder? Und die Ische hat's dann auch nicht anders verdient, was? Andi?«

Esser überlegte kurz, wie es weitergehen sollte. Vielleicht würde die Ische sich wehren. Aber dann würde alles ganz schnell gehen. Und das war ja nicht der Sinn der Sache. »Sie legt sich auf's Bett und spreizt die Beine. Lächelt. Aber das Lächeln wird ihr ganz schnell vergehen.«

Bei Susannes nächstem Besuch in der JVA traf sie nicht mehr auf die vertrauten Gesichter. Diejenigen, die frei und ohne Plexiglasbarriere an den Vierertischen sitzen durften, unterschieden sich äußerlich in keiner Weise von den anderen; es waren ebenfalls vorwiegend Frauen, allerdings hatten etliche von ihnen Kleinkinder dabei. Eine der älteren Frauen musterte Susanne von oben bis unten und sprach sie schließlich an. »Kann das sein, dass Sie die Verlobte von Andreas Vogel sind?«

»Ja. Wieso?«

»Mein Bruder hat Sie so genau beschrieben, dass ich Sie sofort erkannt habe. Heidrun Esser mein Name.«

»Tag. Angenehm. Susanne Kleinschmitt.« Susanne war zu höflich, die entgegengestreckte Hand der Frau zu ignorieren, aber die Floskel »angenehm« war definitiv übertrieben. Die Frau – Susanne schätzte sie auf Mitte sechzig – war aggressiv geschminkt und hatte pechschwarz gefärbte Haare.

Blauer Lidschatten, schwarzer Lidstrich und Klebewimpern. Die Frau schminkt sich allen Ernstes immer noch so, wie sie als Teenager rumgelaufen ist.

»Mein Bruder Peter und Ihr Verlobter sind Zellenkumpel, versteh'n Se?«

Peter Esser. Wie hat Ev ihn damals noch genannt? »Nicht das hellste Licht auf der Torte.«

»Wegen dem Foto«, plapperte Essers Schwester weiter. »Daher kennt er Sie.«

»Wegen deeeees Fotos! Genitiv!«, würde Herr Kemper sagen. Susannes Gedanken schweiften ab. Herr Kemper war ihr ehemaliger Deutschlehrer und einer derjenigen, die sich dafür stark gemacht hatten, dass sie nach dem Abi studieren durfte. Tiermedizin.

Aber Mutti war nun mal dagegen.

»Er hat richtig von Ihnen geschwärmt!«

»Was? Wer?«

»Mein Bruder.« Peter Essers Schwester stieß Susanne kumpelhaft ihren Ellenbogen in die Seite und holte sie damit unsanft in die Realität zurück.

»Was ist mit Ihrem Bruder?«

»Ich hab gesagt, er hat richtiggehend von Ihnen geschwärmt.«

»Ich verstehe.«

Nein. Im Gegenteil. Ich verstehe gar nichts. Was geht diesen Esser an, wie ich bin oder wie ich aussehe? Und wieso redet der mit seiner Schwester über mich?«

Susanne war erleichtert, dass endlich die zweite Tür aufgeschlossen wurde. Heidrun Essers plump vertraulicher Annäherungsversuch war ihr unangenehm.

Aber immerhin hat sie dafür gesorgt, dass ich einen Moment lang meine Angst vor der heutigen Begegnung mit Andi vergessen habe.

Andreas Vogel saß bereits an dem ihnen zugewiesenen Tisch und sprang auf, als Susanne den Raum betrat. Er trug, wie alle anderen Insassen, das übliche graue Anstalts-T-Shirt und eine weinrote Jogginghose: wenig Stoff, und darunter ein nackter Männerkörper.

Nicht so wie in der Klinik. Kein zu verwaltendes Fleisch.

Susanne spürte, wie ihr Mund trocken wurde und ihre Hände zu zittern begannen. Sie kannte das Gefühl. Es war die gleiche Angst, die sie bei Muttis Übergriffen davon abgehalten hatte, wegzulaufen. Oder sich zu wehren.

Wie bei dem Mann auf dem Parkplatz.

Aber das da vorne ist Andi. Er wird dir nichts tun. Er wird dir niemals etwas tun. Er liebt dich doch.

Susanne ballte die Hände zu Fäusten und ging auf ihn zu. Sie versuchte sogar zu lächeln.

Vielleicht wird es so schlimm nicht werden. Vielleicht muss ich mich einfach nur daran gewöhnen.

Als sie vor ihm stand, legte Andreas Vogel ihr den Arm um die Schultern, zog sie kurz an sich und küsste sie auf die Wange.

»Mein wunderbares Burgfräulein«, murmelte er.

Dann war es vorbei, und Susanne schwor sich, nie wieder Angst vor Andi Vogels körperlicher Nähe zu haben. Nicht jetzt und auch in Zukunft nicht.

Niemals.

Sie hatte ihn schmählich unterschätzt, und sie schämte sich schrecklich dafür. Er war der einzige Mann auf der Welt, der sie verstand und der sie liebte, wie sie war.

Die Frau, die sie in der Schleuse angesprochen hatte, saß zwei Tische weiter.

Heidrun Esser. Ungewöhnlich, in dem Alter mit Minirock und schwarzen Netzstrümpfen rumzulaufen. Und nicht besonders attraktiv.

Ihr Bruder war deutlich jünger als sie. Einmal schauten die beiden zu ihr herüber, und Peter Esser lächelte

Susanne an: ein kleiner, dicklicher Mann mit Brille und Stirnglatze.

Mitte fünfzig. Aber vielleicht sieht er auch einfach nur älter aus.

Susanne erinnerte sich erneut daran, dass Evelyn ihn als »nicht die hellste Kerze auf der Torte« bezeichnet hatte. Aber dumm wirkte er keineswegs. Und immerhin hatte er seiner Schwester gegenüber nett über sie gesprochen. Sie lächelte zurück.

An diesem Abend baute Peter Esser die Sitzung noch ein wenig weiter aus. »Die weiß jetzt, dass es sinnlos ist, zu schreien. Und eigentlich ist sie sogar geil darauf. Sie hat's im Grunde doch genau drauf angelegt. Und deshalb hat sie's eben auch nicht besser verdient, oder?«

Keine Antwort. Das war gut. Eine weitere Attacke war offenbar nicht zu befürchten.

»Sie soll darum betteln, und sie sagt: Ja. Ich mach doch alles, was du willst.«

Esser lauschte in die Dunkelheit, aber vom Bett über ihm kam nach wie vor kein Widerspruch. Nicht so wie neulich.

»Die Ische denkt allen Ernstes, die kommt damit durch. Und sie soll ruhig noch 'n bisschen bei dem Glauben bleiben. Und sie macht tatsächlich, was du willst. Alles. Sie hat keine Ahnung, dass ihr das nichts nützt. Das macht das Ganze ja so geil.« Esser war klar, dass die Ische, um die es bei der Sitzung ging, auf keinen Fall Andis Freundin sein konnte. Nicht nur, weil Andi das nicht wollte. Er hatte sie heute genau beobachtet. Die passte nicht. Es war eben – wie immer – irgendeine Ische. Sie hatten sowieso keine Namen. Hauptsache, ihm fiel was ein. Aber ihm fiel schließlich immer was ein. »Wenn sie mitkriegt, worum's geht und wenn sie anfängt, es so richtig mit der Angst zu kriegen, ist's für sie zu spät.«

Das Bett über ihm knarrte leise.

»Andi? Schläfst du?«

»Nein.«

Ex-Kommissar Melchers' erster Griff am Morgen galt der Pferdesalbe: Kampfer, Arnika und Rosmarin; er schwor darauf! Die Dose stand auf seinem Nachttisch, und noch bevor er seine Gedanken vollständig von Traumgeschehen auf Realität umgepolt hatte, massierte er das scharf riechende, giftgrüne Zeug genüsslich auf den linken Unterschenkel: Die Schussverletzung war längst verheilt, die morgendlichen Muskelschmerzen waren geblieben. Es hatte eine Weile gedauert, bis er sich daran gewöhnt hatte, bereits mit Mitte vierzig eine – wie es im Sanitätsladen euphemistisch hieß – »Gehhilfe« zu brauchen. Erst seitdem er vor ein paar Wochen bei Ebay einen »Original Vintage Jugendstil Flanierstock mit Silberknauf« ergattert hatte, konnte er dem Ganzen etwas abgewinnen. Wenn er damit bei seinen Lesungen auftrat, war das Publikum jedes Mal sichtlich beeindruckt: »Schussverletzung im Dienst« – das hatte für manche offenbar etwas von Heldentod bei Stalingrad. Aber die Leute hatten ja keine Ahnung. Nicht zuletzt deshalb verkauften sich seine Bücher so gut: Der Blick hinter die Kulissen eines Morddezernats – das allerdings nur in Fernsehkrimis so genannt wurde – hatte offenbar für viele etwas Faszinierendes.

Robert Melchers schraubte den Deckel zurück auf die Pferdesalbendose und stand auf. »Was früher für lahmende Gäule gut war, kann für mich altes Streitross nicht schlecht sein«, pflegte er zu seinem Hausarzt zu sagen, und in der Tat ließ der Schmerz in seinem Bein bereits nach wenigen Minuten nach. Er humpelte in die Küche und startete als Erstes die Espressomaschine. Doch nach dem üblichen Koffeinschub würde er seine Tagesroutine heute ausnahmsweise unterbrechen. Das neue Manuskript konnte warten. Wie er aus Mainz erfahren hatte, waren mittlerweile sämtliche Mitschnitte der Nachbarschaftsbefragungen von damals transkribiert worden. Irgendwo dazwischen musste sich auch jene befinden, der man seinerzeit trotz seines Einspruchs keinerlei Bedeutung beigemessen hatte. Bernadette Mangoldts Gedächtnisprotokoll bekam in diesem Kontext vielleicht endlich die Bedeutung, die ihm zustand, und er würde seinerseits noch einmal alle Mails, Briefe und Aufzeichnungen von damals akribisch durchsehen. »Mord verjährt nicht«, erklärte Melchers seiner freundlich blubbernden Espressomaschine. Er sprach gelegentlich ganz gerne mit ihr – es war ja sonst niemand da, mit dem er hätte reden können.

Nach dem Frühstück wartete auf ihn eine vielversprechende E-Mail:

s.geissler@lka-rp.de
Betreff: Anreise und Aufenthalt KOK Lisa Wiegand und KOK Max Odry
An: kontakt@robert-melchers.de

Sehr geehrter Herr Melchers,
Kollegin Wiegand und Kollege Odry werden in den nächsten Tagen in Kürrenberg im Hotel Wasserspiel eintreffen und sich umgehend mit Ihnen in Verbindung setzen.

Mit besten Grüßen, Stefan Geissler

Im fernen Mainz machten KOK Wiegand und KOK Odry derweil lange Gesichter: Okay, Mainz war zwar nicht gerade eine Weltstadt, aber Kürrenberg? Tief in der Eifel? Irgendein Kaff mit ein paar hundert Einwohnern und ohne eigenen Supermarkt?

Und wenn sich die beiden nicht täuschten, machte es ihrem Vorgesetzten sogar regelrecht Freude, sie in die Pampa zu schicken.

»Aber Lisa«, Kriminalhauptkommissar Geissler grinste, »Ihr Onkel wird Sie doch bestimmt längst in alles eingeweiht haben.«

»Kommissar Melchers – ich meine: der frühere Kommissar Melchers – ist nicht mein Onkel, sondern der Patenonkel von meiner Nichte Leonie.«

»Ach ja?« KHK Geissler grinste noch breiter. »Na, dann hat er mit den Verwandtschaftsverhältnissen wohl ein bisschen gemogelt, als er Sie mir so nachdrücklich ans Herz gelegt hat.«

»Na jaaa, also…«, Lisa Wiegand trat unbehaglich von einem Bein aufs andere: Robert Melchers einer Schummelei überführt zu haben – zu allem Überfluss zu ihren Gunsten –, war ihr peinlich. »… eher Nenn-Onkel. Er kennt mich schon, seit ich klein war. Meine Eltern wohnen in Koblenz-Arenberg, und er wohnte im Nachbarhaus. Als seine Frau damals zurück nach Island ist, ist er nach Mayen umgezogen. Die hat's hier vor Heimweh nicht ausgehalten, wissen Sie?«

»Verstehe.« Geissler nickte versonnen »Bin ja selber geschieden. Auch ohne Heimweh.«

»Jedenfalls war ich da gerade fertig mit der Polizeischule. Seitdem hab ich ihn nicht mehr wiedergesehen. Nur ab und zu mal 'ne Mail und so.«

Geissler winkte ab. »So genau will ich das alles gar nicht wissen. Aber Ihre Eltern freuen sich vielleicht, wenn Sie bei der Gelegenheit mal in Koblenz vorbeischauen.« Er tippte auf die Akte mit der Nummer 45329/C23. »Wie ich das sehe, gibt es auf dem heutigen Stand leider keine neuen Erkenntnisse. Aber vielleicht findet sich ja auf den zweiten Blick doch etwas, das Melchers Theorie untermauern könnte.«

»Was denn für 'ne Theorie?«

»Das soll er Ihnen am besten selber sagen. Ich misch mich da raus.«

»Na, okay«, Max Odry zuckte mit den Achseln. »Ein Schuh fehlte und wurde nie gefunden. Viel ist das nicht. Könnte als Trophäe mitgenommen worden sein.«

KHK Geissler seufzte. »Wahrscheinlicher ist, dass er beim Verbringen der Leiche zum Fundort irgendwo verloren gegangen ist. Muss ja nicht in dem Waldstück passiert sein.«

»Ja. Oder so.« Lisa schob die Unterlippe vor wie ein Kleinkind vor der Supermarktkasse. »Und wegen dem Killefitt müssen wir nach Kürrenberg?«

»Ob Killefitt oder nicht, wird man sehen. Fest steht: Ihr kennt die Akte in- und auswendig, ihr habt die Nachbarschaftsbefragungen zumindest teilweise noch im Kopf, und ein paar Tage in der Eifel? Was ist denn dagegen zu sagen? Andere machen da Urlaub.«

»Noch andere machen Urlaub auf Malle.«

»Fragt sich, ob das so viel besser ist.«

»Wärmer auf jeden Fall.«

»Dann packt 'ne dicke Jacke ein.«

»Vielen Dank. Toller Tipp«, murmelte Lisa.

»An deiner Stelle wär ich mit solchen Aufmüpfigkeiten 'n bisschen vorsichtiger«, versetzte Max Odry, als KHK Geissler aus der Tür war.

Doch der Chef zog es vor, Lisa Wiegands Widerworte nicht gehört zu haben: Melchers bekam Schützenhilfe, und damit war die Sache geregelt.

Zumindest vorläufig.

KAPITEL 13

Mein zauberhaftes kleines Burgfräulein, ich kann es immer noch kaum fassen, dass wir uns bei Deinen Besuchen ab jetzt so nahe sein können. Und ich träume davon, irgendwann sogar ohne Monitore und Vollzugsbeamte um uns herum in einem gemütlichen Zuhause mit Dir zusammenzusitzen. In Freiheit und nicht mehr hinter Gittern und Stacheldraht.«

Gertrud Kleinschmitt gab einen höhnischen Grunzlaut von sich und legte Andreas Vogels Brief zu den anderen. Sie hatte sich zwar nachhaltig über den gelungenen Streich mit den wassergetränkten Briefen amüsiert, aber mittlerweile las sie Andreas Vogels Briefe mit wachsender Sorge: Was wäre, wenn Susanne sich tatsächlich mit diesem Knastbruder einlassen würde? Was würde dann aus ihrer armen Mutter werden? Das Schwein legte es mit seinem romantischen Gesäusel ja eindeutig darauf an, dass ihre blöde Tochter darauf reinfiel. Das Letzte, was sie brauchte, war, dass die sich um irgendeinen Dreckskerl mehr kümmerte als um ihre eigene Mutter. Sie hatte sich bereits einen kleinen Schlachtplan zurechtgelegt: Was Susanne in keinem Fall aufs Spiel setzen würde, war ihr guter Ruf in der Klinik. Bei ihrem Anruf neulich hatte der junge Mann von der Personalabteilung allerdings ausgesprochen unschön reagiert. »Das Privatleben der Pflegekräfte ist für uns so lange ohne Bedeutung, wie kein daraus resultierender negativer Einfluss auf deren Arbeit hier bei uns zu verzeichnen ist«, hatte dieser Schnösel von oben herab erklärt.

»Dann würde ich die Krankmeldungen meiner Tochter mal eingehend überprüfen«, hatte Gertrud Kleinschmitt patzig zurückgegeben. Aber natürlich würde dieser bornierte Lackaffe sich einen Dreck darum kümmern. Susanne war in all den Jahren – bis auf neulich – vielleicht zwei-, dreimal nachweislich wegen Grippe dem Dienst ferngeblieben. Und auch ansonsten waren ihr Auftreten und ihre Arbeit schlicht und ergreifend untadelig.

Gertrud Kleinschmitt wurde klar, dass sie den Druck anderweitig erhöhen musste. Es trug ein wenig zu ihrer Beruhigung bei, dass Susanne bisher niemals irgendein erotisches Interesse an den Tag gelegt hatte, aber die Hoffnung, dass das auch so bleiben würde, war womöglich illusorisch. Ihre Tochter war knapp drei Jahre alt gewesen, als sie sie eines Tages mit der Hand zwischen den Beinen ertappt hatte. Natürlich hatte es erst einmal ordentlich was auf die Finger gegeben. Und als längerfristige Maßnahme hatte sie sofort mit den eiskalten Waschungen begonnen, die sie aus ihrer eigenen Kindheit kannte. Sie lachte kurz auf bei dem Gedanken, dass ihr die Sache mit dem Dreckstück von Thelen vielleicht erspart geblieben wäre, wenn sie die mütterliche Eiswassertherapie als erwachsene Frau bei sich fortgesetzt hätte.

Dann wählte sie die Nummer der Pfarreiengemeinschaft und ließ sich zu Pfarrer Beckmann durchstellen.

Während Evelyn Meinecke – Jessica Nolands zwanghaft munter vorgebrachte Binsenweisheiten im Kopfhörer – am Rheinufer entlangjoggte, spielte sie alle möglichen Varianten dessen, was auf sie zukommen könnte, durch.

»Take the first step, and the rest will reveal itself in due time!«

Aber auch ihr heutiger Versuch, sich mithilfe von Jessicas Pep Talk auf Erfolg zu trimmen, scheiterte nach wenigen Minuten: Der Tipp, den ersten Schritt zu tun und dann darauf zu vertrauen, dass der Rest sich quasi von selbst erledigen wird: Das würde in diesem Fall bestimmt nicht klappen.

Als Gereon Keiffenheim am Tag zuvor wie nebenbei bemerkt hatte, »dieser Melchers« habe ja ein hochinteressantes neues Buch herausgebracht, hatte sie sich zunächst einmal nichts dabei gedacht. Sie hatte den mittlerweile zum Erfolgsautor avancierten Ex-Kommissar weder jemals persönlich kennengelernt, noch hatte sie eines seiner Bücher gelesen. Dennoch wusste sie natürlich, um wen es sich handelte. Bei seinen jüngeren Kollegen hatte Melchers, wie es hieß, nicht den besten Ruf, wobei »Querulant« noch das Harmloseste war, das ihm nachgesagt wurde. Er galt als stur und eigenbrötlerisch, und nachdem eine Schussverletzung die Weiterarbeit im aktiven Dienst unmöglich gemacht hatte, hatte sich die ihm nachgesagte Bullterrier-Mentalität angeblich noch verstärkt.

Doch je länger sie darüber nachdachte, desto klarer wurde Evelyn, dass Gereon Keiffenheim sie niemals ohne Anlass über seinen aktuellen Lesestoff in Kenntnis gesetzt hätte. Ihr erster Weg würde sie zum nächstbesten Buchladen führen. Sie hasste es, die Kontrolle zu verlieren. Und um das zu verhindern, musste sie gewappnet sein.

Gegen wen und was auch immer.

»Ey, guck mal!« Nadja Küppersbusch kam Susanne bereits im Krankenhauseingang entgegengerannt und wedelte aufgeregt mit einer Tageszeitung. »Du hast doch gesagt, dass der Typi, der deine Mutter damals geschwängert hat, Bestattungsunternehmer ist, oder?«

»Ja, wieso?« Susanne nahm erleichtert zur Kenntnis, dass Nadja offenbar weder lebensbedrohlichen Hunger, noch irgendetwas zu essen dabei hatte und es von daher diesmal auch nichts mit offenem Mund zu kauen gab.

Ich werd's ihr irgendwann mal sagen müssen.

»Na, guck mal! Wenn das der hier ist, dann ist der tot!« Nadja tippte auf eine halbseitige Todesanzeige.

Susanne überflog den reichlich prätentiösen Text.

»Nach kurzer, schwerer, mit Gottes Hilfe geduldig ertragener Krankheit … vor das Angesicht unseres HERRN … Wolfgang Thelen … In tiefer Trauer …«

»Ey, die Beerdigung is heute! Wenn du willst, übernehm ich die zwei, drei Stunden für dich. Ich sag einfach, dir wär schlecht geworden.«

»Nadja, du bist ein Engel!«

»Ich weiß!«

Am Triaccaweg angekommen schloss Susanne hastig ihr Fahrrad ab und lief an den Kriegsgräbern vorbei zur Einsegnungskapelle. Die Trauerfeier war – wie es einem Bestattungsunternehmer gebührte – pompös: Mahagonisarg mit Designerbeschlägen, ein Streichquartett und Kränze über Kränze, um gegenüber Hinterbliebenen und Trauergästen zu demonstrieren, dass man sich nicht lumpen ließ, wenn eine renommierte Stütze der Mayener Gesellschaft den Weg alles Irdischen ging. Susanne überflog die Widmungen auf den Kranzschleifen. Zwischen »Hanns-Dieter und Familie«, »Siegfried und Marianne Spindler« oder »Mia, Finn und Leonie« fanden sich die Gebinde etlicher Mayener Geschäftsleute sowie ein Gerbera-Efeu-Gesteck der »Kürrenberger Sangesfreunde«. Auf einem der vier Kranzständer prangte ganz zuoberst ein üppiges Bukett der »Megina Karnevalsgesellschaft« in den Vereinsfarben: blau gefärbte und weiße Nelken zwischen tiefgrünen Eibenzweigen: »Unserem Prinz in ewigem Gedenken«.

Susanne musste wieder einmal unwillkürlich an Herrn Kemper denken.

»Weeee-m gewidmet in ewigem Gedenken? D-eee-m Prinzen! Dativ! Nicht »dem Prinz«!

Nach Händels Largo aus der Oper Xerxes – die Trauergäste hatten hinsichtlich des Ablaufs extra einen Info-Flyer bekommen – begann Pfarrer Beckmann mit der Predigt: »Die Grundlage unseres christlichen Glaubens ist die Hoffnung auf ein Wiedersehen in der Ewigkeit.

Dies möge Ihnen, liebe Hinterbliebene, und Ihnen, liebe Trauergäste, Trost und Stärkung sein.«

Susannes Blick schweifte zum Porträt ihres Vaters, das – an der rechten Ecke mit einem schwarzen Satinband geziert – auf einer Staffelei stand. Das Bild war im Unterschied zu jenem Pressefoto aus dem Jahr ihrer Geburt gestochen scharf: Susannes endgültig allerletzte Möglichkeit, zumindest äußerlich die ererbten Gene zu vergleichen.

Muttis Nase, aber seine Stirn, seine Haare und sein Mund. Ein schöner Mund. Eigentlich.

Bei den Augen war sie sich unsicher; das lag allerdings eher am Foto.

Muttis kalte, braune Augen hab ich jedenfalls nicht. Vielleicht waren seine Augen auch »spülwassergrau« …

Wolfgang Thelens Witwe saß traditionsgemäß in der ersten Reihe, flankiert von zwei betagten Herrschaften.

Schwager? Schwägerin? Bruder? Schwester?

Jedenfalls hab ich scheinbar keine Halbgeschwister.

Es wäre der Mayener Öffentlichkeit auch schwerlich verborgen geblieben, wenn das Dreckstück – wie Mutti den Toten zu nennen pflegte – sich über seine heimliche Tochter hinaus vermehrt hätte.

Roswitha Thelen saß kerzengerade da und lauschte gefasst Pfarrer Beckmanns Worten.

»Möge Euch die Erinnerung an den lieben Verstorbenen begleiten wie ein wärmender Sonnenstrahl«, schloss Beckmann seine Predigt.

Wenn Wolfgang Thelen wirklich so ein Dreckstück war, wie Mutti immer sagt, dürfte das schwerlich funktionieren.

Susanne erschrak über ihre ketzerischen Gedanken. Erleichtert, dass damit das Ende der Trauerfeier gekommen war, stand sie auf, bekreuzigte sich und sprach mit den anderen Anwesenden das Vaterunser. Während der Sarg mit ihrem toten Vater darin unter den Klängen von Pachelbels Kanon in D aus der Kapelle geleitet wurde, fasste sie einen Entschluss.

Ich muss sie einfach finden! Bernadette ist schließlich nicht gerade ein Allerweltsname!

Sie malte sich aus, wie es sein würde, Andis Tochter aufzuspüren und sie mit ein wenig Glück mit ihrem Vater zu versöhnen.

Am Grab sang der Kürrenberger Männerchor: »Lasst mich geh'n«.

Adieu, Papa.

Susanne weinte.

Schade, dass wir uns nie kennenlernen durften.

Nein, Andis Tochter sollte nicht mit einem angeblichen Dreckstück als Vater leben müssen.

Dafür werde ich schon sorgen.

Dass Pfarrer Beckmann diskret versuchte, ihr zu verstehen zu geben, dass sie noch bleiben möge, nahm Susanne nicht mehr wahr. Hoch erhobenen Hauptes verließ sie den Friedhof.

ROBERT MELCHERS:
UNGESÜHNT, Taschenbuchausgabe, S. 180 ff

Die als still und zurückhaltend bekannte Neunzehnjährige – nennen wir sie Sabrina – hilft in der Gastwirtschaft ihres Vaters am Tresen aus. Am frühen Abend verabschiedet sie sich und verschwindet anschließend spurlos. Niemand will die junge Frau nach Verlassen des Schankraums gesehen haben, und offensichtlich ist ihr niemand von dort aus gefolgt. Wochen später findet eine Radfahrerin Sabrinas Leiche in einem Waldstück zwischen Wiesbaum und Alendorf. Infolge des anhaltenden Regens gibt es vor Ort kaum noch verwertbare Spuren. Die Tote ist voll bekleidet, lediglich ein Schuh fehlt und ist auch nach intensiver, weiträumiger Suche nirgends auffindbar. Am Hals der Toten sind trotz des fortgeschrittenen Verwesungszustands Würgemale erkennbar. Ob es sich um ein Sexualverbrechen handelt, ist durch bloßen Augenschein nicht erkennbar. Da der Leichenfundort die Zuständigkeit bestimmt, obliegen die Ermittlungen der Kripo NRW beziehungsweise der Mordkommission in Euskirchen, während sich der Lebensmittelpunkt der Toten in Mayen – das heißt: auf rheinland-pfälzischem Gebiet – befindet. Natürlich kam es seinerzeit zu einer entsprechenden Zusammenarbeit, aber von der Annahme ausgehend, dass Sabrina von einem Unbekannten entführt und getötet worden war, maß man dem Umfeld der Toten nur insofern Bedeutung bei, als zweifelsfrei festzustehen schien, dass die junge Frau, die noch bei den Eltern lebte, zum Tatzeitpunkt keinen festen Freund oder Liebhaber hatte: Es gab in ihrem Umfeld offensichtlich niemanden, mit dem sie, ohne ihre Eltern zu informieren abends noch irgendwohin gefahren wäre.

Von daher konnte es sich bei ihrem Verschwinden allem Anschein nach nur um eine Entführung durch einen Fremden handeln; eine Annahme, die den Nachbarinnen und Nachbarn aus naheliegenden Gründen sehr entgegenkam: »Gott sei Dank, es war keiner von uns!«

Ein verständlicher Gedanke. Was aber, wenn die stille, an Männerbekanntschaften scheinbar desinteressierte junge Frau eine heimliche Beziehung hatte? Vielleicht zu einem verheirateten Mann? Oder zu einer Frau? Vielleicht sogar zu jemandem aus der Nachbarschaft? Nicht auszudenken! Eine Schande für die ganze Familie! Es mag seltsam klingen, aber eine gleichgeschlechtliche Beziehung ist in gewissen Kreisen nach wie vor tabu, und ein Ehebruch wird auch im einundzwanzigsten Jahrhundert nur allzu oft ausschließlich dem weiblichen Teil der Beziehung zur Last gelegt: der Mann als Verführter, als gänzlich ungewollt in eine unglückliche sexuelle Verstrickung mit einer jüngeren Frau Geratener, aus der sich zu lösen ihm schwerfällt, weil eine Trennung der Geliebten ja das Herz brechen würde. Das Klischee des aus eigener Sicht ach so rücksichtsvollen Langzeitfremdgehens ist hinlänglich bekannt, ebenso wie die Tatsache, dass bei derlei Unterfangen in der Regel mehr als nur ein Herz zu Bruch zu gehen pflegt.

Hier jedoch ging es nicht um Herzschmerz oder Liebeskummer. Hier ging es um Mord.

KAPITEL 14

Evelyn hatte lediglich einige Seiten in Melchers' neuem Werk überflogen, aber das hatte bereits gereicht, um sie nervös zu machen. Sie musste etwas unternehmen, und sei es erst einmal nur prophylaktisch. Schließlich konnte Gereon Keiffenheims Hinweis auf das Buch ja durchaus ohne jeden Hintergedanken erfolgt sein – auch wenn sie sich derlei Harmlosigkeiten bei ihm nicht vorstellen konnte.

Keiffenheim saß an einem der Fenster. Evelyn stellte ihr Tablett ab und setzte sich kurzerhand an seinen Tisch. Keiffenheim schaute irritiert auf: Evelyn war nicht gerade dafür bekannt, in der Mittagspause die Nähe ihrer Kollegen zu suchen, und erst recht nicht die seine. Er stand kurz auf und wies betont höflich auf den Platz gegenüber, den Evelyn ohnehin bereits eingenommen hatte. Dann widmete er sich umgehend wieder seinem Lachsfilet.

»Und das ist nichts, was nicht zumindest eine halbe Stunde warten kann?« Er gab sich keine Mühe, seinen Unmut darüber, beim Essen gestört zu werden, wenigstens der Form halber zu kaschieren.

»Nein, die Angelegenheit ist absolut off the record. Also wahlweise könnten wir das Ganze auch bei einem Glas Wein nach Feierabend besprechen, aber ich geh mal davon aus, dass du da was Besseres vorhast.«

Keiffenheim gab einen Grunzlaut von sich, den Evelyn zu ihren Gunsten als Zustimmung für Zeit und Ort wertete: Weder sie noch ihr Gegenüber hatten Interesse daran, auch nur eine Sekunde ihres Privatlebens miteinander zu verbringen. Außerdem hatte Evelyns Kollege seinen Abend mit hoher Wahrscheinlichkeit bereits verplant, vorzugsweise für ein Tête-à-tête mit Rhea Amman.

Wie auch immer: Es war unabdingbar, mit Keiffenheim alleine zu sprechen, und Evelyn hatte ihren Überfall in der Kantine von daher sorgfältig geplant. »Man darf nie seine Absicht zeigen«, hieß es bei Machiavelli, »sondern man muss vorher mit allen Mitteln sein Ziel zu erreichen versuchen.« – Genau das hatte sie vor.

»Gereon, bitte nimm's mir nicht übel, aber ich hab in letzter Zeit den Eindruck, dass du wegen der Sache damals übervorsichtig und – wie soll ich das sagen? – auf einem Auge blind bist. Es hat doch wenig Sinn, Langzeitausgang und so weiter quasi grundsätzlich zu sabotieren, nur damit sich so etwas wie damals nicht wiederholt.«

Keiffenheim runzelte die Stirn. »Ist das nicht ein bisschen unter deinem Niveau, Frau Kollegin?«

Natürlich war es das: Keiffenheim war derjenige, der seinerzeit die tödliche Attacke auf den begleitenden Beamten zu verantworten hatte. Und natürlich war es geradezu unverschämt, auf diese eine Ausnahme unter den vielen Fällen, in denen Keiffenheim sich in seiner langen Laufbahn nicht geirrt hatte, zu verweisen.

»Ich sag ja nur, dass ich Verständnis dafür hab, dass du nach der Geschichte damals lieber dreimal ungerecht bist als noch mal dem Falschen zu irgendwelchen Freiheiten zu verhelfen.«

»Danke, aber dein Verständnis setz ich aus rein professionellen Erwägungen voraus.« Keiffenheim entfernte diskret eine Gräte, die sich zwischen seinen Schneidezähnen eingeklemmt hatte. »Ich schlage daher vor«, fuhr er in seiner gespreizten Ausdrucksweise fort, »dass du deine Bedenken – welcher Art sie auch immer sein mögen – erst einmal konkretisierst und dann bei der nächsten Sitzung – idealerweise in Anwesenheit aller Beteiligten – auf die Tagesordnung setzt.«

Natürlich war Keiffenheim klar, dass man Rhea Amman und dem Anstaltsleiter mit vagen Unterstellungen gar nicht erst zu kommen brauchte. Aber das war für Evelyns Zwecke unerheblich.

»Schade, Gereon.« Evelyn suchte vergeblich Blickkontakt. »Ich wäre an deiner Stelle dankbar für das Angebot, zunächst mal unter uns hier für Einstimmigkeit zu sorgen und die anstehenden Fälle erst dann vor versammelter Mannschaft zu besprechen. Ich dachte, du hättest ganz selbstverständlich Interesse daran, nicht wegen einer einzigen persönlichen Fehlentscheidung Menschen über die Klinge springen zu lassen.«

»Da kann ich dich beruhigen. Das Interesse hab ich durchaus, und ich werde dem auch ohne deine Flüsterpropaganda nachgehen. Versprochen.«

»Ich nehm dich beim Wort. Ebenfalls versprochen.« Evelyn stand auf, nahm ihr Tablett und setzte sich demonstrativ an einen anderen Tisch.

Sie hatte in ihrer feministischen Phase *Machiavelli für Frauen* gelesen, und sie traute dem berühmtesten aller Machtstrategen in Fällen wie Gereon Keiffenheim sogar noch mehr Kompetenz zu als Jessica Nolands Pep Talk. »Der Zweck heiligt die Mittel« war so ein Machiavelli-Spruch. Sie gab sich alle Mühe, nicht triumphierend zu lächeln; fraglos hatte sie ihr Ziel erreicht: Keiffenheim war verunsichert.

Für die Inhaftierten gab es heute – in Luftlinie einige Meter von der Personalkantine der JVA entfernt – Fischstäbchen statt Schottischem Wildlachs. Der Anteil praktizierender Katholiken hielt sich zwar hier wie dort in Grenzen, aber dass es freitags Fisch gab, war nun mal Tradition.

»Die lassen mich vielleicht tatsächlich bald übers Wochenende raus.« Esser wirkte nicht gerade glücklich bei dem Gedanken. »Aber hundertprozentig fest steht das noch nicht.«

Andreas Vogel schob die Remouladensoße, die die in Form gepressten Kabeljau- und Seelachsfilets fast vollständig bedeckte, mit dem Messer zur Seite: reines Fett und mal wieder viel zu viel Salz. Er achtete penibel auf seine Figur.

»Andi, sag doch auch mal was dazu.«

»Was soll ich denn sagen?«

»Soll ich das wirklich machen?«

»Musst du selber wissen.«

»Immerhin hat sie mich ja trotz allem großgezogen. Und mittlerweile ist sie ja nun auch schon 'nen Tag älter. Ich denke, so was verändert doch den Menschen, oder?«

Vogel zuckte wortlos mit den Achseln und entfernte auch noch die Panade von jedem einzelnen Fischstäbchen auf seinem Teller. Esser wusste nicht recht, ob Vogel aus Desinteresse schwieg oder weil er neidisch auf den in Aussicht gestellten Langzeitausgang war. Wie auch immer: Er brauchte dringend einen Rat. Aber außer seinem Zellenkumpel wusste nun mal niemand über seine Vergangenheit Bescheid. Nicht einmal Gereon Keiffenheim.

KAPITEL 15

Susanne saß wie auf heißen Kohlen. Die Beichte, die Pfarrer Beckmann ihr seit ihrer Erstkommunion jeden zweiten Freitagnachmittag abnahm, würde diesmal noch kürzer als sonst ausfallen; schließlich hatte sie etwas Wichtiges vor. Doch ausgerechnet heute ließ sich Beckmann Zeit. Ganz gegen seine Gewohnheit druckste er regelrecht herum. »Susanne, ich möchte dich – ähm: Sie – gern vorher einmal in Ruhe sprechen.«

Ausgerechnet heute! Nadja wird alles andere als begeistert sein.

»Gern, aber ich hab nachher noch einen wichtigen Termin.«

Beckmann stutzte. Von irgendwelchen Terminen war bei Susanne Kleinschmitt noch nie die Rede gewesen. Normalerweise ging sie nach der Arbeit in der Klinik ihren häuslichen Verpflichtungen nach. Keine Freunde, keine Freizeitvergnügen und dann nicht konkret zu sagen, warum sie es so eilig hatte: Das passte erst recht nicht ins Bild.

»Gut, Susanne, dann versuch ich halt, mich kurz zu fassen. Also: Ihre Mutti macht sich wirklich große Sorgen ...«

Susanne stöhnte innerlich auf, ließ sich jedoch nichts anmerken. »Mutti macht sich ständig große Sorgen. Was soll sie auch sonst machen den ganzen Tag? Zum Lesen hat sie keine Lust, und wenn der Fernseher läuft, guckt sie nicht einmal mehr hin.«

»Es geht um Sie, Susanne.«

»Ach ja? Hab ich wieder mal was falsch gemacht?«

Oh je, das kam jetzt patziger raus, als ich's beabsichtigt hatte.

»So würde ich das nicht ausdrücken. Sie macht sich Sorgen wegen Ihrer ... Beziehung.«

Das Wort traf Susanne wie ein Blitz aus heiterem Himmel.

Oh Gott! Woher weiß sie ...? Wer hat ihr das ...? Oh, nein!

»Welche Beziehung? Ich habe keine Beziehung!«

Das mit Andi kann sie doch gar nicht wissen!

Sie war wie gelähmt vor Schreck. Hatte etwa irgendjemand Mutti von Andi und ihren Besuchen in der JVA erzählt?

»Aber Susanne, so war das doch nicht gemeint!« Pfarrer Beckmann tätschelte ihre Hand und lächelte begütigend. »Und selbst wenn Sie eine heimliche Liebesbeziehung hätten, wäre Ihre Mutter bestimmt die Letzte, die Ihnen das missgönnen würde.«

Nein. Die Allererste.

Trotz des irritierenden Gebarens ihres Beichtvaters war Susanne erleichtert: Offenbar war ihr Geheimnis gewahrt geblieben. »Worum geht es denn dann?«, fragte sie einigermaßen beruhigt.

»Ihre Mutter macht sich Sorgen um Ihre Mutter-Tochter-Beziehung. Um Ihr Vertrauensverhältnis.«

Was?!

»Wieso?«

»Sehen Sie: Doktor Spindler hat Ihrer Mutti das letzte Mal wohl die traurige Wahrheit gesagt. Dass es nicht mehr lange gehen wird mit ihr …«

Wie bitte?!

»… und bevor sie die Augen für immer schließt, möchte sie natürlich Dinge, die vielleicht zwischen ihr und Ihnen stehen, bereinigen.«

… nicht mehr lange? Mutti wird sterben? Und schon bald?

Der Gedanke, dass ihre Mutter in greifbar naher Zukunft nicht mehr da sein könnte, verschlug Susanne einen Moment lang die Sprache. »W… was meint sie denn mit Bereinigen und Zwischen-uns-stehen?«, brachte sie schließlich hervor. Das Gespräch mit dem Pfarrer verwirrte sie zusehends, ganz abgesehen davon, dass Nadja mittlerweile bestimmt schon vor dem Klinikeingang auf sie wartete und von Minute zu Minute ungeduldiger wurde.

»Zunächst mal möchte Ihre Mutti, dass es Ihnen finanziell gut geht, wenn sie mal nicht mehr ist. Und darüber hinaus möchte sie natürlich im Angesicht des Todes nur allzu gern die Gewissheit haben, dass ihre Tochter auch ansonsten eine glückliche Zukunft vor sich hat.«

Ach ja? Eine glückliche Vergangenheit wäre auch ganz schön gewesen.

»Und was soll das heißen? Ich meine: Ich hab meinen Beruf, ich hab ein Dach über dem Kopf, und ich hab mein Auskommen ...«

»Können Sie sich denn nicht denken, was Ihre Mutter sonst noch beschäftigt?«

Doch. Sie selbst und ihre Freude daran, andere zu quälen. Am liebsten natürlich mich. Nichts Neues also.

Pfarrer Beckmann war es sichtlich unangenehm, dass Susanne nicht von selbst darauf kam, was eine Mutter auf dem Sterbebett ihrer beinahe vierzigjährigen Tochter wünschen könnte; schließlich war das, was Gertrud Kleinschmitt ihm am Telefon anvertraut hatte, in seinen Augen der normalste Wunsch der Welt. »Susanne, Ihre Mutti möchte so gern, dass Sie endlich den Mann fürs Leben finden. Und mit ein bisschen Glück würde es vielleicht sogar noch für ein, zwei Kinder reichen.«

Es konnte sich lediglich um Sekunden gehandelt haben, aber Susanne kam es so vor, als habe sie Beckmann minutenlang sprachlos angestarrt.

Ist es möglich, dass Menschen an der Schwelle ihres Todes eine Art Hundertachtzig-Grad-Wende vollziehen? Vom Monster zur liebenden Mutter? Einfach so? Von jetzt auf gleich?

»Susanne?«

»Entschuldigung. Ja. Danke. Ich werd mit ihr darüber reden.« Immer noch verwirrt stand Susanne auf, hängte ihre Tasche um und wandte sich dem Ausgang zu. »Wiedersehen, Herr Pfarrer.«

»Wiederseh'n!«

Da sich Susanne Kleinschmitts Beichten in der Regel lediglich um – in Pfarrer Beckmanns Augen absolut berechtigten – Zorn auf irgendwelche Krankenhaus-Angelegenheiten drehten, verzichtete er darauf, sie an den eigentlichen Anlass ihres Besuches zu erinnern: Er hatte seine Pflicht getan und die Vermittlerrolle übernommen, zu der ihn Gertrud Kleinschmitt am Telefon genötigt hatte. Obwohl ihm deren wortreiche Beteuerungen reichlich suspekt vorgekommen waren. Aber wer war er, sich in diese seltsame Mutter-Tochter-Beziehung einzumischen? Der Versuch war schon einmal gründlich misslungen. Es war ihm schleierhaft, warum Susanne sich nicht schon als junges Mädchen – gleich nach der Schule – aus dem Staub gemacht hatte: Die ständigen blauen Flecken an den Unterarmen sprachen schließlich eine mehr als deutliche Sprache.

Umso besser, dass das ganze Elend in absehbarer Zeit ein Ende finden würde. Und vielleicht war es für Susanne Kleinschmitt wirklich nicht zu spät, ein neues Leben zu beginnen. Sie war ja schließlich durchaus eine ansehnliche Person.

Andreas Vogel hatte sich, die Ellenbogen auf seine Oberschenkel gestützt, auf seinem Stuhl vorgebeugt und verbarg sein Gesicht in den Händen. Doch sein Schweigen hatte nichts mit der üblichen Provokation oder Verweigerung zu tun, die etliche von Evelyns Klienten an den Tag zu legen pflegten.

»Melchers wirbelt mit seinem Buch ganz schön viel Bodensatz auf, und ich dachte mir, es kann vielleicht nichts schaden, ihn mal live zu erleben, oder?«

Vogel blieb ihr eine Antwort schuldig. Ev hatte sich ihren – wie sie es nannte – »professionellen Gesichtsausdruck« regelrecht antrainiert. Es passierte immer wieder, dass eines ihrer Gegenüber beharrlich schwieg. Und eine Zeit lang hatte sie die entsprechende Stille im Therapieraum tatsächlich kaum aushalten können. Aber irgendwann – das wusste sie – fingen sie alle zu reden an: Die, die glaubten, sie könnten ihr etwas vormachen, und die, die plötzlich von einer Sekunde zur anderen gar nicht mehr aufhören konnten, ihr Herz auszuschütten. Dann wurde sie von ehrlichen Bekenntnissen ebenso wie von dreist erfundenen Geschichten geradezu überflutet, als sei ein innerer Damm gebrochen. Gott sei Dank war es ihr noch nie schwergefallen, angesichts all des Hasses, all der Wut und Bosheit einerseits und des Elends und der Hoffnungslosigkeit, mit der sie dabei andererseits – und genauso häufig – konfrontiert wurde, die professionelle Distanz zu wahren.

Bei Andi Vogel jedoch lag die Sache anders.

»Na gut, vielleicht ist es ja tatsächlich übertrieben, sich Sorgen zu machen«, fuhr sie fort, nachdem bei ihm Minuten später immer noch keine erkennbare Reaktion erfolgt war. »Vielleicht ist es reine Schwarzseherei, aber die führt ja nun leider oft genug dazu, dass man Fehler macht.«

»Von da aus, wo ich sitze, dürfte es schwierig sein, Fehler zu machen.«

»Was soll das heißen?«

»Genau das, was ich gesagt habe!«

»Mein Gott, ich hab da vielleicht im ersten Moment überreagiert. Das Ganze ist fast anderthalb Jahrzehnte her – wer soll sich denn da noch an irgendwas erinnern? Außerdem hat Melchers in seinem Buch sämtliche Namen geändert.«

»Das musste er aus rechtlichen Gründen sowieso.«

»Ich hab ja auch nicht behauptet, dass er das aus Nettigkeit getan hat!«

Der Ton zwischen Evelyn und Andreas Vogel wurde zusehends schärfer.

»Und ich hab nur darauf hingewiesen, dass er das garantiert nicht gemacht hat, damit nur ja keiner drauf kommt, um was es sich bei den entsprechenden Fällen handelt!«

»Eben deswegen ist es doch gut, mal zu gucken, wie das einheimische Publikum reagiert!«

Vogel zuckte mit den Achseln und schwieg, und Evelyn wusste, dass sich daran heute unwiderruflich nichts mehr ändern würde.

Als Susanne am Klinikeingang ankam, saß Nadja Küppersbusch auf einer Bank und kaute – wie immer mit offenem Mund – auf einem Kaugummi herum. »Na? Fuffzich Vaterunser?«

»Ich wollt dich nicht länger warten lassen.«

Nadja grinste und ließ eine Kaugummiblase zerplatzen. »Kannst die fuffzich Vaterunser gern auf unserer Hinfahrt absolvieren.« Am Parkplatz angekommen, riss sie die Beifahrertür ihres altersschwachen Fiat Cinquecento auf, als handle es sich um den Verschlag einer Luxusequipage. »Bitte sehr, Madame!«

Susanne ließ sich auf den Beifahrersitz fallen und beschloss, ihrer angehenden Kollegin jeden kritischen Einwand zu ersparen. Nadja hatte – wie sie es ausdrückte

– mit Kirche und so nichts am Hut, und dass es nicht gerade fein war, über das Sakrament der Beichte zu spotten, kam ihr von daher gar nicht erst in den Sinn. »Danke, Mademoiselle«, sagte Susanne stattdessen, und Nadja rammte abenteuerlustig den Rückwärtsgang ein.

Susanne griff in ihre Tasche und prüfte zum soundsovielten Mal, ob sie die beiden Tickets wirklich und wahrhaftig eingesteckt hatte.

Ohne Nadjas Hilfe hätt ich das nie rausgefunden. Und hingefahren wär ich erst recht nicht.

»Nachtschatten« hieß die Band. Ihre Frontfrau hatte – ihrer Website zufolge – taillenlange, grün-schwarz gefärbte Haare und zentimeterbreit kajalumflorte Augen. Und sie hieß Bernadette. Mangoldt, nicht Vogel. Aber es war Andis Tochter. Ohne jeden Zweifel.

»Nadja, ich weiß nicht, wie ich mich jemals dafür revanchieren kann.«

»War doch kein Problem, das rauszukriegen.« Nadja bog betont schwungvoll in die B258 ein. »Dass die Nachbarin von meiner Omi ausgerechnet beim Jugendamt arbeitet, war ja sowieso schon mal 'n Knaller. Und als die gestern bei Omis Geburtstagsfeier aufgekreuzt ist, hab ich halt gedacht, jetzt oder nie, und ihr was vom Pferd erzählt.«

»Kannst du vielleicht 'n bisschen langsamer fahren?«

»Nee. Noch langsamer fahren nennt man Parken.«

»Was denn vom Pferd?«

»Hä? Ach so. Ich hab der von 'ner Kindergartenfreundin namens Bernadette erzählt, die damals adoptiert worden ist und die ich dann blöderweise aus den Augen verloren hab.«

»Und daraufhin sucht die dir gleich am nächsten Tag den Namen von den Adoptiveltern raus?«

Nadja zuckte unbefangen mit den Achseln. »Ich hab gesagt, dass ich drei Bernadettes bei Facebook gefunden hab und gerne wüsste, welche die richtige ist.«

»Und was ist mit Datenschutz und so weiter?«

»Können diese Augen lügen?« Nadja schaute Susanne mit herzerweichendem Dackelblick an und konzentrierte sich erst wieder auf den Straßenverkehr, als Susanne erschrocken aufschrie.

»Keine Panik! Hab alles im Griff!«

»'Tschuldige.«

Oh Gott! Sie fährt wie 'n Henker!

Susanne hatte ihren Augen und Ohren nicht getraut, als Nadja gleich am Morgen – keine vierundzwanzig Stunden, nachdem sie ihr das mit Bernadette Vogels Adoption anvertraut hatte – zwei Onlinetickets schwenkend ins Schwesternzimmer gestürmt war: »Also: Deinem Knacki seine Tochter studiert demnächst in Köln und tingelt zurzeit mit 'ner Heavy Metal Band durch die Provinz. Nächste Station: Wutz-Stock. Is 'n winziges Open Air Festival, auf so 'nem Acker bei Mechernich. Tickets hab ich hier, musst nur was finden, um dir deine Mutter heute Nacht vom Hals zu halten!«

Nach dem, was Pfarrer Beckmann ihr heute erzählt hatte, fühlte es sich zwar doppelt so schäbig wie ohnehin schon an, Mutti belogen zu haben, aber immerhin war für alles gesorgt: Die Caritas-Pflegerin hatte sich nach dem üblichen Hin und Her dazu breitschlagen lassen, heute ausnahmsweise noch mal später am Abend nach Mutti zu sehen, und gegen Mitternacht wären sie bestimmt wieder zurück.

Vielleicht ist das ja ein Wink des Himmels, dass das Ganze so problemlos geklappt hat.

»Sie haben Zimmer 22 und 23. Frühstück ab sieben im Wintergarten.«

»Danke sehr!« KOK Lisa Wiegand gehörte zu den glücklichen Menschen, die leicht mit ihrem Schicksal zu versöhnen waren. Das kleine, familiengeführte Hotel in Kürrenberg war gemütlich, und der Blick aus dem riesigen Panoramafenster im dazugehörigen Restaurant war sogar regelrecht spektakulär. Sanfte Hügel, Wald, Wiesen und Felder: die Eifel eben, von ihrer besten Seite. Und das Allerbeste war: Es hatte seit ihrer Ankunft noch nicht ein einziges Mal geregnet.

Kollege Max stellte fest, dass im Restaurant der optimale Platz in Sachen in WLan-Anschluss war und loggte sich ein.

s.geissler@lka-rp.de
Betreff: Lesung Melchers
An: m.odry@lka-rp.de, l.wiegand@lka-rp.de

Hallo, Lisa, hallo Max,
ich weiß, Sie sind gerade erst angekommen, aber ich habe soeben gesehen, dass heute Abend auf Schloss Bürresheim eine Lesung aus Ex-KHK Melchers' neuem Buch stattfindet. 19.30 h, Rittersaal. Vielleicht haben Sie ja Lust hinzugehen.
Gruß Geissler

»Na, Lisa? Lust auf Kultur?«

»Kultur? Hier? Wo?«

»'Ne Lesung. Vom Patenonkel deiner Nichte Lea.«

»Sie heißt Leonie.«

»Lea, Leonie, Ludmilla ... egal!« Max Odry grinste. »Was Besseres gibt es in dem Kaff hier doch heut Abend eh nicht zu tun, oder?«

Angesichts der Massen, die auf das Festivalgelände strömten, sank Susanne augenblicklich der Mut: gepiercte, tätowierte junge Leute mit pechschwarz, lila und blutrot gefärbten Haaren und in abenteuerlichen Verkleidungen. Sie kam sich uralt vor, nicht nur wegen ihrer langweilig beigefarbenen Klamotten. Nadja nannte die praktischen Polyesterhosen mit den faden blauen oder weißen Blusen dazu »Rentnerinnen-Look«, aber alle Versuche, Susanne zu T-Shirt, Jeans und Sneakers zu überreden, waren bisher an der Tatsache gescheitert, dass Mutti fand, Susanne sei dafür erstens zu alt und zweitens habe sie nicht die Figur dazu. Und Susanne hatte einfach nicht die Zeit, sich jeden Morgen und jeden Abend heimlich umzuziehen. Immerhin schenkten die pittoresk gewandeten Festivalbesucherinnen und -besucher Susannes spießigem Outfit keinerlei Aufmerksamkeit. Fast alle hatten Zelte oder Schlafsäcke dabei, und es roch nach verbrannten Kräutern.

Haschisch oder Marihuana oder noch Schlimmeres.

Beklommen griff Susanne nach Nadjas Hand. »Ich glaub, ich kann das nicht ...«

»Ey, warst du noch nie bei 'nem Konzert? Rock am Ring oder so was?«

Susanne schüttelte den Kopf.

»Echt nich? Dann wird's aber Zeit.« Nadja hatte offensichtlich jede Menge Erfahrung mit Veranstaltungen dieser Art.

Der Lärm war unbeschreiblich. Auf der Bühne quälte eine scheinbar weniger bekannte Band nach Kräften ihre Instrumente. Der Sänger brüllte sich die Seele aus dem Leib, aber im Publikum interessierte sich so gut wie niemand für die wütenden vier Herren. Dafür war der Bierstand umlagert wie ein Bienenstock.

Entschlossen zog Nadja Susanne weiter durchs Gewühl und machte erst halt, als sie vorne an der Bühne angelangt waren.

»Willst deinem Knacki seine Tochter ja schließlich von Nahem sehen, oder?«

Ich weiß beim besten Willen nicht, ob ich das immer noch will.

Die Gruppe verließ, begleitet von dünnem Applaus, die Bühne, und es wurde umgebaut. Susanne ließ eine weitere, ebenfalls sehr zornige Band über sich ergehen und sah mit gemischten Gefühlen dabei zu, wie Nadja sich beim nächsten Umbau an einen der Bühnentechniker heranflirtete. »Nadja, das kannst du doch nicht machen!«

»Wieso? Bisschen backstage nachher wär doch ganz in deinem Sinne, oder? Und der Typ is doch voll niedlich!«

Susanne stellte sich unter voll niedlich zwar etwas anderes als einen rothaarigen Hünen mit Rauschebart und Nackenknoten vor, aber andererseits war ihr der junge Mann – wie Nadja erklärt hatte, hörte er auf den Namen Bolle – durchaus nicht unsympathisch.

Trotzdem: Solche Musik-Leute nehmen doch alle irgendwelche Drogen …

Als alle Instrumente angeschlossen waren, kündigte der Rothaarige die Band »Nachtschatten« an. Der Begrüßungsbeifall ließ darauf schließen, dass Bernadette und ihre drei Mitstreiterinnen sich zumindest in der Region einiger Beliebtheit erfreuten.

»Hallo, hallo Münstereifel! Hallo, Iversheim! Hallo, Mechernich!«

Das ist sie also …

Die junge Frau auf der Bühne war extrem dünn, was von den schwarzen Leggings und dem hautengen, künstlich durchlöcherten Tanktop noch unterstrichen wurde. Sie trug eine Art Kragen aus schwarz glänzenden Hahnenfedern um Hals und Schultern, und ihre Augen waren innerhalb der schwarz verschmierten Kajal-Umrandung kaum zu erkennen.

Wie ein Pandabär …

Die fast taillenlangen Haare trug Bernadette Mangoldt alias Vogel – anders als auf den Fotos im Internet – diesmal in einem giftig aussehenden Neonblau.

Die Figur muss sie von ihrer Mutter geerbt haben. Oder sie ist magersüchtig.

Die Drummerin – mollig und mit Glatze – gab den Rhythmus vor, Bass und Keyboard stimmten ein, und als Bernadette in die Saiten ihrer E-Gitarre griff, johlte das Publikum. Sie sang auf Englisch, und es war furchtbar laut.

Susanne reimte sich aus den verständlicheren Passagen zusammen, dass der Text irgendwas mit Freiheit und ein Mädchen-Sein zu tun haben musste. Beim dritten Song erwischte sie sich dabei, wie sie im Rhythmus mit dem Fuß wippte.

ROBERT MELCHERS:
UNGESÜHNT, Taschenbuchausgabe S. 220

Jedenfalls war das Zusammentreffen der Ereignisse so merkwürdig, dass ich es zumindest für möglich hielt, dass es sich bei der brutalen Ermordung der jungen Frau keinesfalls um das Resultat eines eskalierenden Ehestreits handelte: Was, wenn sie in jener Nacht ein Beweisstück für eine Straftat gefunden hatte, ein verschmutztes oder zerrissenes Kleidungsstück etwa oder eine wie auch immer geartete Trophäe? Ein Erinnerungsstück mitzunehmen, um sich anhand dessen in die Tötungssituation zurückzuversetzen und sie wiederholt noch einmal zu durchleben, ist nichts Ungewöhnliches.

Stellt unter diesen Umständen eine körperlich unterlegene Frau einen mutmaßlichen Mörder zur Rede? Oder informiert sie die Polizei? Oder flieht sie, aus Angst, zum Schweigen gebracht zu werden? Infrage kommen alle einzelnen Möglichkeiten für sich und alle drei auf einmal.

Die Umstände jedenfalls waren irritierend, nur: Anders als in amerikanischen Fernsehkrimis existiert bei uns seit 1986 kein »zweimal lebenslänglich« mehr. Nach § 54 Abs. 1 StGB gibt es bei einer Verurteilung nur noch eine einzige lebenslange Freiheitsstrafe, auch wenn ein Täter wegen mehrerer Tötungsdelikte vor Gericht steht.

Natürlich rechtfertigt die zweifelsfreie Überführung in Fall A trotzdem nicht, weitere Ermittlungen in Fall B lediglich halbherzig zu verfolgen, aber da damals zwei Ermittlerteams in zwei Bundesländern involviert waren, gestaltete sich die Angelegenheit als schwierig.

KAPITEL 16

Während Nadja sich über Susannes bisher unbekannte Seite amüsierte – »… wusste gar nicht, dass Heavy Metal so voll dein Ding ist!« –, betrat Evelyn Meinecke den Rittersaal im Schloss Bürresheim und nahm auf einem der eigens für den heutigen Anlass dorthin geschafften Klappstühle Platz. Wo immer KHK a. D. Robert Melchers aus seinen Werken las, wurden weder Geld noch Mühen gespart, und der auch als »Hexensaal« bekannte Raum im Nordflügel der Burg bot genau den richtigen Rahmen für die teils gruseligen, teils skurrilen und mitunter auf ihre eigene Weise sogar heiteren Geschichten aus dem Alltag eines Kriminalkommissars. In seinem neuen Buch ging es allerdings weniger heiter zu, und die ausgestellten Folterwerkzeuge passten insofern hervorragend zum Inhalt von *Ungesühnt*.

»Ungelöste Fälle, die die Ermittler auch nach Jahren noch nicht ruhen lassen«, hieß es im Klappentext.

Zu den Ausstellungsstücken im Hexensaal gehörte eine eiserne Hals- und Leibfessel und eine Schandmaske – ein monströses Gebilde in Form eines Tierkopfs mit heraushängender Zunge; beides Zeugnisse der Quälereien, denen sich angebliche Hexen hier vor nicht ganz vier Jahrhunderten unterziehen mussten. Die Schandmaske hatte seinerzeit der entwürdigenden Zurschaustellung der Delinquentinnen gedient. In Evelyns Augen entsprach das beinahe eins zu eins dem heute praktizierten öffentlichen Brandmarken entlassener Straftäter: Von Graffiti-Schmierereien über Internet-Denunziationen bis zur Androhung von Gewalt reichte der Volkszorn, sobald bekannt wurde, dass »so einer« in die Gemeinde gezogen war. Natürlich waren die Folgen tragischer Fehleinschätzungen, wie sie seinerzeit Gereon Keiffenheim getroffen hatte, Wasser auf die Mühlen derjenigen, für die »Rübe runter« die optimale Alternative darstellte. Evelyn fand, dass zwischen Schandmaske und eiserner Körperfessel und der Gedankenlosigkeit derjenigen, die am liebsten die Todesstrafe wiedereinführen wollten, kein nennenswerter Schritt auf der Evolutionsleiter zu verzeichnen war. Andererseits war heute niemand mehr so naiv wie in den späten Sechziger- und frühen Siebzigerjahren, als man annahm, dass alle Sexualtäter zu therapieren waren; notfalls mittels Pillen oder Kastration. Aber damals hieß es ja auch noch »Sittlichkeitsverbrecher« und »Lustmörder«.

Melchers' Auftritt riss Evelyn abrupt aus ihren Gedanken: Der ehemalige Kriminalhauptkommissar war zweifellos eine beeindruckende Erscheinung. Mit seinem eleganten Gehstock und den für einen Mittvierziger ungewöhnlichen, fast schlohweißen Haaren wirkte er wie der Protagonist eines Jahrhundertwende-Films, und wenn sie ihr geschultes Auge nicht täuschte, genoss er diesen Eindruck aus vollem Herzen. Sie applaudierte mit, obwohl der imposante Herr da vorne am Lesetisch womöglich ein erbitterter Gegenspieler war. Dass ein paar Reihen hinter ihr eine weitere Gefahr lauerte, konnte sie nicht ahnen.

KOK Lisa Wiegand und KOK Max Odry klatschten begeistert mit.

Der Auftritt von Bernadettes Band hatte keine zwanzig Minuten gedauert, aber Nadja hatte jenen Bolle in der kurzen Zeit bereits in Grund und Boden geflirtet. Daraufhin war es in seinen Augen geradezu selbstverständlich, dass er sie und ihre Begleiterin anschließend zum Chillen nach Münstereifel einlud. Jetzt sog Nadja zufrieden an Bolles Joint und kuschelte sich in seine Armbeuge.

»Nadja, ich weiß ja nicht …«

Nadja grinste. »Mach kein' Stress, Susanne. Ein Zug, mehr nich. Muss ja noch fahren.«

Susanne seufzte ergeben.

Scheinbar gehört Kiffen heutzutage einfach dazu. Außerdem ist dieser Bolle trotz der schrecklichen Frisur ein richtig netter Kerl.

Im Rittersaal von Schloss Bürresheim neigte sich Robert Melchers' Lesung inzwischen dem Ende zu.

»Als auch nach weiteren sechs Monaten keinerlei neue Hinweise eingingen, wurde der Fall Sabrina unter Ungelöste Fälle abgelegt. Die Möglichkeit, dass eine Verbindung zu ähnlichen Fällen in Baden-Württemberg und zum Mordfall Isabell bestand, konnte bis heute durch keinerlei Indizien oder Zeugenaussagen untermauert werden.« Melchers klappte sein Buch zu und schaute ins Publikum. »Ich möchte an dieser Stelle noch mal betonen, dass sämtliche Namen geändert wurden.« Er hob beide Hände, als wolle er einen unsichtbaren Angreifer abwehren. »Und ich hab' mir jede erdenkliche Mühe gegeben, eventuellen Spekulationen entgegenzuwirken, deshalb ...«

Ein älterer Herr in der zweiten Reihe meldete sich wie ein Schuljunge mit hochgerecktem Zeigefinger.

»Ja? Bitte?«

»Ist ja alles schön und gut. Aber ich erinnere mich noch wie heute an den Mord an einer jungen Frau in Mayen, gleich nachdem die Eltern von Rebec...«, er entschuldigte sich hastig, »Verzeihung, ich meine: von Sabrina, zehntausend Euro für Hinweise aus der Bevölkerung ausgeschrieben hatten.«

Einige Ältere im Publikum flüsterten miteinander oder nickten zustimmend. »Also«, fuhr der Mann in der zweiten Reihe fort, »liege ich da falsch oder nehmen Sie in Ihrem Buch genau darauf Bezug?«

Melchers zögerte. Evelyn hielt unwillkürlich den Atem an, und Lisa Wiegand und Max Odry beugten sich wie zwei Synchronschwimmer gleichzeitig vor.

»Danke für Ihre Wortmeldung.« Melchers lächelte verbindlich. »Und ich glaube, ich weiß, an welchen Vorgang Sie sich erinnern. Aber Sie werden verstehen, dass ich mich nicht in eine gegebenenfalls wiederaufzunehmende Ermittlungsarbeit einmischen kann.«

›Gegebenenfalls wiederaufzunehmende Ermittlungsarbeit‹ – das Stichwort reichte, um Evelyns schlimmste Befürchtungen Gewissheit werden zu lassen. Melchers legte es ohne jeden Zweifel darauf an, die ganze Sache von damals noch einmal aufzurollen. Sie sprang auf und verließ ohne Rücksicht auf den Unmut der Anwesenden türknallend den Saal.

Max und Lisa warfen sich einen triumphierenden Blick zu: Durch Melchers' Buch wurde ihre tagelange, todlangweilige Tipperei im Nachhinein regelrecht geadelt. Offenbar waren sie da in eine hochinteressante Angelegenheit involviert. Und angesichts dessen waren ein paar Tage Eifel in der Tat drei Wochen Malle vorzuziehen.

Als auch noch das allerletzte Buch signiert war, stand Melchers auf und breitete beide Arme aus: »Lieschen! Na, das ist ja eine Freude!«

Max verkniff sich erfolglos ein schadenfrohes Grinsen: Damit hatte Kollegin Lisa ihren künftigen Rufnamen weg! Natürlich war das auch Lieschen Wiegand klar, aber sie war schließlich nicht auf den Mund gefallen. Nachdem sie sich aus Melchers' Umarmung gelöst hatte, revanchierte sie sich umgehend: »Onkel Robert, das ist Max Odry. Odry für Hallodri. Unser Vorgesetzter hat dir bestimmt schon von ihm erzählt.«

»Klar! Ich hab allerdings erst morgen mit euch gerechnet. Willkommen in der Eifel, Mr. Hallodri«, Melchers lachte jovial, »ich darf doch Max und Du zu dir sagen, oder?«

Max warf Lisa einen vernichtenden Blick zu. »Selbstverständlich, Herr Melchers.«

»Moment! Das mit dem Du war nicht als Einbahnstraße gemeint! Musst ja nicht Onkel Robert sagen«, Melchers zwinkerte Lisa zu, »Robert reicht.«

Dass der berühmte Schriftsteller und Ex-Kommissar ihn quasi handstreichmäßig in die Familie aufgenommen hatte, sorgte bei dem steifen Max Odry sichtlich für Irritation.

»Na, kommt, ihr beiden, ich lad euch in die *Hammesmühle* auf 'n Suurbroode ein. Um die Zeit hat die Küche da noch auf.«

»Auf was?«

»Suurbroode, Max. Sauerbraten«, übersetzte Lisa.

»Ich bin Vegetarier.«

»Das kannste in der Eifel vergessen.«

Bernadette und ihre Crew feierten indessen ihren erfolgreichen Auftritt im *Höttche* in Münstereifel mit hausgemachten Fritten und reichlich Kölsch. Und dank Bolle, der im Zivilleben Christoph Bollmann hieß, saß Susanne jetzt nur wenige Meter von Bernadette entfernt an einem der blank gescheuerten Tische. Sie hatte sich abgeschminkt, und ihre Haare waren unter einer unförmigen Mütze verborgen. Wie sie so da saß, in Jeans und Cowboystiefeln und bis zu den Knien in einen unförmigen, grauen Strickpulli gehüllt, hatte sie so gut wie keine Ähnlichkeit mehr mit der wütenden Wilden, die Susanne kurz zuvor auf der Bühne erlebt hatte. Außerdem trank sie Mineralwasser, und wenn Susanne sich richtig erinnerte, rauchte sie auch kein Marihuana wie alle anderen.

Ihre Blicke kreuzten sich kein einziges Mal, und Susanne suchte verstohlen nach einer Familienähnlichkeit.

Der Mund. Eindeutig. Fast herzförmig, wie bei Andi. Und die schmale, gerade Nase.

Als Bernadette sich zu der Drummerin umdrehte und das Kinn zwischen Daumen und Zeigefinger aufstützte, erkannte sie darin eine jener typischen Gesten wieder, die auch Andi Vogel auszeichneten.

So was liegt in den Genen. Abgeguckt haben kann sie das jedenfalls nicht.

Von Bolle hatte sie erfahren, dass die »Nachtschatten«-Bandmitglieder in Köln Kirchenmusik studierten und in einer Wohngemeinschaft zusammenlebten. Bernadette war schon vor dem Abitur mit ihnen zusammengezogen und hatte soeben die Aufnahmeprüfung an der Musikhochschule absolviert. Susanne stellte sich die blauhaarige Bernadette mit hautengen Leggings und Hahnenfederkragen als Organistin bei einem der traditionellen Kirchenkonzerte in Sankt Clemens vor und musste unwillkürlich kichern. Prompt bot ihr Bolle in Verkennung der Ursache ihres Heiterkeitsausbruchs einen Zug von seinem Joint an.

Als Nadja sie zu Hause absetzte, war es bereits weit nach Mitternacht, aber das war Susanne von Herzen egal. Sie hatte sich zwar nicht getraut, Andis Tochter direkt anzusprechen, doch dank Bolles und Nadjas nachhaltigem Interesse aneinander und der Tatsache, dass Bolle und Bernadette gemeinsam in einer WG lebten, hatte sie jetzt Bernadettes Adresse.

Ich kann ihr schreiben. Oder sie anrufen. Das ist hundertmal besser, als sie so einfach nach einem Auftritt zu überfallen.

Auf dem Weg in ihr Zimmer fiel ihr wieder ein, dass die blauhaarige Bernadette mit dem Federkragen nach Abschluss ihres Studiums womöglich Organistin und der rauschebärtige Bolle mit dem Nackenknoten Leiter eines Kirchenchors werden könnte. Sie stellte sich Pfarrer Beckmanns langes Gesicht angesichts einer so pittoresken Besetzung vor und musste erneut kichern.

»Susanne?!«

Mutti! Wie konnte ich das vergessen?

Schlagartig fiel ihr das Gespräch mit Pfarrer Beckmann wieder ein.

Mutti wird wahrscheinlich nicht mehr lange leben! Und sie macht sich ernsthaft Sorgen, was dann aus mir wird!

Susanne warf ihre Tasche aufs Bett, zog die Schuhe aus und hastete barfuß hinüber ins ehemalige Esszimmer. Mutti lag auf dem Rücken, obwohl ihr das das Atmen deutlich erschwerte.

»Tut mir leid, dass ich so spät erst nach Hause komme.«

»Du riechst nach Rauch. Und nach Bier.«

»Ja, ich war nach der Schicht noch kurz mit einer Freundin was trinken.«

»Ach ja? Mit diesem Mannweib?«

Susanne stutzte einen Moment, bis ihr klar wurde, dass Mutti damit Evelyn meinen musste. Die hatte Susanne allerdings schon seit Wochen nicht mehr gesehen. Sie erinnerte sich, dass es in ihrer Schulklasse die Unterscheidung zwischen Freundinnen und »besten Freundinnen« gab. Sie selbst war leider nie in die Verlegenheit gekommen, eine entsprechende Rangliste aufzustellen: Mutti hatte alle infrage kommenden Mädchen über kurz oder lang vergrault.

Und jetzt hab ich gleich zwei Freundinnen auf einmal ...

»Nein. Ich war mit Nadja unterwegs. Ich hatte noch was mit ihr zu besprechen.«

»Bis weit nach Mitternacht?«

»Ja.«

Und Nadja vergraulst du gefälligst nicht, und wenn sie hundertmal mit offenem Mund kaut und gerade mal halb so alt ist wie ich!

»Egal«, Gertrud Kleinschmitt schnaufte, »geht mich ja auch nichts an.«

Stimmt. Komisch, dass dir das erst jetzt auffällt.

Dass Menschen an der Schwelle des Todes plötzlich völlig andere Saiten anschlugen als in ihrem bisherigen Leben, war zwar nichts Ungewöhnliches, aber bei Mutti hatte Susanne derlei beim besten Willen nicht erwartet. »Also dann: gute Nacht, Mutti.«

»Hat Pfarrer Beckmann denn nicht mit dir gesprochen?«

»Doch, natürlich. Aber darüber können wir auch morgen noch reden, oder?«

Susanne wünschte sich nichts sehnlicher, als ins Bett zu fallen und die Eindrücke des heutigen Tages noch mal in aller Ruhe Revue passieren zu lassen.

»Nein. Können wir nicht. Weil es morgen vielleicht zu spät ist.« Gertrud Kleinschmitt schnappte nach Luft; jeder ihrer Einatmer war von einem rasselnden Geräusch begleitet.

»Komm, ich leg dich auf die Seite, Mutti, dann geht es dir gleich besser. Ich hab morgen Vormittag frei. Da können wir beim Frühstück über alles reden.«

Und jetzt lass mich endlich in Ruhe!

»Nein. Ich will jetzt mit dir reden.«

Gertrud Kleinschmitt drückte auf den Hebel, mit dem das Kopfende des Pflegebetts in Schrägstellung gebracht werden konnte, und Susanne fügte sich seufzend in ihr Schicksal. Sie griff nach dem Reservekissen, um es Mutti unter den Kopf zu schieben, doch Mutti winkte ab.

»Es geht um deine Zukunft, Kind. Ich mach mir solche Sorgen um dich.«

Ach ja? Wär nett gewesen, wenn du damit vor neununddreißig Jahren angefangen hättest.

Sofort rief Susanne sich innerlich zur Ordnung. Vielleicht würde im Angesicht ihres nahen Todes mit Mutti doch noch alles gut.

»Kind, du hast dich all die Jahre um mich gekümmert und dabei ganz vergessen, dass es auch noch anderes im Leben gibt.«

Nicht ganz. Ich hatte einfach aufgehört, darüber nachzudenken. Bis vor ein paar Monaten …

»Susannchen, es ist Zeit, dass du dein eigenes Leben lebst. Vielleicht sogar eine Familie gründest.«

»Susannchen«? Was soll denn das auf einmal?

»Mutti, wenn dir das so wichtig ist, kann ich dich beruhigen. Es gibt durchaus jemanden in meinem Leben …«

Oh Gott! Was red' ich da?!

»Tatsächlich?« Gertrud Kleinschmitt patschte mit geradezu kindlicher Begeisterung ihre Hände zusammen. »Wie wundervoll!«

Um Himmels willen! Halt den Mund, Susanne!

»Nun sag' schon! Wer ist es? Doktor Flemming?«

Der alte Zausel?! Das wär ja wohl das Allerletzte!

»Nein. Ich hab ... Ich bin ...«

Stopp! Auf gar keinen Fall darfst du Mutti erzählen, dass es vielleicht sogar schon bald eine Zukunft an Andis Seite geben könnte! Bloß nicht! Auf gar keinen Fall!

»Ich glaub, es ist einfach noch zu früh, um großartig in die Zukunft zu denken.«

»Aber Kind«, Gertrud Kleinschmitt griff nach Susannes Hand und drückte sie so fest, dass es wehtat, »bevor ich sterbe, wär schon der Gedanke, dass du vielleicht einen Menschen gefunden hast, dem du rundum vertraust und der dich gern hat, das allergrößte Geschenk für mich.«

Susanne traten Tränen in die Augen.

Vielleicht ist Mutti in ein paar Tagen schon nicht mehr da. Und dann würde ich mir ewig Vorwürfe machen, ihr diesen letzten Wunsch nicht erfüllt zu haben.

»Nun sag schon.« Gertrud Kleinschmitt schloss die Augen und keuchte, als gehe es gleich zu Ende.

»Mutti, bitte erschrick jetzt nicht, aber: Ich hab da einen Mann kennengelernt ...«

»Wirklich! Ach wie schön.«

Mutti lächelt. Sie lächelt tatsächlich!

»Er hat vor vielen Jahren mal was Schlimmes getan, aber wenn alles gut geht, hat er nächstes Jahr irgendwann seine Strafe abgesessen, und ich könnte mir vorstellen, mir mit ihm zusammen eine Zukunft aufzubauen.«

»Hier. In meinem Haus.«

»Ja, natürlich.«

Wo denn sonst? Was ist denn daran so eigenartig?

»Das könnte dir so passen, Frolleinchen!« Plötzlich war Mutti hellwach. »Glaubst du im Ernst, ich hab das nicht längst gewusst? Dieses Dreckstück! Schmiert dir Honig ums Maul, um sich hier bei mir hier ins gemachte Nest zu setzen! Aber nicht mit mir, Frolleinchen!«

Susanne war wie gelähmt. Das Gesicht ihrer Mutter war verzerrt, so wie Susanne es aus ihrer Kindheit kannte: die Augen zu schmalen Schlitzen zusammengekniffen und die Oberlippe hochgezogen, sodass man das Zahnfleisch sehen konnte. Wie ein angreifender Hund. Und dann pflegte Mutti zuzuschlagen. Blindwütig. Auf den Kopf, den Hals, die Schultern, den Rücken.

Trotzdem kam Gertrud Kleinschmitts erster Schlag diesmal vollkommen unerwartet. Susannes Kopf flog zur Seite, und bevor sie recht verstand, was da vonstattenging, schlug Mutti erneut zu, wie damals, im Rhythmus ihrer Worte. »Du mieses – kleines – Stück – Scheiße!« Sie hielt inne, griff in Susannes Haare und zerrte ihr Gesicht millimeternah zu sich heran. »Keinen Pfennig siehst du von mir, verstanden? Eher steck ich die Bude hier in Brand, als dass du das alles mit irgendeinem Dreckskerl verjubelst!«

Reflexartig drückte Susanne den Hebel des Pflegebetts herunter. Das üppige Reservekissen hielt sie immer noch in den Händen. Sie hatte das Gefühl, eine flammendheiße, rote Wand steige vor ihren Augen auf, und es rauschte in ihren Ohren.

Als sie wieder klar denken konnte, lag das Kissen auf Muttis Gesicht, und sie atmete nicht mehr.

»Und dann werden ihre Augen so komisch glasig und rutschen nach hinten. Alles ist plötzlich schlaff, wie ein Luftballon, aus dem man die Luft gelassen hat: die Arme, die Beine, und der Kopf rollt hin und her, als ob er nur noch an 'nem dünnen Faden hängt.« Die heutige Sitzung hatte ein wenig länger als sonst gedauert, aber das Ende war ihm dafür auch rundum gelungen. Trotzdem wälzte sich Peter Esser anschließend schlaflos in seinem Bett. Es war nicht ungewöhnlich, nach einer Sitzung erst einmal wach zu liegen, aber heute lagen die Dinge anders. Sein Kopf fühlte sich an wie eine Kirchenkuppel, in der immer wieder ein- und derselbe Satz von den Wänden widerhallte: »... und bald sind wir beide dann für immer zusammen.« Seine Schwester hatte offenbar mächtig Druck gemacht, was die in Aussicht gestellten Wochenendbesuche anging. Und irgendwann würde er den Knast dann für immer verlassen. Eigentlich sollte er sich freuen, aber der Gedanke daran machte ihm Angst. Manchmal – so wie jetzt – bekam er regelrechte Panikanfälle. Er lauschte Andi Vogels regelmäßigen Atemzügen und versuchte, den aufsteigenden Brechreiz zu unterdrücken. Es würde unweigerlich Lärm machen, wenn er sich jetzt tatsächlich übergab, und davon würde Andi mit Sicherheit wach werden. Das musste er unbedingt vermeiden.

Es dauerte eine gefühlte Ewigkeit, bis Polizei und Notarzt im Alten Forsthaus eintrafen.

»Haben Sie bei ihrer Mutter Wiederbelebungsmaßnahmen eingeleitet?«

»Ja. Natürlich. Ich bin ja Krankenschwester.«

»Wer ist denn Ihr Hausarzt? Wegen dem endgültigen Totenschein und so.«

»Doktor Spindler. Aber verstehen Sie denn nicht? Sie müssen doch was tun! Ich hab sie doch umgebracht!« Susanne saß zitternd auf der Trittstufe des Krankenwagens. Sie fror, obwohl ihr jemand eine Wolldecke um die Schultern gelegt hatte.

Warum werde ich nicht festgenommen und abgeführt?

Der Notarzt sprach gedämpft mit den beiden Uniformierten im Streifenwagen. »Keine Sache. Das ist der Schock. Keinerlei Anzeichen von Gegenwehr oder Kampf. Ich mein: Die Frau war fünfundsiebzig und hatte gute sechzig Kilo Übergewicht.«

»Und das heißt?«

»Lagebedingter Erstickungstod. Kommt öfter vor als man denkt.«

»Keinerlei Anzeichen von Fremdeinwirkung?«

»Definitiv nicht.«

Susanne konnte beim besten Willen nicht nachvollziehen, was um sie herum geschah. »Aber Sie müssen mich doch verhaften!« Sie wurde erneut von einem Weinkrampf geschüttelt. »Ich bin doch schuld!«

Die Polizistin legte ihr beruhigend die Hand auf die Schulter. »Sagen Sie: Sind Sie religiös?«

»Was?«

»Ich meine: Haben Sie vielleicht Kontakt zu einem … Seelsorger oder so?«

»Ja, schon. Pfarrer Beckmann.«

Die Uniformierte drehte sich um und winkte ihrem Kollegen. »Sieh mal zu, dass der zuständige Pfaffe sich um die Frau hier kümmert. Beckmann. Klingel den ruhig raus, sonst müssen die sie in die Psych mitnehmen, und da hat doch keiner was von.«

Schließlich ließ Susanne sich widerstandslos eine Beruhigungsspritze setzen. Der Polizist sprach kurz am Telefon mit Pfarrer Beckmann, und er und seine Kollegin verschwanden, sobald dieser eintraf. Einer der Sanitäter führte Susanne in ihr Zimmer und brachte ihr heißen Tee. »Sie müssen sich jetzt warm halten. Und ausruhen.« Als Dr. Spindler erschien, fuhr auch der Notarztwagen davon.

Der Hausarzt bestätigte den vorläufigen Totenschein, den der Notarzt hinterlassen hatte: »Positionelle Asphyxie«.

Die Vorerkrankungen ließen keinerlei Fragen offen: Adipositas, Koronararteriensklerose, Hypertonie, Hypercholesterinämie, Diabetes mellitus.

»Mein Beileid«, sagte Spindler und setzte schwungvoll seine Unterschrift auf den ausgefüllten Vordruck.

»Herr Doktor, auch wenn Sie meiner Mutti gesagt haben, dass sie nicht mehr lange zu leben hat ...«

»Was?« Spindler stutzte. »Wann soll ich das gesagt haben?«

»Na, dieser Tage. Hat Mutti Pfarrer Beckmann erzählt.«

»Was? Quatsch. Ihre Mutter stand doch schon seit Jahren mit einem Bein im Grab.« Erschrocken über seinen flapsigen Ton fügte er hastig »Wenn Sie mir diesen Ausdruck gestatten« hinzu.

Warum sollte ich ihm den nicht gestatten? Er mochte Mutti nicht. Niemand mochte Mutti.

»Also, meine liebe Susanne: Am Zustand Ihrer Mutter hat sich in den letzten Wochen nun wirklich nichts geändert.«

Mutti hat Pfarrer Beckmann belogen. Und über den Umweg hat sie auch mich belogen. Das Ganze war unglaublich geschickt eingefädelt.

Die Erkenntnis traf Susanne bis ins Mark.

Sie hat mich belogen, um mich dazu zu bringen, ihr das mit Andi zu erzählen! Wieso auch immer sie das geahnt hat.

»Das heißt aber auch, dass Mutti vielleicht noch Jahre vor sich gehabt hätte ...«

»Aber Susanne, Sie sind doch Krankenschwester.« Dr. Spindler zuckte mit den Achseln. »Ihnen muss doch klar gewesen sein, dass es im Grunde ein Wunder ist, dass Ihre Mutter trotz ihrer Kondition so lange gelebt hat.«

»Trotzdem. Ich hab' sie umgebracht ...«

Susanne hatte das Gefühl, durch eine Wattewand zu sprechen: »Verstehen Sie denn nicht? Ich hab sie ... getötet.« Langsam tat das Beruhigungsmittel seine Wirkung.

Dr. Spindler zog ihr fürsorglich die Decke über die Schultern. »Schlafen Sie sich erst mal aus. Und reden Sie bitte nicht weiter solchen Unsinn. Wir alle wissen, wie Ihre Mutter Sie all die Jahre behandelt hat. Und sie hat Ihnen scheinbar mit Erfolg massive Schuldkomplexe eingeredet. Aber Schuld an ihrem Tod sind Sie mit Sicherheit nicht.« In der Tür drehte er sich noch einmal um. »Wie auch immer«, setzte er bedeutungsvoll hinzu. Er begrüßte Pfarrer Beckmann mit einem Kopfnicken und griff nach seinem Bereitschaftskoffer.

»Ich bleib bei ihr«, flüsterte Beckmann Spindler zu, »Nachtwache sozusagen. Sie hat hier doch ein Leben lang allein mit ihrer Mutter gelebt. Der Verlust muss furchtbar für sie sein. Am Ende tut sie sich noch was an.«

s.geissler@lka-rp.de
Betreff: AZ 45329/C23
An: kontakt@robert-melchers.de

Sehr geehrter Herr Melchers,

ich habe mich mit der Cold Case Abteilung in Düsseldorf dahingehend geeinigt, dass Sie KOK Lisa Wiegand und KOK Max Odry offiziell als externer Berater bei ihren Recherchen vor Ort begleiten.

Von der seinerzeitigen SoKo Rebecca ist in Euskirchen leider nur noch KHK Gabriele Kraus übrig geblieben. Frau Kraus hat allerdings bereits im Vorfeld erklärt, dass ihrerseits keinerlei Erkenntnisse vorliegen, die über die seinerzeitige Aktenlage hinausgehen.

Beste Grüße Geissler

KAPITEL 17

Kaum hatte Nadja Küppersbusch von den Kolleginnen erfahren, dass Gertrud Kleinschmitt in der Nacht gestorben war, stand sie auch schon – eine große Tiefkühlpizza unterm Arm – bei Susanne vor der Tür. Zwei Angestellte des Bestattungshauses »Pietät« bugsierten gerade einen Transportsarg in den Leichenwagen. Susanne stand in Nachthemd und Bademantel und mit Schafwollsocken an den Füßen im Flur.

»Ach du scheiße, wie siehst du denn aus?!«

»Hallo, Nadja.«

Im Näherkommen erkannte Nadja eine schwarz gekleidete Dame, die – einen Stapel Prospekte und Papiere in Händen – aus einem der Zimmer kam. »Frau Kleinschmitt, wenn ich Sie dann bitten dürfte.«

»Momentchen! Eins nach dem andern!« Nadja legte die Tiefkühlpizza auf die Eichentruhe und nahm Susanne fest in beide Arme. »Mensch, Alte, hau dich wieder hin! Bist ja das nackte Elend!«

Einen Moment lang lehnte sich Susanne erschöpft an Nadjas Schulter. »Ich kann nicht«, sagte sie schließlich, »ich muss mich doch um die Beerdigung kümmern.«

Die Frau in Schwarz nickte bestätigend und warf einen bezeichnenden Blick auf eine imaginäre Armbanduhr.

»Wenn du willst, kümmer ich mich drum. Hab sofort frei gekriegt, als die das mit deiner Mutter erfahren haben. Bolle kommt nachher auch.«

Nadjas rothaariger Riese?

»Aber ... Wieso denn?«

»Was jetzt genau? Also: die Pizza, damit du was futterst. Und Bolle, weil du gar nicht erst lange fackeln solltest.«

»Was? Womit denn?«

»Mit Ende Gelände und fertig. Du hast mir doch erzählt, dass die Esszimmermöbel im Keller stehen.«

»Ja, das stimmt, aber ...«

»Na, das Pflegebett und so braucht hier doch jetzt kein Mensch mehr.«

»Aber ist das nicht irgendwie pietätlos?«

»Pietät ist, wenn du deine Mutter anständig unter die Erde bringst. Nicht weniger, aber auch nicht mehr, okay?«

»Tja, ich schlage vor, wir nehmen dann mal irgendwo Platz ...«, mischte sich die Dame in Schwarz ein.

Susanne kam sich vor, als sei sie durchsichtig.

Gar nicht erst vorhanden.

»Genau. Setzen wir uns erst mal. Und nicht unbedingt im Krankenzimmer.« Nadja übernahm umgehend die

Regie und dirigierte die Bestatterin in die Küche. »Wenn Sie sich an den Tisch setzen, schmeiß ich schon mal die Pizza rein, okay?«

Die Schwarze Dame nahm etwas umständlich Platz und breitete ihre Prospekte aus. »Tja, also: Thelen, mein Name«, stellte sie sich Nadja vor. Offenbar hielt sie sie für ein Familienmitglied.

Susanne stand im Türrahmen und rührte sich nicht.

»Na, komm. Hier.« Nadja nahm sie bei den Schultern und schob ihr einen Küchenstuhl zurecht. »So. Sitz. Platz. Und gut is.« Dann holte sie die Pizza aus dem Flur und stellte den Herd an.

»Frau Kleinschmitt«, begann Wolfgang Thelens Witwe, »offensichtlich hatten Sie ja ein ausgesprochen inniges Verhältnis zu Ihrer Frau Mutter ...«

»Was?« Nadja kicherte. »Is das so 'n Standardsatz bei Ihnen oder meinen Sie das im Ernst?«

»Wie bitte?« Roswitha Thelens professionelle Contenance kam zusehends ins Wanken.

»Na, woher wollen Sie denn wissen, wie Susanne und ihre Mutter so untereinander drauf waren?«

»Ich nehme einfach an, dass ...«

»Schon klar. Macht nichts, is' ja Ihr Job«, Nadja kicherte erneut. »Nur: Die Masche zieht hier nicht, oder?«

Susanne hob hilflos die Achseln. »Warum glaubt mir denn keiner? Ich hab Mutti umgebracht ...«

Nadja starrte ihre Freundin einen Moment lang verblüfft an, dann schlug sie sich spielerisch gegen die Stirn. »Alter Schwede, bist du von der Rolle! Was dagegen, wenn ich das hier übernehme?«

»Würdest du das wirklich tun?«

»Nur, wenn du aufpasst, dass die Pizza nicht verbrennt.«

Susanne nickte schwach. »Mach ich.«

»Okay, also: 'n zwei Mille teuren Eichensarg mit Kunstseidenbettchen innen drin braucht kein Schwein. Fichte reicht vollkommen. Ohne Gedöns.«

»Verstehe.« Roswitha Thelen tippte auf das preiswerteste Modell in ihrem Särge-Katalog. Sie hatte in der Tat verstanden: Mit Susanne Kleinschmitts Nichte, Cousine oder um was es sich auch immer bei der jungen Frau handeln mochte, war nicht zu spaßen. Das war ein bisschen enttäuschend, und sie vergaß darüber fast den Stapel Briefe in ihrer Aktentasche.

Andreas Vogel traute seinen Ohren nicht. »Zur Beisetzung ihrer Mutter?«

»Ja. Dem Schwiegersohn in spe der Verstorbenen steht das mehr oder weniger zu. Eher weniger, um ehrlich zu sein; ich hab ein bisschen nachgeholfen. Begleitete Ausführung, aber immerhin. Ein halber Tag in relativer Freiheit.« Evelyn Meinecke lachte leise. »Dann ist die alte Hexe wenigstens posthum noch zu was nutze.«

»Wann?«

»Bei 'ner Erdbestattung denk ich: frühestens übermorgen. Spätestens in drei Tagen.«

»Ich freu mich drauf.«

»Ich auch.«

In Mayen und Umgebung begann inzwischen endlich das, worum Robert Melchers vor fast anderthalb Jahrzehnten vergeblich gekämpft hatte: Die seinerzeit nur oberflächlich vorgenommene Befragung von Familie, Freundinnen, Freunden und Nachbarn der Toten wurde mit gezielten Fragen wiederholt, und nachdem Kollege Geissler sich bei den LKAs in Düsseldorf und Mainz mit Erfolg dafür eingesetzt hatte, dass er ganz offiziell bei den Befragungen dabei sein durfte, ging Melchers mit Elan an die Arbeit.

Nach und nach füllten sich die Namen auf Lisas und Max' Transkripten mit Leben: Elke Peters, die seinerzeit die Tote entdeckt hatte, war – sportlich, wie vor fast fünfzehn Jahren – mit dem Fahrrad nach Kürrenberg gekommen; Thea Klütsch, die Arthrosegeplagte, wirkte dank zweier Knieprothesen inzwischen geradezu springlebendig – was sich gleichermaßen positiv auf ihre Auskunftsfreudigkeit auswirkte –, und Hannes Benecke, der alte Scherzkeks, ging mittlerweile stramm auf die hundert zu. Lediglich auf Michael Golombiks Aussage musste verzichtet werden. Der Metzgerssohn war vor Jahren bereits von Kürrenberg nach Costa Rica ausgewandert.

»Kann sein, dass der irgendwas auf dem Kerbholz gehabt hat«, erklärte Lisa Wiegand, »aber seine dortige Adresse ist beim besten Willen nicht herauszukriegen.«

»Vielleicht hat er aus Rache für Opas Pleite den Supermarkt angezündet.«

»Kann man ihm nicht verdenken. Aber als Vegetarier findest du's doch bestimmt supitoll, dass es immer weniger richtige Metzgereien gibt.«

»Lieschen, aus dir spricht reine Ahnungslosigkeit.«

»Ich heiße Lisa.«

»Macht nichts.«

Die Befragten von damals taten sich zwar zunächst schwer damit, nach all der Zeit noch mal in ihren Erinnerungen zu stöbern, aber nach und nach kam einiges dabei heraus: Elke Peters fiel ein, dass sie sich damals noch darüber gewundert hatte, dass die Tote weder Strümpfe noch Strumpfhosen anhatte. »Dazu war's doch schon viel zu kalt draußen.«

Thea Klütsch wusste noch genau, dass der junge Mann, der in der *Eifelstube* am Spielautomaten gesessen hatte, ausgesprochen gut aussehend war und schwarze Haare hatte: »Vielleicht 'n Ausländer. Spanier oder Italiener«, und der alte Benecke wies mit erhobenem Zeigefinger darauf hin, dass stille Wasser ganz besonders tief sein könnten und man demzufolge auch nie wisse, was die jungen Dinger so im Geheimen treiben.

»Herr Benecke, das ist so ziemlich das Gegenteil von dem, was Sie damals ausgesagt haben«, wandte Max Odry ein.

»Wieso?«

»Da waren Sie noch davon überzeugt, dass Rebecca Zülch auf keinen Fall einen festen Freund hatte.«

»Das schon. Aber sie hat ja damals gerade ihren Führerschein gemacht.«

Lisa, Max und Melchers wechselten irritierte Blicke. »Und was hat das damit zu tun?«

»Sehen Sie: Unsereins kann ja immer nur von dem ausgehen, was hier im Dorf so vor sich geht.«

Melchers überschlug im Kopf die Jahreszahlen: Kürrenberg war 1970 eingemeindet worden und demzufolge seit fast einem halben Jahrhundert kein Dorf mehr. Aber an der Einstellung »Wir hier im Dorf und die da in der Stadt« hatte sich offenbar – zumindest bei der älteren Generation – nichts geändert.

»Also noch mal genauer«, hakte Max Odry nach.

»Was genau meinen Sie mit genauer?«

Lisa verdrehte die Augen. »Führerschein!«

»Na, den hat sie natürlich in Mayen gemacht.«

»Ja, und?« Geduld war nicht gerade Lisa Wiegands starke Seite.

»Na, dafür ist sie ein-, zweimal die Woche mit dem Bus nach Mayen reingefahren.«

»Ja, und?«, echote Max Odry.

»Na ja, wer weiß, wen sie da so getroffen hat.« Hannes Benecke grinste anzüglich. »Stille Wasser sind bekanntlich tief.« Dass er das wenige Sekunden zuvor bereits festgestellt hatte, war ihm offenbar entgangen. Aber immerhin war sein Hinweis, der Sache mit der Fahrschule einmal nachzugehen, nicht von der Hand zu weisen.

Dazu war es unumgänglich, noch einmal mit der Familie des Opfers zu sprechen. Lisa seufzte. Ihr wurde mulmig bei dem Gedanken, vielleicht bereits verheilte Wunden noch mal aufzureißen. Aber sie hatte ja unbedingt zur Kripo wechseln wollen. Im Auto griff sie zaghaft nach Max Odrys Hand.

»Na, Lieschen? Lampenfieber?«

Lisa nickte.

»Wird schon nicht so schlimm werden.«

Es hatte Wolfgang Thelens Witwe fraglos einige Überwindung gekostet, Susanne jene Briefe auszuhändigen, die ihr Mann über Jahre hinweg an seine Tochter geschrieben hatte. »Ich hab Sie bei Wolfgangs Beerdigung gesehen, Frau Kleinschmitt. Sie haben geweint. Und seitdem hab ich hin und her überlegt, ob ich Sie nicht vielleicht doch mit dieser ... unersprießlichen Sache konfrontieren sollte.«

Die Umschläge waren vergilbt, und das Geschenkband, mit dem sie zusammengehalten wurden, hatte mit den Jahren ebenfalls die Farbe eingebüßt: Ein an den Rändern rostbraunes Rosa war dem ursprünglichen Rot gewichen.

Wolfgang Thelens Briefe an Susanne, sein einziges Kind.

Gertrud Kleinschmitt hatte sie ihm pünktlich zu Susannes Achtzehntem zurückgeschickt, samt und sonders ungeöffnet. Er solle sich nicht weiter lächerlich machen, stand in einem maschinengeschriebenen Begleitschreiben. Wie er sehe, habe sie nicht einen einzigen der Umschläge jemals auch nur aufgemacht, geschweige denn dessen Inhalt gelesen. Es interessiere sie schlicht und ergreifend nicht, was er zu sagen habe, um sein schlechtes Gewissen zu beruhigen. Das Einzige, was sie an ihm interessiere, sei Geld. Für den Anfang sei schon mal ein Auto nicht schlecht, und dann sehe man weiter. Es sei doch gewiss nach wie vor in seinem Interesse, dass die Wahrheit über ihre Existenz nicht an die Öffentlichkeit gelange. Unterschrift: Susanne.

»Das hab ich nie geschrieben!« Susanne hatte regelrecht aufgeschrien, als sie die Zeilen ihrer Mutter las.

»Ja. Das dacht ich mir.« Wolfgang Thelens Witwe war sichtlich erleichtert, dass die Sache endlich aufgeklärt wurde. »Frau Kleinschmitt, es tut mir aufrichtig leid, dass ich in all den Jahren nicht darauf gedrängt hab, diesem dreisten Erpressungsversuch auf den Grund zu gehen. Aber immerhin hat Ihre Mutter von weiteren Versuchen abgesehen. Vermutlich, weil es keine Resonanz gab.«

»Ja. Danke, Frau Thelen.«

Mein Vater hatte also allen Anlass, seine Anwältin einzuschalten, als ich ihn damals um ein Kennenlernen gebeten habe. Und Mutti war ein Monster.

»Boah!« Nadja stand mit erhobenem Messer über der Pizza und sah aus wie ein Racheengel. »Deine Mutter war ja echt 'n schlimmer Finger!«

Ein Dreckstück.

Susanne erschrak zunächst bei dem Gedanken. Dann fiel ihr ein, dass »Dreckstück« eins von Muttis Lieblingswörtern gewesen war.

Ja. Mutti war ein Dreckstück.

Nein, so was darfst du nicht einmal denken! Auch wenn's stimmt.

Als Roswitha Thelen gegangen war, öffnete Susanne mit Nadjas Hilfe sämtliche Umschläge.

»Meine kleine Susanne …«

Thelens Briefe klangen liebevoll. Dass er sich dem Verdikt des alten Thelen gebeugt und seine Tochter verleugnet hatte, belastete ihn schwer. Geändert hatte er daran trotzdem nichts.

»Ein Feigling und Duckmäuser«, stellte Nadja pragmatisch fest.

»Ja.«

Aber kein Dreckstück.

»Ich mag mir gar nicht vorstellen, was Mutti mit ihrem fingierten Erpresserschreiben bei ihm angerichtet hat«, murmelte Susanne.

»Na, deine Mutter war aber auch echt 'n Herzchen.« Nadja langte kräftig bei der Pizza zu und machte sich gewohnheitsmäßig nicht die Mühe, die Reihenfolge kauen, schlucken, sprechen einzuhalten. »Jetzt mal im Ernst: Ich hätt die schon längst um die Ecke gebracht.«

»Du glaubst mir also?«

Endlich!

»Dass du sie gekillt hast? Quatsch!« Nadja spülte den halb zerkauten Pizzabissen mit einem großen Schluck Milch herunter. »Und wenn schon! Vielleicht hat die, als du mit dem Kissen dahergekommen bist, ganz einfach so'n Schreck gekriegt, dass der ihre Pumpe versagt hat. Aber für Jemand-Erschrecken gibt's definitiv kein ›lebenslänglich‹.«

Andi! Andreas!

Das Stichwort »lebenslänglich« wirkte wie ein Zündfunke, und Susannes Stimmung hellte sich geradezu schlagartig auf: Sie hatte sich im Strudel der Ereignisse noch gar nicht richtig klargemacht, was Evelyns Anruf zu bedeuten hatte. »Du, Suse, Andreas Vogel hat die Erlaubnis bekommen, bei der Bestattungsfeier deiner Mutter dabei zu sein.«

Er darf mit zum Friedhof!

»Andi darf zur Beerdigung kommen«, sagte sie laut.

Nadja kaute exzessiv und wog einen Moment lang das Für und Wider dieser Perspektive ab. »Na, da hat der Exitus von deiner Ollen ja noch zusätzlich was Gutes«, stellte sie schließlich fest und schlug Susanne aufmunternd auf die Schulter.

»Von den Zeugen in der *Eifelstube* fehlt uns dann noch der, der am Spielautomaten gesessen hat. Max, wie hieß der noch?« Lisa Wiegand saß neben Max Odry auf der Rückbank von Melchers' BMW und blätterte in den Transkripten.

»Vogel. Andreas Vogel.«

»Stimmt.« Lisa bewunderte nicht zum ersten Mal Max' geradezu fotografisches Gedächtnis. »Cool.«

»Der kommt zum Schluss«, mischte sich Melchers vom Fahrersitz aus ein. »Der sitzt nämlich mittlerweile im Knast.«

»Spielschulden?« Lisa kicherte.

»Mord.«

»Wow.«

Als die Pizza vertilgt war, traf Bolle mit dem Band-Bus ein, um – wie von Nadja angekündigt – das Krankenzimmer zu räumen. »Hi! Ich hab Verstärkung mitgebracht!«, rief er beim Aussteigen.

»Hallo …«

Susanne hätte Bernadette Mangoldt beinahe nicht wiedererkannt. Sie trug diesmal keine Mütze, und ihr kurz geschnittenes rotes Haar verlieh ihr – gepaart mit ihrer knabenhaften Figur – etwas geradezu Koboldhaftes.

Im Näherkommen fuhr sie sich nervös durch ihre karottenroten Stoppeln. »Reine Natur.« Sie wirkte unsicher.

Ganz anders als auf der Bühne.

»Die langen Zotteln sind Perücken. Die trag ich nur für Fotos und bei unseren Auftritten.«

»Verstehe.«

Was macht sie hier? Warum kommt sie von sich aus hier her?

Max und Lisa waren unterdessen froh, dass Melchers das Gespräch mit Thomas Zülch übernommen hatte. Dass der Kommissar a. D. mittlerweile in offizieller Funktion mit ihnen unterwegs war, bedeutete zwar nicht, dass er eigenständig die Befragungen durchführen durfte, aber dass er das trotzdem tat, musste man ja niemandem auf die Nase binden.

Rebecca Zülchs Vater hatte die *Eifelstube* inzwischen ebenso verkauft wie das Häuschen in Alzheim, in dem sich seinerzeit die Wohnräume der Familie befanden hatten.

Die winzige Einliegerwohnung im Haus seines Bruders war gespickt mit Fotos aus glücklichen Tagen: die Zülchs vor dem Portal von St. Bernhard als frischgebackenes Ehepaar, die kleine Rebecca als Maria verkleidet beim Krippenspiel, die halbwüchsige Rebecca mit ihren Eltern beim Zuckerwatte-Essen auf der Kürrenberger Kirmes.

Die Ehe ihrer Eltern hatte die schrecklichen Ereignisse von damals nicht verkraftet; sie wurde zwei Jahre nach Rebeccas Tod geschieden. Keine zwölf Monate später war Sigrid Zülch mit ihrem Wagen verunglückt, wobei es sich mit an Sicherheit grenzender Wahrscheinlichkeit um Selbstmord gehandelt hatte.

»Ich hab alles aufbewahrt«, erklärte Thomas Zülch und zog einen alten Fiberkoffer unter dem Bett hervor.

»Auch das Plakat von damals?«

»Auch das.«

Im Alten Forsthaus stand Susanne bewegungslos in der Tür und versuchte sich zu sammeln, während Nadja und Bolle sich zur Begrüßung ausgiebig küssten und Bernadette Pappkartons, eine Sackkarre und Trageriemen aus dem Band-Bus lud.

Susanne hatte das Gefühl, sich in der Loopingschleife jener riesigen, schwarz-gelben Achterbahn zu befinden, die sie vom Lukasmarkt in Mayen kannte. Trotz aller Faszination hatte sie sich nie getraut, darauf zu fahren. Jetzt war ihr, als werde sie auch ohne Achterbahn kopfüber und kopfunter und wieder zurück geschleudert.

»Hallo, Frau Mangoldt.« Mehr brachte sie nicht hervor, als Andis Tochter auf sie zukam.

»Bernadette reicht vollkommen. Oder Benny. Die anderen nennen mich jedenfalls Benny.«

Dein Vater auch …

»Kommen Sie doch rein.«

»Und gesiezt werden will ich auch nicht.«

»Ja. Verstehe. Ich heiß Susanne. Oder … Suse.«

»Okay.«

»Hey, die Matratze und das Bettzeug auf'n Sperrmüll und das Pflegebett und so weiter ins Sozialkaufhaus, ja?« Der kräftige Bolle mit seinem roten Rauschebart und die kleine, ebenfalls rothaarige Bernadette wirkten, wie sie da nebeneinander am Fuß der Treppe standen, wie zwei Gestalten aus einem Märchenfilm.

Rübezahl und Rumpelstilzchen.

Unwillkürlich musste Susanne lächeln. »Gut, ja. Und danke, Bolle!«

Als Susanne und Bernadette sich nicht vom Fleck rührten, schob Nadja die beiden rigoros ins Innere des Hauses. »Ich helf Bolle tragen, und ihr zwei könnt euch schon mal in der Küche nützlich machen und Kaffeewasser aufsetzen.«

Der Kessel war schnell gefüllt und auf die Herdplatte gestellt. Susanne verstaute den leeren Pizzakarton im Müll, spülte Besteck und Teller ab und wischte die Krümel vom Tisch. Sie steckte eine Tüte in den Kaffeefilter, zählte sorgfältig die benötigte Menge Kaffee ab und setzte den Filter auf die Kanne. Dann gab es endgültig nichts mehr zu tun, um das lastende Schweigen mit Aktionismus zu kaschieren.

Bernadette stand mit dem Rücken zu Susanne an der Terrassentür und schaute in den Garten. »Schöne Rosen«, sagte sie nach einer Weile.

»Ja. Die Schneewittchen-Rosen – das sind die Weißen – blühen sogar noch bis weit in den November.«

Als ob das so ein junges Ding interessieren würde.

»Super. Ich hab's sogar geschafft, dass eine auf unserem WG-Balkon überwintert.«

Eine was?

»Ähm. Wie bitte?«

»Solero. Ist 'ne Kordes. Gelb. Wird nur etwas über'n halben Meter hoch und passt genau in eine Ecke. Angeblich nicht sonderlich winterfest, aber bevor's anfängt zu frieren, kriegt sie 'ne Styroporplatte unter die Füße und 'n Mäntelchen aus Blisterfolie. Klappt prima.«

Andis Tochter interessiert sich für Rosen?

»Sie – ähm – du interessierst dich für Rosen?«

»Ja. Und? Warum nicht?«

»Genau wie dein Vater.«

Bernadette zuckte nicht mit der Wimper. »Ich hatte es kurz nach unserem Einzug schon mal mit 'ner Sunstar – auch gelb und auch von Kordes – probiert«, erklärte sie, anstatt auf das Thema einzugehen, »aber die hat den Kölner Winter trotz Kälteschutz nicht überlebt.«

KAPITEL 18

Rebeccas Vater breitete das Plakat, das zusammengefaltet unter Briefen und Zeitungsausschnitten gelegen hatte, auf dem Couchtisch aus und strich die zum Teil bereits brüchig gewordenen Knicke im Papier sorgfältig glatt.

»Das haben wir einen Monat nach ihrem Verschwinden überall in der Umgebung aufgehängt.«

Lisa Wiegand zückte ihr Handy. »Herr Zülch, darf ich das fotografieren?«

»Selbstverständlich. Die Mayener Geschäftsleute waren bei der Suche damals wirklich ausgesprochen hilfsbereit. Das hing praktisch überall.«

Der Aufruf hatte das gleiche Format wie die üblichen Fahndungsplakate der Polizei; in den vier Ecken waren noch die Abdrücke und Einstichlöcher der Reißzwecken zu sehen.

Das obere Drittel wurde fast ganz von Rebecca Zülchs Porträt eingenommen, dem typischen Produkt eines drittklassigen Fotoateliers. Der jungen Frau auf dem Schwarz-Weiß-Bild sah man das Unbehagen regelrecht an: Der Fotograf hatte sie dazu genötigt, auf einem hochlehnigen antiken Stuhl zu sitzen und über die Schulter in die Kamera zu lächeln, aber das aufgezwungene Lächeln erreichte ihre Augen nicht, und die bei der Bearbeitung des Bildes unnatürlich glatt retuschierte Haut gab dem Ganzen zusätzlich etwas Puppenhaftes.

Wer und wie Rebecca Zülch im Leben gewesen war, erschloss sich aus dem Bild in keiner Weise.

»VERMISST! Wer hat unsere Tochter Rebecca gesehen?«

Es folgten Detailfotos von Kleidung und Schmuck, offensichtlich aus Familienfotos und Schnappschüssen heraus vergrößert.

»Das Geld für die Belohnung haben wir damals nur mithilfe von Nachbarn und Freunden zusammengekriegt. Noch am Tag der Plakataktion hat eine Frau aus Blankenheim Rebecca gefunden. Hatte mit unserem Aufruf gar nichts zu tun. Peters hieß die. Helga oder Elke, das weiß ich noch ganz genau. Aber die hat das Geld nicht haben wollen. Wegen der Pietät, hat sie gesagt.«

Ein anderes Foto, eine andere Frau; Susanne starrte das Bild noch an, als die anderen längst gegangen waren: eine lachende Mareike Vogel am Steuer eines PKW. »Fahrschule Röttgen« stand auf dem Ladenschild im Hintergrund.

»Das war am Tag, als Mama die Fahrlehrerinnenprüfung bestanden hat.« Bernadette war mit keiner Silbe darauf eingegangen, dass sie in Susanne die Verlobte ihres Vaters – und des Mörders ihrer Mutter – vor sich hatte. Sie hatte ein Fotoalbum mitgebracht: Bernadette als niedliches Baby, mit einem quietschrosa Plüschhasen im Arm, Bernadette als Krabbelkind im Garten, im Hintergrund ein schmuckes Einfamilienhaus. Und schließlich als Geburtstagskind mit Tütenhütchen und Torte. Das letzte Foto zeigte Bernadette als Vierjährige unterm Weihnachtsbaum, stolz den nagelneuen Kaufmannsladen präsentierend. »Meine Mama hat die ganzen kleinen Teile – Möhren, Äpfel, Brote und Brötchen, Würstchen und Käse und so weiter aus Fimo selbst gemacht. Und eines Abends hatte sie ein ganzes Blech davon im Herd vergessen. Die Fimo-Sachen muss man ja im Backofen brennen. Jedenfalls wusste ich da, dass definitiv nicht irgendein rauschgoldengelmäßiges Christkind die Weihnachtsgeschenke bringt, sondern dass meine Mama das Christkind ist.«

Wenn sie lächelt, sieht sie aus wie ihre Mutter.

Einige Bilder zeigten einen jungen, deutlich fülligeren Andi Vogel. Die blonde Frau an seiner Seite war ebenso zierlich wie Bernadette.

Heute wäre Mareike Vogel Ende dreißig. Ein ganzes Leben. Sie hätte ihr ganzes Leben noch vor sich …

Erst als Susanne sie darum bat, hatte Bernadette ihr von der Nacht erzählt, in der ihr Vater ihre Mutter erschlagen hatte.

»Die Polizei hat damals tatsächlich versucht, mich zu befragen. Aber die haben kein Wort aus mir rausgekriegt. Ich meine: eine Vierjährige, die Zeugin eines Mordes wird, den ihr Vater begeht? An ihrer eigenen Mutter? Wie wird die wohl drauf sein?«

Und wer glaubt schon, was ein Kind erzählt?

Susanne war erschüttert von der Sachlichkeit, mit der Bernadette über das Erlebte sprach: »Sie haben unten gestritten. Das taten sie sonst nie. Oder jedenfalls nicht so laut, dass ich oben im Kinderzimmer davon wach geworden wäre. Dann hat eine Tür geknallt, und es war eine Zeit lang still. Bis Mama zu mir nach oben gekommen ist. Sie hat geweint und wollte weg. So schnell wie möglich. Sie hat sich nicht mal die Zeit genommen, mir was überzuziehen. Hatte die Wolldecke über'm Arm, die unten auf dem Sofa lag, für Mittagsschlaf und so. Da hat sie mich drin eingewickelt. Sie hat gesagt, wir fahren nach Gondorf, in den Eifelpark. Aber selbst mit meinen noch nicht einmal vier Jahren hab ich gewusst, dass das nicht stimmen kann. Weil man da halt nicht hinfahren würde, wenn's dunkel ist. Und im Schlafanzug erst recht nicht.«

Ich weiß nicht, ob ich das, was jetzt kommt, wirklich hören möchte …

»Jedenfalls wollt ich was Richtiges anziehen. Ich hab mich wie verrückt gegen die kratzige Wolldecke gewehrt und angefangen zu schreien. Deshalb hab ich ihn nicht kommen hören. Und Mama auch nicht. Und dann stand er hinter ihr. Und hat zugeschlagen.«

Susanne wehrte sich mit aller Macht dagegen, doch die Geschehnisse von damals nahmen unweigerlich Gestalt an.

Mareike Vogels blondes Haar rot von Blut. Und sie selbst schwer verletzt, mit dem Tode ringend und nicht mehr fähig, ihrem Kind zu Hilfe zu kommen. Sie wusste doch nicht, ob er

Bernadette etwas antun wird oder sie am Leben lässt. Ein Albtraum.

»Er war nicht betrunken, Susanne. Er war bei klarem Verstand. Und er hat eiskalt geplant, wie er das Ganze so drehen könnte, dass er davonkommt.«

»Aber wieso ..? Womit denn davonkommen?«

»Sie hatte es herausgefunden. Wegen irgendwas, was sie an diesem Tag bei uns im Haus gesehen hat.«

»Was herausgefunden?«

»Dass er ein Psychopath ist. Ein Mörder.«

»Was? Aber ...«

Was redet sie denn da?

Bernadette schwieg und ließ Susanne Zeit, sich zu sammeln. Irgendwann legte sie ihr den Arm um die Schultern und fragte sie sanft, ob sie das, was dann passierte, wirklich erfahren wollte.

Susanne nickte stumm.

»Er ist nach dem Streit mit Mama nach hinten zu unserem Schuppen gelaufen, vielleicht, um was zu verstecken, vielleicht auch einfach, um ein Mordwerkzeug zu finden, bei dem er behaupten konnte, es wäre ein Einbrecher gewesen. Oder beides. Aber seine Rechnung ist nicht aufgegangen. Ich hab nämlich einfach nicht mehr aufgehört zu schreien. Es war nur eine Frage der Zeit, bevor einer von den Nachbarn aufmerksam werden würde. Und anschließend war er ja ... Ich meine: Er war voller Blut. Ich weiß nicht, ob ich ihm dankbar dafür sein muss, dass er mich nicht auch umgebracht hat. Eine Zeit lang hab ich mir sogar gewünscht, ich hätte mit Mama zusammen sterben können.«

Bernadette kämpfte gegen die aufsteigenden Tränen an, aber als Susanne sie trösten wollte, hob sie die Hand mit der stummen Bitte, ihr einen Moment Zeit zu lassen.

Sie müsste nicht mit mir reden. Sie hat nicht einmal den geringsten Anlass, nett zu mir zu sein. Sie könnte mich verachten oder hassen oder ganz einfach ignorieren.

»Als die Nachbarn geklingelt haben, war ihm klar, dass keine Zeit mehr war, sich umzuziehen, zu duschen und alles andere zu faken«, fuhr Bernadette fort. »Da hat er unten im Wohnzimmer noch schnell jede Menge Wodka oder Whisky oder was weiß ich in sich reingeschüttet, um wenigstens mildernde Umstände und Affekt rauszuschinden. Als keiner aufgemacht hat, haben die Nachbarn die Polizei gerufen, und die war im Nu da.«

»Daran kannst du dich erinnern?«

»Nein, an das Nachbarehepaar und die Polizei nicht. Aber an alles andere schon. Ich hab das alles natürlich als Kind nicht nachvollziehen und erst recht nicht logisch einordnen können. Aber meine Adoptiveltern haben dafür gesorgt, dass ich 'ne Trauma-Therapie mache. Und bei einer der Hypnosesitzungen kam alles wieder: das Zimmer, das Licht, der Geruch und die Geräusche. Und wie sie geschrien hat. ›Du musst dich stellen, Andi‹, hat sie geschrien, »damit das ein Ende hat!«

Was für eine absurde Geschichte. Undenkbar.

»Benny, ich kann mir gut vorstellen, dass es das Schlimmste ist, was einem Kind passieren kann, aber ...«

»Aber! Genau: aber! Das haben sie alle gesagt: ›Aber daran können Sie sich doch unmöglich nach all den Jahren noch erinnern!‹ Und daraufhin war das Ganze für die Behörden natürlich irrelevant! Angeblich hat mir die Therapeutin das alles nur eingeredet. False Memory Syndrome! Der einzige Mensch, der mir glaubt, ist der Kommissar, der damals in Koblenz bei der Mordkommission war. Aber der ist mittlerweile nicht mehr im Dienst.«

»Benny, ich …«

»Du brauchst mir nicht zu glauben, Susanne. Aber wo du dir solche Mühe gemacht hast, mich zu finden, denk ich, es steht dir zu, zu wissen, warum ich mit meinem Vater nichts zu tun haben will.«

»Okay. War ein dummer Gedanke …«

»Nein, ganz und gar nicht. Und ich bin froh, dass wir uns kennengelernt haben.« Sie drückte kurz Susannes Hand, »Ich kann mir gut vorstellen, dass du das eigentlich gar nicht hören wolltest, aber du musst vorsichtig sein, Susanne. Ich weiß nichts über meinen Vater und ob er sich in all den Jahren vielleicht total verändert hat. Aber wenn er sich tatsächlich verändert hätte: Hätte er dann nicht auch das andere zugeben müssen? Das, was meine Mutter offenbar an diesem Abend herausgefunden hat?«

»Ich weiß nicht …«

Das Ganze ist einfach nur Einbildung. Sonst wäre man dem doch irgendwann nachgegangen.

»Susanne, bitte – ich will dir in keiner Weise in dein Leben reinreden, aber bevor du dich entschließt, ihn zu heiraten, setz dich bitte mit Robert Melchers in Verbindung. Der hat damals nicht nur die Ermittlungen im Fall meiner Mutter, sondern davor auch die Nachbarschafts-

Befragungen im Fall Rebecca geleitet. Hör einfach mal zu, was der so zu sagen hat. Hier: Hab dir seine E-Mail-Adresse aufgeschrieben. Grüß ihn von mir, okay?«

Das Foto vor der Fahrschule gab es zweimal. »Eins davon kannst du haben«, hatte Bernadette gesagt, als Nadja und Bolle sie abholten.

Susanne hatte anschließend stundenlang allein in der Küche und gesessen und Mareike Vogel angestarrt.

Du hast Andi doch mal geliebt. Genau wie ich. Was ist nur passiert, dass das alles so enden musste?

Was Bernadette erzählte, war einfach absurd. Und hinter Andis Rücken mit irgendeinem Kommissar zu sprechen, kam Susanne wie Verrat vor.

Andererseits schaff' ich damit vielleicht endgültig alle Zweifel aus dem Weg …

Evelyn Meinecke wählte diesmal ein dunkelgraues Nadelstreifen-Kostüm mit weißer Bluse als Kampfmontur. »Was du scheinst, sieht jeder, was du bist, erkennen wenige«, hatte Niccolò Machiavelli bereits Anfang des 16. Jahrhunderts festgestellt. Als was sie scheinen wollte, war klar: Der strenge Schnitt und die hellen Nadelstreifen auf dunklem Grund erinnerten an Herrenanzüge aus dem Hollywood der Vierzigerjahre. Zudem hatte Jessica Noland sie in ihrem heutigen Podcast noch einmal nachdrücklich daran erinnert, wie wichtig es war, das Heft in der Hand zu behalten: »Make sure, that you are in control!« Und wer hatte die Dinge wohl besser im Griff als Humphrey Bogart?

»In Anbetracht der zuvor geschilderten Gegebenheiten ist davon auszugehen, dass von dem Probanden Peter Esser keinerlei Gefährdung mehr ausgeht«, schloss Rhea Amman ihren Bericht. Entsprechend würde das Gutachten ihres Expertenteams ausfallen.

Alle nickten: der Anstaltsleiter Martin Heinze, die beiden Sozialarbeiter und natürlich Gereon Keiffenheim.

»Dann bin ich wohl überstimmt«, stellte Evelyn seufzend fest, »ich meine ...«

»Entschuldigung!«, fiel ihr Keiffenheim ins Wort, »Esser ist mittlerweile über fünfzig, er hat seine Therapien erfolgreich abgeschlossen, und die Testergebnisse sprechen ja wohl für sich. Und nicht zu vergessen: Seine Schwester kümmert sich seit Jahren um ihn. Ihm steht im Elternhaus der beiden Geschwister für die Zukunft sogar eine eigene kleine Wohnung zur Verfügung. Seine Schwester demnächst einmal monatlich über's Wochenende besuchen zu können, ist im Sinne seiner Wiedereingliederung doch geradezu ideal.«

Evelyn zögerte. Oder zumindest sah es so aus. In Wirklichkeit malte sie sich bereits aus, wie die Amman und ihr Lover über den Casus Esser straucheln und zu Fall kommen würden.

»Gut, dann möchte ich zu Protokoll geben, dass ich mich der Stimme enthalte. Esser ist zwar nicht mein Klient, aber natürlich sind Sie, Rhea, die Expertin.« Sie zögerte erneut, ebenso perfekt gespielt wie zuvor. »Oder nein. Wenn ich's mir recht überlege, bin ich dann doch eher anderer Meinung. Ist aber mehr so ein Gefühl. Nichts Konkretes.«

Rhea Amman setzte bereits dazu an, Genaueres wissen zu wollen, als Gereon Keiffenheim den Kopf schüttelte und verächtlich schnaubte. »Gefühl. Ist ja nett, Evelyn, aber hier, wie du weißt, völlig deplatziert.«

Das reichte, um Rhea Amman zum Schweigen zu bringen, zumal Keiffenheim mit seinem Einwand rein sachlich sogar recht hatte. Aber wie auch immer: Evelyn hatte ihr Ziel erreicht. »Dann nehmt meine Stimme doch bitte als einzige Gegenstimme zu den Akten und lasst euch davon nicht den Tag verderben, okay?«

Alle nickten erneut und gingen zum nächsten Tagesordnungspunkt über. Evelyn griff nach der Keksschale in der Mitte des Konferenztisches und gönnte sich eine Schokowaffel. Wie sagte dereinst der gute, alte Machiavelli? »Den Dingen, die man nicht aufhalten kann, muss man freien Weg lassen.«

Insofern war sie sich keiner Schuld bewusst.

»'Ne Fahrschule? Nee, die hat's hier noch nie gegeben!«

Melchers, Max und Lisa standen vor einem Telefonshop in der Mayener Innenstadt. Die Hausnummer stimmte, und die Schaufenster auf beiden Seiten des Eingangs ließen darauf schließen, dass man bereits vor einiger Zeit umgebaut und den ehemaligen Unterrichtsraum in den Verkaufsraum integriert hatte. Dem jungen Mann im Laden war schwerlich vorzuwerfen, dass er sich nicht mehr an sämtliche Vorbesitzer erinnerte. »Hier war früher mal 'n Schreibwarenladen drin. Teure Füller und so. Braucht heutzutage doch kein Mensch mehr.«

»Genau.«

Die beiden jungen Leute stimmten dem Verkäufer unisono zu.

Melchers hingegen zuckte seufzend mit den Achseln. »Leider«, brummte er und erinnerte sich wehmütig an all die schönen, handgeschriebenen Briefe, die er in der Hinterlassenschaft seiner Mutter gefunden hatte. Er selbst hatte seine frühesten Liebesschwüre auf einem tonnenschweren Computer mit Nadeldrucker und auf Endlospapier geschrieben, in Recycling-Braun. Das sah scheußlich aus, aber damals fand man das gleichermaßen politisch korrekt wie todschick.

»Onkel Robert?«

»Oh, Entschuldigung, ich war kurz woanders.«

»Was machen wir denn jetzt?«

Max Odry schaute sich unschlüssig in der Marktstraße um. »Das Grundbuchamt hat jetzt schon zu«, stellte Lisa – offenbar nicht gerade unglücklich über den frühen Feierabend – fest.

»Mögt ihr Griechisch?«

Melchers deutete mit dem Kopf in Richtung einer freundlichen Ansammlung buttergelber Sonnenschirme mit der verheißungsvollen Aufschrift *Bitburger Pils.* »Ist zwar eigentlich schon zu kalt zum Draußensitzen, aber im *Poseidon* gibt's 'ne fabelhafte Moussaka.«

»Mussa… was?«

»Moussaka, Max.« Lisa grinste, »So ziemlich das Unvegetarischste, was du dir vorstellen kannst.«

Max stöhnte und war erst wieder versöhnt, als ihm der freundliche Wirt gebackenen Schafskäse mit Salat servierte.

»Und wann geht's in den Knast zu diesem … Dings?« Lisa hatte den Namen schon wieder vergessen.

Max' Versuch, zu antworten wurde von einem üppigen Bissen Fladenbrot und Feta verhindert.

Lisa kicherte. »Warum hast'n du nicht gesagt, dass du so schlimm Hunger hast?«

»Weil ich dachte, wir gehen wieder in so'n Landgasthof, wo das einzig Vegetarische gebackener Tiefkühlcamembert mit Preiselbeeren aus'm Glas ist.«

Melcher grinste und wischte sich ein Flöckchen Béchamelsoße vom Kinn. »Hier bei uns in der Eifel ist es nun mal kalt, da braucht man 'n bisschen mehr im Magen als Grünkram mit draufgestreutem Sittichfutter.«

Max Odry zog einen Flunsch und fuhrwerkte demonstrativ begeistert in seiner Salatschüssel herum.

»Apropos Wellensittich. Vogel heißt er. Übermorgen hat er Ausgang.«

»Im Ernst?!«

»Ja. Die Mutter von seiner Verlobten ist gestorben, und er geht mit zum Friedhof.« Melchers nahm einen tiefen Zug Retsina, »Und wir auch.«

Die Beerdigung fand am übernächsten Tag statt, und die Eifel zeigte sich noch einmal von ihrer allerbesten Seite: in allen Schattierungen von gelb über orange bis tiefrot leuchtendes Laub und ein fast wolkenloser Himmel. Die Fahrt von Diez nach Mayen führte vorbei an liebevoll gepflegten Vorgärten mit Astern und Gladiolen, und die herbstliche Sonne gab sich noch einmal heftig Mühe.

Die beiden Beamten, die Andreas Vogel begleiteten, ließen sich von der farbenprächtigen Natur um sie herum regelrecht anstecken und waren bester Laune. Im Autoradio sang Helene Fischer »Viva la vida«, und erst bei ihrem leidenschaftlich geschmetterten »... wir sind unsterblich heut« ging ihnen auf, dass das für die Fahrt zu einer Beerdigung vielleicht nicht unbedingt die geeignete Backgroundmusik war. Als der ältere der beiden den Sender wechseln wollte, meldete sich erstmals auf dieser Fahrt auch Andreas Vogel zu Wort. »Ist okay«, sagte er, »lassen Sie das ruhig laufen. Ich steh auf Helene Fischer.« Dann legte er den Kopf zurück, lächelte, schloss die Augen und sang unhörbar den Refrain mit. »Ein viva la vida! Ein Hoch auf diesen Tag, weil ich das Leben so mag.«

Die Trauergemeinde war größer, als Susanne erwartet hatte: Evelyn, Nadja und Bolle waren gekommen, Dr. Spindler und seine Frau waren da, und Roswitha Thelen hatte es sich trotz des preiswerten Sargmodells aus Fichtenholz nicht nehmen lassen, persönlich zu erscheinen.

»Ich bin dann weg, okay?«, wisperte Evelyn und stand auf. So rar sie sich in den letzten Wochen gemacht hatte, so rührend hatte sie sich nach Muttis Tod um Susanne gekümmert: Susanne war nicht einmal dazu gekommen, Ev von den Umständen, unter denen ihre Mutter zu Tode gekommen war, zu erzählen. Stattdessen hatte Ev in ihrem unnachahmlichen Pragmatismus als allererstes Susannes Kleiderschrank inspiziert. »Also, in Polyesterhose und Anorak gehst du mir nicht zur Beerdigung, hörst du?«

Da Ev sich durch nichts von ihren Plänen abhalten ließ, war Susanne schließlich mit ihr nach Andernach in die Stadthausgalerie gefahren, um ein schwarzes Kleid mit passendem Mantel zu kaufen. »Und Schuhe brauchst du auch noch.«

Susanne hatte erfolglos protestiert.

»Über alles andere können wir auch später noch reden. Jetzt musst du erst mal die Beerdigung und das ganze Drumherum hinter dich bringen.« Sie werde allerdings nicht die ganze Zeit dabei sein können, hatte Ev erklärt: Es sei für sie als Therapeutin ganz einfach unangebracht, Andreas Vogel außerhalb der JVA zu begegnen. »Außerdem muss er ja nicht wissen, dass wir beide befreundet sind.«

»Natürlich, Ev.«

Das war absolut verständlich.

KAPITEL 19

Die Einsegnungskapelle war mit roten und weißen Alpenveilchen dekoriert.

In Blumentöpfen. Pflegeleicht, unempfindlich und lange haltbar. Die preiswerteste Variante. Trotzdem hübsch.

Auf Susannes Wunsch gab es keine Kränze oder Blumengestecke. Wahrscheinlich hatte ohnehin niemand irgendetwas in dieser Richtung geplant. Evelyn begleitete Susanne fürsorglich zu ihrem Platz in der ersten Bankreihe. »Kommst du ab hier alleine klar?«

»Ja. Danke, Ev.«

So richtig prima komm ich zwar nicht klar, aber daran ist nun mal nichts zu ändern.

Kurz nachdem Evelyn gegangen war, nahm ein gehbehinderter Herr in Begleitung zweier junger Leute in der hintersten Reihe der Einsegnungshalle Platz.

Vater, Sohn und Tochter?

Die beiden Jüngeren waren Mitte, Ende zwanzig, aber es gab zwischen ihnen keinerlei erkennbare Familienähnlichkeit. Der Herr mit dem antiken Gehstock hatte schlohweiße Haare, obwohl Susanne ihn auf höchstens Mitte vierzig schätzte. Er sah – ebenso wie seine Begleiterin und sein Begleiter – ausgesprochen sympathisch aus.

Die hab ich noch nie in irgendeinem Zusammenhang mit Mutti gesehen. Und aus der Klinik kenn ich die auch nicht.

Susanne nahm sich vor, die drei Unbekannten trotzdem im Anschluss an die Beerdigung ins Restaurant *Stadtvilla* einzuladen.

Andi müsste jetzt jeden Moment hier sein.

Als die Trauergäste unruhig zu werden begannen, stand Susanne auf und ging nach vorne. »Bevor unser lieber Pfarrer Beckmann mit der Einsegnung beginnt, möchte ich ein paar Worte sagen. Das Einfachste wäre wohl, die an dieser Stelle üblichen Floskeln zu benutzen: Gertrud Kleinschmitt, treusorgende, aufopferungs- und liebevolle Mutter bis in den Tod. Aber auch wenn das vierte Gebot uns vorschreibt, unsere Eltern zu lieben und zu ehren, verlangt doch das achte Gebot von uns, nichts Falsches und Unwahres über andere Menschen zu sagen. Ich glaube, dass meine Mutter zu jenen Menschen gehört hat, die in ihrem Leben zu wenig Liebe erfahren haben, um ihrerseits Liebe zu geben. Ich hab ihre eigene Mutter nie kennengelernt, aber aus dem wenigen, das ich über sie weiß, kann ich nur schließen, dass sie eine kalte, egoistische Frau gewesen sein muss.« Susanne legte eine Hand auf den Sarg und brauchte einen Moment, um sich zu fassen. »Ich hab mir in all den Jahren hundert- oder tausendmal Muttis Tod gewünscht, und vielleicht ist in jenem Moment tatsächlich geschehen, was ich ...«, sie griff nach dem Taschentuch in ihrer Manteltasche und wischte sich eine einzelne Träne aus dem Gesicht, »... was ich mir wieder und wieder als eine wunderbare Erlösung vorgestellt hab. Nur: Ich kann mich einfach an nichts mehr erinnern. Das Ganze war ...«

»Susanne, bitte!« Dr. Spindler sprang auf und hob wie beschwörend die Hände. »Hören Sie auf, sich irgendwelche Vorwürfe zu machen! Es war nicht Ihre Schuld! Im Gegenteil! Sie haben Ihr ganzes bisheriges Leben in den Dienst der Verstorbenen ...«

»Fürchte dich nicht, denn ich habe dich erlöst, heißt es beim Propheten Jesaja«, fuhr Susanne fort, als habe sie Spindlers Einwurf nicht gehört, »und deshalb hoffe und bitte ich, dass meine Mutter in Gott und unserem Herrn Jesus Christus die Liebe und Geborgenheit finden möge, die ihr auf Erden versagt geblieben ist.«

Nadja schniefte hemmungslos in ihr Taschentuch und klammerte sich an Bolles Arm, der Mann mit dem Gehstock tuschelte mit seiner Begleitung, und Pfarrer Beckmann schaute diskret auf die Uhr. »Liebe Trauernde, wir warten noch auf einen sehr wichtigen Gast«, sagte er schließlich. »Bitte haben Sie noch einen Moment Geduld.«

»Ich schau mal, wo er bleibt«, wisperte Susanne und hastete nach draußen, in Richtung Parkplatz.

Da müsste er ankommen, haben sie am Telefon gesagt.

Vor dem Toiletten-Anbau standen zwei Männer und rauchten.

Andis Bewacher. Unverkennbar.

Sie grüßte die beiden Herren mit einem knappen Kopfnicken und betrat den Toiletten-Vorraum.

Vielleicht ist Andi übel geworden. Vielleicht braucht er meine Hilfe.

Dann hörte sie es.

Susanne mochte keine Filme oder Fernsehsendungen, in denen diese Art von Szenen gezeigt wurde. Sie schämte sich für die lächerlichen, ruckartigen Bewegungen und die Geräusche, die die Beteiligten dabei machten.

Wie die Tiere.

Aber auch wenn sie bei der expliziten Darstellung menschlicher Intimitäten gewöhnlich den Kanal wechselte, war ihr das, was sie da hörte, durchaus nicht unvertraut: ein Mann und eine Frau, in einer der Toilettenkabinen. Stöhnen und heiser geflüsterte Worte, die sie nicht verstand. Als sie sich bückte, sah sie unter der Tür hinweg einen Schuh: ein Lack-Stiletto, schwarz mit roter Sohle. Elegant, geradezu obszön teuer und unverwechselbar. »Von Christian Louboutin«, hatte Ev erklärt, »man gönnt sich ja sonst nichts.«

»Komm!«, stieß Evelyn hervor, so laut, dass ihr ganz offensichtlich egal war, ob sie entdeckt wurden.

So furchtbar laut …

Andreas Vogel keuchte. Dann war alles vorbei.

Das Rascheln hinter der Tür verriet, dass die beiden sich hastig wieder anzogen, doch Susanne war bereits auf dem Weg zurück in die Einsegnungshalle. Blass und mit zitternden Lippen nickte sie Pfarrer Beckmann zu. »Er wird gleich da sein.«

Wenig später betrat Andreas Vogel den Raum. Die beiden begleitenden Beamten nahmen diskret in der letzten Reihe Platz, während er nach vorne ging und sich neben Susanne setzte. »Mein Burgfräulein«, flüsterte er, »jetzt bin ich bei dir. Sei tapfer, hm? Ich pass auf dich auf.«

Während der Einsegnungszeremonie saß Susanne bewegungslos da, Andreas Vogels Hand auf der ihren.

Die gleiche Hand, die gerade eben noch über den Körper meiner Freundin Ev geglitten ist, die ihn gestreichelt und befingert hat, während er und sie vor lauter Geilheit alles um sie herum vergessen haben: den hässlichen Toilettenraum, den Gestank, die beiden Wachleute vor der Tür und sie selbst, die dumme, dumme Suse …

Einen Moment lang hatte Susanne gehofft, aus einem Albtraum zu erwachen oder festzustellen, dass das Ganze lediglich in ihrer Einbildung geschehen war. Doch der Mann neben ihr war so real wie seine Hand auf der ihren, und das liebevolle Lächeln, mit dem er sie bei einem kurzen Seitenblick bedachte, war kein Trugbild.

Kein Trugbild. Eine Täuschung.

Während Pfarrer Beckmann das Gleichnis vom Barmherzigen Samariter zum Anlass nahm, die Trauergemeinde zu tätiger Nächstenliebe aufzurufen, saß Evelyn Meinecke nicht weit entfernt in ihrem Cabrio. Sie hatte den Wagen kurz entschlossen in einen Waldweg gelenkt, um das Erlebte ungestört noch einmal Revue passieren zu lassen. Während ihre Hand zwischen ihre Beine glitt, dachte sie an all die anderen Plätze, an denen sie und Andreas Vogel sich zu treffen pflegten: die leere Zelle, die eine Zeit lang mit stillschweigender Duldung für die Raucher offen geblieben war, bevor der neue Leiter des Vollzugsdienstes dem ein Ende setzte. Und später der Vorratsraum hinter der Gefängnisküche. Die Gefahr, dabei entdeckt zu werden, war ein ungeheures Stimulans, und Evelyn fragte sich, was diesen Nervenkitzel wohl ersetzen könnte, später, aber in nicht allzu langer Zeit, wenn Andreas frei war. Vielleicht würden sie es in Susanne Kleinschmitts Villa treiben, wenn die liebe, kleine Suse »Frau Vogel« hieß und ihrem Ehemann ganz zweifellos die gleiche hündische Ergebenheit entgegenbrachte wie ihrer ekelhaften Mutter. Sie würden heimlich jeden einzelnen Raum im Haus entweihen. Jedenfalls würde Susanne das so sehen. Theoretisch zumindest. Aber vielleicht würden sie ja nach und nach immer unvorsichtiger werden. Mit Absicht und immer nur so weit, dass es beim Verdacht blieb. Und bei der Angst vor der Gewissheit. Der Gedanke erregte Evelyn Meinecke beinahe noch mehr als das soeben Erlebte, und sie schloss die Augen, um die entsprechenden Bilder in ihrer Fantasie noch plastischer aufleben zu lassen.

Susanne schaffte es bis zum Grab.

»Nun, Herr, wessen soll ich mich trösten?«, zitierte Pfarrer Beckmann aus dem 39. Psalm, »ich hoffe auf dich. Höre mein Gebet, Herr, und vernimm mein Schreien, schweige nicht zu meinen Tränen!«

Als die Beine unter Susanne nachgaben, fing Andreas Vogel sie auf, doch sie wehrte ihn ab. Sie taumelte zum Fuß des Grabes, brach dort in die Knie und schrie und schrie und schrie, während ihr Körper wieder und wieder von trockenem Schluchzen geschüttelt wurde.

Pfarrer Beckmann unterbrach sich erschrocken. Bevor irgendein anderer reagieren konnte, stürzte auch schon Nadja herbei, gefolgt von Dr. Spindler. Kurz darauf verlor Susanne das Bewusstsein.

»Na, hier wird einem ja was geboten«, stellte Max Ordy trocken fest.

»Schrill, oder?« Lisa Wiegand zuckte mit den Achseln »Also, meine Mama ist ja voll okay, aber dass ich dermaßen ausraste, wenn sie mal nicht mehr ist, kann ich mir beim besten Willen nicht vorstellen.«

Während Dr. Spindler querfeldein zwischen den Gräbern hindurchhastete, um seinen Bereitschaftskoffer zu holen, konfiszierte Nadja Bolles Lederjacke und legte sie zusammengerollt unter Susannes Füße. »Ey, Leute, das hier is' keine Freakshow, sondern 'n Nervenzusammenbruch, okay?«

Als Pfarrer Beckmann sich einigermaßen wieder gefangen hatte, ging er auf Andreas Vogel zu und drückte ihm die Hand. »Sie sind der Verlobte, nicht wahr? Mein herzliches Beileid.«

Vogel nickte höflich. Er hatte Mühe, die Contenance zu wahren. Dass Susanne so extrem auf den Tod ihrer Mutter reagierte, war mehr als peinlich. Noch irritierender hingegen war die Anwesenheit jenes eleganten Herrn mit dem Gehstock. Das Gesicht kannte er nicht nur aus dem Fernsehen. Das Ganze war lange her, und ob Melchers seinerseits ihn wiedererkannte, war nicht auszumachen. Vielleicht war seine Anwesenheit ja reiner Zufall. Andererseits war da die Sache mit dem Buch, von dem Ev erzählt hatte. Wie auch immer: Er konnte kein Risiko eingehen. Kurz entschlossen gab er seinen zwei Bewachern einen Wink, und als Susanne wieder zu sich kam, nutzte er den Augenblick, um sich davonzumachen. »Mein Liebes, ich muss gehen. Tut mir leid …«

Susanne nickte schwach. Als Dr. Spindler wieder auftauchte, war Vogel bereits mit seinen Begleitern verschwunden.

Der Arzt gab Susanne eine Spritze, und Nadja und Bolle halfen ihr auf. »Danke«, sagte sie leise, »den Rest schaff ich schon alleine.«

Pfarrer Beckmann war die Erleichterung darüber, mit dem Beerdigungsritus fortfahren zu können, deutlich anzusehen. »Wir übergeben die sterbliche Hülle deiner treuen Dienerin Gertrud Marita Kleinschmitt nun der Erde.« Er verfiel in einen bedeutungsvollen Bariton und schwenkte den Weihwassersprenger über dem Sarg. »Von der Erde bist Du genommen und zur Erde kehrst Du zurück. Der Herr aber wird dich auferwecken.«

»Och nö, lieber nich«, wisperte Nadja, und Bolle kicherte.

Als alles vorüber war, kam Susanne dem üblichen Händeschütteln zuvor und bat die Anwesenden zum Leichenschmaus ins Restaurant.

»Na, das war ja'n kurzes Vergnügen«, stellte der ältere der beiden Bewacher fest, als sie mit Vogel die Rückfahrt antraten. »Wieso sind Sie'n nicht bis zum Schluss geblieben?«

»Ins Restaurant anschließend hätt ich doch sowieso nicht mit können.«

»Richtig, aber ...«

»Ach, wissen Sie, ich hatte das Gefühl, dass Susanne das alles überfordert. Einerseits die Freude, mich zu sehen und zum ersten Mal so nah bei sich zu haben, und andererseits die Trauer um ihre geliebte Mutter. Und ich wollte nicht, dass sie ihre Aufmerksamkeit teilen muss oder sich mir gegenüber zu irgendwas verpflichtet fühlt.«

»Verstehe.«

Die beiden Beamten wechselten einen raschen Blick. So viel Einfühlungsvermögen hatten sie von Andreas Vogel zuallerletzt erwartet.

Der lehnte sich zurück und atmete tief ein und aus. Alles lief nach Plan. Das »kurze Vergnügen« hatte definitiv aus etwas anderem bestanden, und dass Melchers bei der Beerdigung aufgekreuzt war, war zwar ein Schock – und er konnte sich seine Anwesenheit absolut nicht erklären –, aber was sollte der ihm schon anhaben? Der Mann war mittlerweile Schriftsteller. Und man hatte ihn schließlich damals schon nicht ernst genommen.

Im Restaurant *Stadtvilla* wurde rasch ein zusätzlicher Tisch herangeschoben und eingedeckt.

Max Odry schaute sich beklommen um. »Gehört das irgendwie zu den lokalen Riten, dass Kreti und Pleti zum Leichenschmaus eingeladen werden?«

»Nö, 'n bisschen ulkig ist das schon«, Lisa schnupperte angetan, »aber die haben hier anscheinend 'ne verdammt leckere Pizza.«

Melchers ging auf Susanne zu und nahm ihre Hand. »Mein Beileid, und danke, dass meine beiden jungen Kollegen und ich mitkommen durften. Robert Melchers«, er machte eine kleine Verbeugung, »und das sind Kriminaloberkommissarin Wiegand und Kriminaloberkommissar Odry.«

Susannes Mund wurde trocken. Sie hielt sich an der Stuhllehne fest und schnappte nach Luft.

Oh Gott …

»Bitte«, flüsterte sie, »bitte können Sie mich erst nach dem Essen festnehmen? Ich lauf Ihnen bestimmt nicht weg.«

Melchers schaute sie einen Moment lang verdutzt an, dann lachte er laut auf. »Fantastisch! Ich wär beinah drauf reingefallen!«

»Was? Ich meine: Wie bitte?«

»Angesichts des traurigen Anlasses den Humor nicht zu verlieren, ist einfach großartig! Chapeau!« Er gab Max und Lisa mit einer Kopfbewegung zu verstehen, dass sie sich doch bitte ans Tischende verziehen sollten, und setzte sich kurzerhand auf den freien Platz Susanne gegenüber.

Die beiden Jungkommissare wechselten einen irritierten Blick. »Ist das jetzt Flirten oder Arbeit?«, wisperte Max Odry.

»Na, gönn Onkel Robert doch auch mal 'n bisschen Spaß.« Lisa grinste. »Wer am laufendem Meter dicke Bücher schreibt, kommt wahrscheinlich selten vor die Tür.«

»Bei der Lesung neulich hatt' ich aber nicht den Eindruck, dass es deinem Onkel Robert an weiblichem Zuspruch mangelt.«

»Vielleicht steht er nicht auf Groupies.«

Melchers ...

Susanne erinnerte sich.

Bernadette hat mir seine Adresse gegeben. Aber ich versteh nicht, wieso ...

»Zunächst mal danke für die Einladung zum Essen, Frau Kleinschmitt, aber das können wir auf keinen Fall annehmen. Schließlich sind zumindest die beiden Kollegen«, Melchers deutete mit einer Kopfbewegung auf Max und Lisa, »in beruflicher Mission hier.«

»Nein, bitte: alles gut so.« Susanne musste all ihre Willenskraft aufbringen, um nicht erneut einfach loszuschreien. Sie zwang sich zu einem Lächeln. »Ich hab Sie ja schließlich unabhängig von irgendwelchen ... Dingen ... hierher eingeladen.« Sie versuchte verzweifelt sich zu konzentrieren, aber das Beruhigungsmittel, das Dr. Spindler ihr gespritzt hatte, schob immer wieder eine Nebelwand zwischen das, was gerade um sie herum geschah und jene Bilder und Geräusche, die erbittert um die Vorherrschaft in ihrem Bewusstsein kämpften.

Andi und Ev. Eindeutig nicht erst seit heute ... zusammen. Aber warum ...?

»Na gut, Frau Kleinschmitt, dann gestatten Sie bitte, dass ich mich gelegentlich bei Ihnen für die Einladung revanchiere.«

»Was?!«

Das klang geradezu aggressiv, und Melchers machte erschrocken einen Rückzieher. »Natürlich nur, wenn es Ihnen recht ist.«

»Selbstverständlich. Gern. Bitte entschuldigen Sie, ich …«

Oh Gott! Ich muss mich zusammenreißen! Aber ich weiß einfach nicht, wie ich das alles hier länger aushalten soll.

Zu Susannes Erleichterung kam just in diesem Moment eine Kellnerin an den Tisch und nahm die Bestellungen auf. Während man sich rundum zwischen Pizza, Pasta, Steaks und Lachs entschied, gewannen die Bilder und Geräusche wieder Oberhand, und der Gedanke, der die ganze Zeit hindurch um seinen Weg in Susannes Bewusstsein gekämpft hatte, nahm endlich Gestalt an.

Sie hat mich … benutzt. Das alles war von vornherein ein abgekartetes Spiel … Evelyn wäre ihre Zulassung los, wenn herauskäme, dass sie ein Verhältnis mit einem Häftling hat. Da brauchte sie eine Dumme, die Andi da rausholt. Eine gutgläubige, unscheinbare, graue Maus wie mich, die keine Konkurrenz für sie ist …

Susanne schob ihren Stuhl zurück und stand auf.

Nein, ich werde nicht wieder schreien, und ich werde nicht wieder in Ohnmacht fallen. Aber ich muss hier raus!

»Bitte entschuldigen Sie.«

»Selbstverständlich.« Melchers stand auf und schloss den mittleren Knopf seines Jacketts.

»Wow. Voll Old School.« Nadja boxte Bolle kichernd in die Rippen und biss in eine Grissini-Stange. »Der Typ ist ja echt 'n Knaller.«

»Menno. Erst kauen, dann schlucken, dann reden«, versetzte Bolle.

Nadja kaute, schluckte und deutete dann auf ihren leeren Mund. »Besser?«

»Definitiv.«

Susanne schaffte es, ohne Aufmerksamkeit zu erregen, das Gebäude zu verlassen. Niemand nahm von ihrem Verschwinden Notiz; alle waren mit den Speisekarten beschäftigt:

»Haben Sie auch was Vegetarisches?«

»Ist das Wiener Schnitzel vom Schwein oder vom Kalb?«

»Nein, das Mineralwasser ohne Bitzel, bitte.«

»Bitzel?«

»Kohlensäure.«

»Ach so.«

Im Garten hatte man die Tische und Stühle bereits zur Seite geräumt und aufeinandergestapelt: Die Saison war vorbei. Susanne sah sich geradezu panisch um; sie hatte das Gefühl, sich nicht eine Sekunde länger auf den Beinen halten zu können.

Die einzige verbliebene Sitzgelegenheit bestand aus einem Stein, einem Findling – eindeutig nur zur Zierde aufgestellt –, aber für Susannes Zwecke reichte es. Das neue Kleid würde schmutzig werden, aber darauf konnte sie jetzt keine Rücksicht nehmen.

Ich muss doch irgendwas tun, jetzt, wo ich Bescheid weiß … Ich muss in Ruhe nachdenken … Vielleicht liebt Andi mich trotzdem … Unsinn … Was redest du dir da ein? Aber …

Zurück in ihrer Wohnung in Vallendar stieg Evelyn Meinecke erleichtert aus ihren Pumps. Sie tauschte das schwarze Etuikleid gegen eines ihrer herrlich bequemen Jogging-Outfits und streifte ein Paar Wollsocken über. Dann ging sie zum Kühlschrank. Mit einem eiskalten Chardonnay schrieb es sich doch gleich noch mal so gut:

»Mein liebstes Burgfräulein, es tut mir unendlich leid, dass ich heute nicht länger bei dir bleiben konnte.«

Sie hielt einen Augenblick inne, um sich zurechtzulegen, was sie dem dummen, kleinen Susannchen diesmal vorsäuseln könnte.

»Ich wär so gern noch mit zum Essen gegangen, einfach um dir nahe zu sein. Aber die Freiheit hat man mir ja leider nicht zugebilligt. Ich war auf der Rückfahrt über jeden Meter, der mich weiter fort von dir getragen hat, unendlich traurig.«

Evelyn nippte an ihrem Weinglas und lachte leise. Den Ton zu treffen, mit dem jener Andi bei Susanne so mühelos sämtliche Knöpfe drücken konnte, fiel ihr immer leichter. Im Lauf der letzten Monate war er geradezu zu ihrem Alter Ego mutiert. Dieser Andi war ein Weichei, ein naiver Trottel und ein kriecherischer Süßholzraspler, und er hatte mit dem Andreas Vogel, den sie kannte, nicht das Geringste zu tun.

»Es stimmt mich unendlich traurig, dass es einen Anlass wie den Tod deiner Mutti gebraucht hat, um wenigstens für ein paar Minuten an deiner Seite zu sein, ohne dass jede Geste und jede Berührung registriert und kontrolliert wird«, schrieb sie weiter. »Meine Liebste, ich sehne den Tag herbei, an dem uns nichts und niemand mehr trennen kann.«

Das entsprach tatsächlich der Wahrheit, wenn auch unter anderen Vorzeichen und definitiv anders, als das naive Susannchen sich das vorstellte: Andreas musste jenen kitschigen, verquasten Rosenliebhaber namens Andi nicht mehr allzu lange spielen. Und dann würde sie ihn endlich ganz für sich haben.

Susanne schrak zusammen, als Melchers ihr sein Jackett über die Schultern legte. »Sie holen sich noch den Tod bei der Kälte.«

Und? Was wäre daran so schlimm?

»Danke«, sagte sie stattdessen und stand auf. »Wie lange hab ich hier gesessen?«

Melchers zuckte mit den Achseln. »Halbe, dreiviertel Stunde etwa.«

»Oh Gott! Wie unhöflich! Meine Gäste …«

»Ihre Gäste lassen sich gerade das Dessert schmecken, also bleiben Sie ruhig noch ein bisschen.«

»Melchers, sagten Sie, ja?«

»Ja. Robert Melchers. Ich nehme an, Bernadette hat Ihnen von mir erzählt.«

»Ja.«

Er nahm kurzerhand zwei Stühle vom Stapel, nötigte Susanne, in einem der beiden Platz zu nehmen, und setzte sich ihr gegenüber.

»So. Und jetzt erzählen Sie mal, hm?«

KAPITEL 20

Peter Esser saß am Tisch und legte Patiencen. Er nahm kaum Notiz von der Rückkehr seines Zellengenossen und hob lediglich grüßend die Hand.

Vogel stutzte, ließ sich jedoch nichts anmerken und verzog sich auf sein Bett. Das Schweigen und Patiencen-Legen hielt an bis zum Einschluss. Aber auch nachdem das Licht gelöscht und er zu Bett gegangen war, sagte Esser kein Wort.

»Und?« Vogels Stimme klang gepresst.

»Ich ... ich kann nicht«, stammelte Esser. Das Bett über ihm knarrte, als Vogel seine Beine über die Kante schwang.

»Bitte nicht!«, wisperte Esser, doch Vogel war bereits auf dem Boden gelandet und hieb seine Faust in Essers Seite. Dann hielt er ihm den Mund zu, bis das Wimmern aufhörte.

»Okay, okay!« Esser hob flehend die Hände, »es ist nur so: Die haben gesagt, ich soll jetzt tatsächlich Langzeitausgang kriegen, aber ich muss dabei unbedingt zu meiner Schwester. Das macht mich einfach fertig, verstehst du?«

Vogel antwortete nicht. Als er wieder oben auf seinem Bett lag, atmete Esser ein paarmal tief ein und aus. Dann begann er mit der üblichen Sitzung.

»Die Kleine war feiern und hat den letzten Bus verpasst. So 'ne pummelige Blonde. Jung und mit 'n bisschen Babyspeck auf den Hüften. Natürlich steigt sie ins Auto, und sie ist sogar bereit, 'n bisschen was dafür zu tun, nach Hause gebracht zu werden. Aber im Auto ist es zu unbequem. Also 'n Stück in den Wald rein. Die denkt sich immer noch nichts dabei. Hat mit ihren knapp sechzehn mehr Erfahrung, als man ihr ansieht. Denkt, mit 'ner schnellen Nummer ist es getan. Schiebt im Gehen schon ihren Rock hoch. Blümchenmuster auf dem Schlüpfer. Macht wahrscheinlich zu Hause einen auf kindlich und unschuldig. So viel Dummheit muss bestraft werden, oder? Ich mein', dann hat sie's doch nicht anders verdient, nich? Oder? Andi?«

Vogels Atemzüge wurden kürzer, und Esser war klar, dass er möglichst bald zur Sache kommen musste.

Fünf Tage später weihte Susanne das neue Esszimmer ein. Der Raum war nicht wiederzuerkennen: Nadja und Bolle hatten die schönen, alten Eichenmöbel aus dem Keller geholt, die Tapeten abgeweicht und die nackten Wände des ehemaligen Krankenzimmers strahlend weiß gestrichen. Susanne hatte währenddessen Stoff besorgt und die zerschlissene Polsterung der Stühle durch rotweiß gestreiftes Leinen ersetzt. Die Deckenlampe und der triste, braune Teppichboden waren ebenso auf dem

Sperrmüll gelandet wie die ausgeblichenen alten Vorhänge mit den Jagdszenen.

Geredet hatten sie bei der Aktion nur wenig. Einmal kam der Kommissar mit seinen Helfern vorbei und brachte frische Grillhähnchen und Baguette.

»Susanne braucht Zeit«, hatte er zum Abschied zu Nadja und Bolle gesagt, und er hatte ihnen eingeschärft, bloß keine Fragen zu stellen.

»Bernadette, Ihre Bemühungen sind doch auf Seiten der Ermittlungsbehörden auf keinerlei positive Resonanz gestoßen, deshalb verstehe ich nicht ganz, weshalb Sie das Prozedere noch einmal wiederholen möchten. Und Sie wissen, dass Ihre Erinnerungen vor Gericht ...«

»Ja! Ich weiß!«, unterbrach Bernadette ihre Therapeutin. »Aber meine Mutter ist vielleicht gestorben, weil sie andere vor meinem Vater schützen wollte! Und wenn er demnächst aus der Haft entlassen wird, tut er vielleicht wieder ... schreckliche Dinge. Er hat eine Verlobte, und ich hab Angst, dass er ihr womöglich was antut.«

»Aber dafür, das zu beurteilen, sind doch Fachleute da. Es ist ein weitverbreitetes Vorurteil, dass es keine zuverlässigen Tools gibt, anhand derer man die potenzielle Gefährlichkeit von psychisch schwer gestörten Menschen feststellen kann.«

»Und Ausnahmen bestätigen die Regel.«

»Bernadette, ich ...«

»Machen Sie sich keine Gedanken. Ich hab keine festen Vorstellungen von dem, was auf mich zukommt. Ich will es einfach noch mal versuchen.«

»Na gut. Sitzen Sie bequem? Nicht zu warm, nicht zu kalt?«

»Nein. Alles okay.«

»Dann schauen Sie auf meine Fingerspitze und entspannen Sie Ihre Augen.«

Bernadettes Augen fielen bereits zu, bevor sich der Finger nahe genug vor ihrem Gesicht befand, um die übliche Unschärfe hervorzurufen.

Robert Melchers' Arbeitszimmer war mittlerweile zu einer Art inoffizieller Ermittlungszentrale mutiert. An der Pinnwand hingen zwischen Fotos und Notizen eine Umgebungskarte und das vergrößerte Foto jenes Plakats, das Rebeccas Eltern seinerzeit überall in Mayen aufgehängt hatten.

Lisa Wiegand und Max Odry lasen das Transkript der Nachbarschaftsbefragung noch einmal sorgfältig durch.

»Mensch, Onkel Robert! Warum hast du uns nicht von vornherein gesagt, dass du damals schon einen Zusammenhang zwischen dem Fall Rebecca und dem Fall Mareike Vogel gesehen hast?«

»Klar, hätt' ich machen können«, Robert Melchers schmunzelte, »aber ich wollte nicht, dass ihr in irgendeiner Weise voreingenommen seid.«

»Jedenfalls war ich zum ›Tatort‹ zu Hause, das weiß ich noch genau.« Lisa las die beiden letzten Zeilen von Andreas Vogels Aussage noch einmal laut. *»War sie da etwa schon tot?* – Was ist denn daran so ungewöhnlich?«

»Der traditionelle Sonntags-Tatort ist an dem Abend, als Rebecca verschwunden ist, ausgefallen. Weil dieser

Schauspieler gestorben ist; Name fällt mir gerade nicht ein. Jedenfalls wurde dem Verstorbenen zu Ehren stattdessen einer von seinen Filmen gezeigt. Als Hommage, sozusagen.«

»Und wegen so 'ner kleinen Unstimmigkeit bist du auf den Typen aufmerksam geworden?«

»Warum sollte jemand, der nichts zu verbergen hat, unzutreffende Behauptungen aufstellen und mit ›das weiß ich noch genau‹ bekräftigen?«

Max Odry zuckte mit den Achseln. »Vielleicht hat er sich einfach im Datum vertan.«

»Die Nachbarschaftsbefragung fand zwei Tage nach Rebeccas Verschwinden statt. Außerdem hat die Zeugin Thea Klütsch bestätigt, dass er an dem Abend, als Rebecca verschwunden ist, in der *Eifelstube* war.«

»Zufall.« Odry war so schnell nicht zu überzeugen. »So viele Kneipen gibt es hier nun auch wieder nicht. Mayen ist ja nun nicht gerade New York oder Berlin.«

»Ja. Gott sei Dank. Aber vor allen Dingen hat mich Vogels Frage, ob Rebecca Zülch zu dem entsprechenden Zeitpunkt bereits tot war, stutzig gemacht.«

»Wieso?«

»Bei den Nachbarschaftsbefragungen war doch noch gar nicht klar, dass das Mädchen ermordet worden war! Da wollte jemand Einzelheiten wissen: ›Was wissen die? Haben die sie gefunden und vielleicht sogar den Todeszeitpunkt feststellen können? Und wenn ja, wie dicht liegen sie damit an der Wahrheit?‹ Schließlich wusste nur ihr Mörder genau, wann Rebecca Zülch gestorben ist. Täterwissen ist Herrschaftswissen, sozusagen. Und psychopathische Persönlichkeiten sind, wie ihr wisst, oft maßlos eitel.«

»Verstehe.« Max Odry scrollte – nach wie vor wenig überzeugt – durch die Unterlagen, und Lisa Wiegand spielte nervös mit ihrem Kugelschreiber. Einerseits verehrte sie Robert Melchers und war ihm zutiefst dankbar dafür, dass er sie so erfolgreich gefördert hatte, andererseits hatte er sich offenbar in den Fall Rebecca Zülch geradezu verbissen, obwohl er seinerzeit noch nicht einmal in seinen Zuständigkeitsbereich gefallen war. »Onkel Robert, kann es nicht sein, dass du dich da in was verrannt hast?«

»Die Frage hör ich jetzt schon seit zig Jahren! Herrgott noch mal: Vier Wochen, nachdem Rebecca Zülch verschwunden ist, erschlägt derselbe Typ seine Frau! Genau einen Tag, nachdem wir die Tote gefunden haben!«

Lisa und Max warfen sich heimlich einen Blick zu. Wie auch immer: Das Ganze klang allzu weit hergeholt, um wahr zu sein.

Auf dem Weg zurück ins Hotel sprach Max Odry seine Bedenken offen aus. »Außer Melchers' Bauchgefühl spricht schlicht und ergreifend nichts für die Theorie, dass zwischen den beiden Fällen irgendein Zusammenhang besteht.«

»Und das sogenannte Gedächtnisprotokoll der Tochter? Dieser Bernadette?«

»Warum rückt die damit erst raus, als ihr Vater die üblichen fünfzehn Jahre so gut wie abgesessen hat?«

»Vielleicht, weil sie demnächst achtzehn wird und selber bestimmen kann, was sie tut und sein lässt? Und vielleicht hatten ihre Adoptiveltern was dagegen, dass sie 'ne

Hypnosetherapie macht, bevor sie alt genug ist, damit umzugehen?«

»Kann sein.«

»Wir sind also – mit anderen Worten – auf blauen Dunst hier.«

»Oder weil's eilt. Weil klar ist, dass Andreas Vogel ganz einfach auf Nimmerwiedersehen verschwinden könnte, wenn er einmal draußen ist.«

»Wenn er mit der Sache damals nichts zu tun hatte, wird er wohl kaum abtauchen.«

»Und wenn doch?«

»Shit.«

»Genau.«

Es war eine seltsame Tischgesellschaft, die zur Einweihung von Susannes frisch renoviertem neuen Esszimmer zusammenkam: Nadja und Bolle waren sichtlich stolz auf ihr Werk und langten kräftig beim Entenbraten zu, während Bernadette lediglich einsilbig auf Melchers' Versuch, ein Gespräch in Gang zu bringen, reagierte.

»Susanne, ich nehm dir nicht übel, dass du mir nicht glaubst«, sagte sie schließlich. »Und ich bin weder neulich noch jetzt hergekommen, um dir irgendwas einzureden oder so. Aber …« Sie stockte.

»Ich dachte, es ist besser, dass Benny dabei ist, wenn du es erfährst«, kam Melchers' Bernadette zu Hilfe, »falls du dich doch noch entschließen solltest, ihr Glauben zu schenken. Sie hat sich noch mal einer Hypnosesitzung unterzogen und sich dabei an weitere Einzelheiten erinnert.«

Nadja und Bolle wechselten einen raschen Blick und widmeten sich umso intensiver ihrem Tellerinhalt, und Bernadette biss sich nervös auf die Lippen.

Schließlich machte Melchers dem unbehaglichen Schweigen ein Ende. »Susanne, es tut mir aufrichtig leid, aber der Mord an Bernadettes Mutter war womöglich eine Panikreaktion darauf, dass sie etwas entdeckt hat, was ihren Mann belastet hat. Der überstürzte Versuch, das Ganze als Tat eines Einbrechers aussehen zu lassen, ist doch nur aufgeflogen, weil die Nachbarn so beherzt auf Bennys Schreien reagiert haben.«

»Aber ... Was soll denn das heißen?«

»Wir haben den Verdacht, dass Andreas Vogel vor fast anderthalb Jahrzehnten die Mayener Gastwirtstochter Rebecca Zülch getötet hat. Und das ist womöglich nur die Spitze des Eisbergs.«

Als alle gegangen waren, blieb Bernadette an Susannes Bett sitzen und hielt ihre Hand, bis sie eingeschlafen war.

Bernadette Mangoldt
Ölstraße 9
50825 Köln

An das Landeskriminalamt NRW
Völklinger Str. 49

40221 Düsseldorf

Betr. Mordfall Rebecca Winter

Sehr geehrte Damen und Herren,

ich wende mich heute erneut im Zusammenhang mit einem ungeklärten Mordfall an Sie, der bereits vierzehn Jahre zurückliegt. Das Opfer hieß Rebecca Zülch und stammte – wie ich – aus Mayen/RP. Ich glaube, dass ich Ihnen hinsichtlich des Täters weitere sachdienliche Hinweise geben kann. Da die Tote auf nordrhein-westfälischem Gebiet aufgefunden wurde, lagen damals und liegen auch heute noch die Ermittlungstätigkeiten bei Ihnen, aber seinerzeit hat der Fall, wie meine Recherchen ergeben haben, auch im Heimatort der Toten für erhebliches Aufsehen gesorgt. Auch wurden hier polizeiliche Nachforschungen im Umfeld der Toten vorgenommen. Ich habe mich im Zusammenhang damit mit dem seinerzeit leitenden Beamten, KHK a. D. Robert Melchers in Verbindung gesetzt, und er hat mich ermutigt, Ihnen das Folgende zur Kenntnis zu geben:

Am Tag, nach dem die tote Rebecca Zülch gefunden wurde, wurde meine Mutter, Mareike Vogel, von meinem Vater Andreas Vogel ermordet.

Ich war, wie ich Ihnen seinerzeit in meinem ersten Schreiben bereits mitgeteilt habe, zum damaligen Zeitpunkt noch keine vier Jahre alt und konnte mich aufgrund der traumatischen Ereignisse jahrelang an keinerlei Einzelheiten erinnern. Mittlerweile habe ich mich jedoch einer Hypnosetherapie unterzogen, in deren Verlauf ich mir etliche Einzelheiten sehr deutlich ins Gedächtnis zurückrufen konnte.

Meine Mutter arbeitete damals als Fahrlehrerin in der Fahrschule Röttgen in Mayen. An dem Abend, an dem mein Vater meine Mutter getötet hat, war ich bereits im Bett, als sie nach Hause kam. Ich bin davon aufgewacht, dass meine Eltern gestritten haben. Meine Mutter hat meinen Vater aufgefordert, sich »zu stellen«, »damit das ein Ende hat«.

Wie ich mir bei einer kürzlich erfolgten erneuten Hypnosesitzung ins Gedächtnis zurückrufen konnte, hatte sie eine Reisetasche dabei, als sie versucht hat, mit mir zu fliehen. Die Tasche müsste demzufolge auf den Tatortfotos von damals zu sehen sein. Vielleicht lohnt es sich, dies noch einmal zu überprüfen. Falls sie auf den Bildern fehlt, ist es zumindest denkbar, dass mein Vater die Tasche beziehungsweise einen möglicherweise darin befindlichen Gegenstand seinerzeit irgendwo auf unserem Grundstück versteckt hat. Wie auch immer ergibt sich daraus vielleicht ein bedenkenswerter neuer Hinweis hinsichtlich der Begleitumstände des Mordes an Rebecca Zülch. Ich weiß, dass es lediglich dürftige Anhaltspunkte für einen Zusammenhang zwischen den beiden Taten gibt, aber vielleicht wäre es die Mühe wert, der Sache einmal nachzugehen.

Mit freundlichen Grüßen
Bernadette Mangoldt

Dieses Schreiben geht gleichzeitig an das LKA Mainz, KHK Geissler.

KAPITEL 21

Lieber Andi,

danke für deine einfühlsamen Zeilen. Bitte sei nicht enttäuscht, dass ich auch diese und die nächste Woche nicht nach Diez kommen kann. Es gibt nach Muttis Tod so viel zu erledigen, und in der Klinik krieg ich momentan nicht extra frei.«

Susanne las den Brief noch einmal durch und überprüfte jede Zeile darauf, ob es irgendeinen erkennbaren Unterschied zu ihren früheren Briefen gab. Offenbar hatte sie die Sache im Griff, aber sie brauchte einfach noch ein paar Tage, bevor sie Andreas Vogel gegenübertreten konnte.

Evelyns Besuch ließ sich allerdings nicht länger hinauszögern.

»Kommst du klar?« Nadja steckte ihre farbbekleckste Nase zur Küchentür hinein. Sie hatte mittlerweile mit

Bolles Hilfe auch die Renovierung der anderen Räumlichkeiten in Angriff genommen. Bis zum Beginn des Wintersemesters sollte alles fertig sein.

Das Ganze war Nadjas Idee gewesen: »Mensch, Susanne, jetzt, wo deine Mutter nicht mehr ist, kannste doch voll die WG aufmachen hier.«

»Und wer soll da einziehen?«

»Na, Bolle und ich auf jeden Fall. Und Benny wär doch cool, auch wegen dem Garten. Und ihre Freundin. Das ist die Drummerin, weißt du? Agnieszka heißt die.«

»Und jeden Tag von hier nach Köln?«

»Na und? Zu dritt fahren ist doch umweltschutzmäßig voll okay.«

»Mal sehen.«

Was wird Andreas dazu sagen? Die ganze Aktion wird ja sozusagen unter Evelyns Nase stattfinden. Und sie wird ihm das brühwarm erzählen. Aber warum eigentlich nicht?

»Also, Bolle und ich wollen nachher zum Baumarkt fahren, da könnten wir deinen Schrieb gleich mitnehmen.«

»Ja, das wär lieb, danke.«

»Wir brauchen noch Gips und zwei, drei Tuben Abtönfarbe, und bei der Gelegenheit könnten wir auch gleich noch 'n paar Lebensmittel besorgen. Wir dachten, du bist vielleicht lieber mit ihr alleine.«

Susanne überlegte einen Moment lang, ob sie Nadjas und Bolles Anwesenheit bei Evelyns Besuch als eine Art moralische Rückendeckung brauchen würde. Dann entschied sie sich dagegen.

Ich bin die neue Susanne, die andere Susanne, die tapfere Susanne ...

»Danke. Ich krieg das schon hin.«

Evelyn brachte der kälteren Jahreszeit geschuldet Baguette und Rotwein statt Prosecco mit. »Und ich hab uns im *La Piazza* 'ne schnuckelige Antipastiplatte zusammenstellen lassen. Wir haben ja deine Verlobung noch gar nicht richtig gefeiert!«

Bilde ich mir das ein, oder ist sie geradezu aufgeblüht seit dem letzten Mal, als wir uns gesehen haben?

»Danke, Ev. Das wär doch nicht nötig gewesen.«

Evelyn schnupperte und verzog das Gesicht. »Hast du die Maler im Haus?«

»So was Ähnliches. Ein paar Freunde helfen mir, das alles hier ein bisschen freundlicher zu gestalten. Wurde ja jahrzehntelang nichts mehr gemacht.«

»Was denn für Freunde?«

Sieh an, das macht sie nervös. Na, umso besser.

»Ach, niemand Besonderes. Eine Kollegin aus der Klinik und ihr Freund.«

»Verstehe ...«

Nein, du verstehst gar nichts. Und das ist auch gut so.

»Die Farbe riecht komisch.«

»Dafür ist sie umweltfreundlich, und es sieht hinterher schön aus. Aber okay«, Susanne zuckte mit den Achseln, »dann bleiben wir halt in der Küche.« Sie entkorkte die Weinflasche. »Was gibt's denn bei dir so Neues?«, fragte sie betont nebenbei.

»Ich sag dir: Grässlich war's!« Ev seufzte theatralisch. »Bei uns im Keller gab's 'n Rohrbruch! Das Wasser stand zeitweise kniehoch! Der blanke Horror! Ich bin jetzt noch fix und fertig!«

Warum ist mir früher nicht aufgefallen, dass sie bei allen Gefühlsdingen maßlos übertreibt? Wie bei schlecht synchronisierten Fernsehserien, wo die Sprecherinnen und Sprecher immer noch eins draufgeben, bis man den Figuren keine einzige Gemütsregung mehr glaubt.

Susanne ließ sich nichts anmerken, schnitt in aller Ruhe das Baguette auf und legte Besteck und Servietten bereit.

Und los geht's.

Als sie sich setzte, hob Evelyn ihr Glas. »Auf deine Verlobung!«

»Auf meine Verlobung!«

Das ist ja geradezu 'ne Steilvorlage!

»Apropos Verlobung. Ich muss dir was sagen, aber du darfst mich nicht auslachen, okay?«

»Wieso sollte ich?«

Stimmt. Du hast die letzten Wochen und Monate schon genug über mich gelacht.

»Also, jetzt, wo Mutti tot ist, hab ich ja ganz andere Möglichkeiten. Da kann ich mich endlich mal um mich selber kümmern. Und deshalb hab ich mich bei 'ner Kollegin von dir angemeldet.«

Evelyn verschluckte sich beinahe an einer gefüllten Peperoni. »Du meinst ... eine Therapie?«

»Ja. Ich ... ich hab doch noch nie ... mit einem Mann ... und so ... Verstehst du, ich ...«

Bilde ich mir das ein oder wird sie blass unter ihrem Make-up?

»… ich werd ja schließlich bald heiraten. Und das, was da auf mich zukommt, ist mir doch alles fremd.«

Ev versuchte eisern, die Contenance zu wahren. »Meinst du wirklich, dass dafür 'ne Therapie nötig ist?«

»Und ob. Weißt du, ich möchte als Andis Frau einfach in jeder Hinsicht perfekt sein.«

»Oh.«

Bingo!

Während Susanne die Antipasti auf zwei Teller verteilte, hielt sie demonstrativ ihre fettigen Finger hoch und wies mit dem Kopf auf einen Notizblock, der neben der Tür hing. Er war auf ein Brettchen mit der Aufschrift »Was fehlt im Haushalt?« montiert und wies bereits eine Liste angeblich zu besorgender Lebensmittel auf: *Rohrzucker, Marmelade, Suppengrün.*

»Du, Ev, könntest du wohl eben Zitronensäure und Putzschwämme auf die Einkaufsliste schreiben? Sonst vergess ich das prompt wieder.«

»'Türlich.« Ohne nachzudenken, nahm Evelyn den Bleistift, der an einem Bindfaden neben dem Blöckchen hing, und schrieb beides auf.

Als Susanne die beiden Teller zum Tisch brachte, bewies ihr ein kurzer Blick, was sie ohnehin schon vermutet hatte: Die Handschrift kannte sie besser, als ihr lieb war.

Nicht einmal seine Briefe hat er selbst geschrieben. Na, okay, das hätten wir also auch geklärt.

Äußerlich ungerührt nahm sie Evelyn gegenüber am Küchentisch Platz.

Gut, dass ich den Verlobungsring noch schnell wieder angezogen habe.

Und je nachdem, wie die beiden reagierten, würde sie weitersehen. Vorläufig wollte sie sowohl Ev als auch Andreas die Chance geben, der ganzen Geschichte von sich aus ein Ende zu setzen.

Peter Esser fühlte sich unbehaglich. Er trug rundum nagelneue, den spätherbstlichen Temperaturen ebenso wie seiner in der Haft erworbenen Körperfülle angepasste Zivilkleidung: Jeans, Seemannspullover und Schnürstiefel, dazu einen dick gefütterten, olivgrünen Parka, die Stiefel eine, die Oberbekleidung drei Nummern größer als vor fast vierzehn Jahren.

»So, und jetzt packen Sie Ihr Waschzeug und so weiter ein und los geht's.« Die Vollzugsbeamtin stand wartend in der Zellentür. Esser begann zu zittern. »Kann man das nicht noch irgendwie abblasen?«

»Wie meinen Sie das?«

»Na ja, dass ich hierbleiben kann.«

»Ihre Schwester wartet unten auf Sie.«

»Könnten Sie ihr nicht ausrichten, dass ich ...?«

»Wenn Sie ihr was zu sagen haben, sagen Sie's ihr gefälligst selber. Und jetzt los.«

Einem plötzlichen Impuls folgend, bückte sich Esser und angelte einen der Briefumschläge aus dem Papierkorb. Er hatte Andi Vogels Geliebte bei den Besuchstagen oft genug heimlich beobachtet. Sobald seine Schwester am Getränkeautomaten wartete, um für ihn eine Cola zu besorgen, hatte er zu ihr herübergeschaut. Sie sah nett aus. Sehr nett sogar. Er ließ den Umschlag in seine Jackentasche gleiten. Da stand ihr Absender drauf. Mayen. Vielleicht ergab sich ja eine Gelegenheit.

»Herrgott noch mal! Geht das nicht ein bisschen schneller?« Die Vollzugsbeamtin verlor langsam die Geduld.

Esser setzte gehorsam einen Fuß vor den anderen. Er hatte das alles doch eigentlich gar nicht gewollt; er hatte es einfach geschehen lassen. Wie fast alles in seinem Leben.

Als sich die Eisentür öffnete, stand seine Schwester auf der anderen Seite der Zufahrtsstraße.

»Hallo, Peter.« Heidrun Esser klingelte neckisch mit dem Autoschlüssel. »Wir werden viel Spaß miteinander haben.«

Susanne hatte hin und her überlegt, ob das mit der angeblichen Therapie vielleicht tatsächlich gar keine so dumme Idee war. Dann hatte sie das Ganze wieder verworfen. Nadjas und Bolles Knutschereien hatten überhaupt nichts Ekliges, und die Geräusche, die mitunter aus dem Zimmer drangen, in dem sie sich während der Renovierung eine provisorische Bleibe eingerichtet hatten, klangen eher nach bemerkenswert guter Laune.

Trotzdem muss ich wegen Evelyn natürlich wissen, wie so eine Therapie abläuft. Aber wozu gibt es die entsprechende Fachliteratur?

Die Buchhändlerin in der Brückenstraße staunte nicht schlecht, als Susanne gleich fünf Standardwerke zum Thema Sexualtherapie auf den Kassentresen packte und höflich fragte, ob sie vielleicht irgendwo auch entsprechendes Videomaterial hätten.

Heidrun Esser hatte das Zimmer ihres Bruders über all die Jahre hinweg sorgfältig gepflegt und sauber gehalten. Die Einrichtung war seit damals unverändert: ein Einzelbett mit grau-brauner Häkeldecke, ein schmaler Kleiderschrank und ein Couchtisch mit zwei altmodischen Sesseln – offensichtlich Relikte der elterlichen Wohnzimmereinrichtung. Das im Lauf der Jahrzehnte grünstichig gewordene Foto neben dem Bett zeigte Peter und Heidrun Essers Eltern am Fuß eines Gipfelkreuzes, strahlend und stolz, in Kniebundhosen und identischen – mittlerweile kaum noch erkennbar rot-weiß karierten – Oberteilen. Es war eine ihrer letzten gemeinsamen Bergwanderungen gewesen: Ein plötzlicher Wetterumschwung mit dichtem Nebel endete wenig später für beide tödlich. Ihr Sohn Peter – damals zehn Jahre alt – blieb mit dem Segen des Jugendamts in der Obhut seiner zweiundzwanzigjährigen Schwester.

Heidrun Esser hatte sich zwar im Lauf ihres Erwachsenwerdens das ein oder andere Bagatelldelikt – von Prügeleien mit Gleichaltrigen über Brandstiftung bis hin zu Ladendiebstählen – zuschulden kommen lassen, aber das gepflegte kleine Häuschen der verstorbenen Eltern und die seit ihrem achtzehnten Geburtstag makellose Vergangenheit sprachen seinerzeit ebenso wie die offensichtliche Anhänglichkeit ihres kleinen Bruders dafür, den kleinen Peter nicht aus seiner gewohnten Umgebung zu reißen. Wann immer die Dame vom Jugendamt zur Kontrolle vorbeikam, war der Kühlschrank gefüllt, Haus und Vorgarten tadellos gepflegt, und auf dem Tisch stand eine Schale mit frischem Obst: geradezu perfekt! Dass Peter Essers schulische Leistungen zu wünschen übrig ließen, wurde als bedauerliches, aber unabänderliches Resultat seiner offensichtlich mangelnden Intelligenz hingenommen.

»Alles noch wie früher ...« Peter Esser strich mit der Hand über das Plakat über dem Couchtisch: »Deutschland sucht den Superstar in der Köln-Arena 2003«. Daneben hing eine gerahmte Autogrammkarte von Alexander Klaws. Esser hatte wochenlang für den Besuch der Show gespart. »Was der Klaws wohl heute macht ...«

»Ja. Alles noch wie früher.«

Einen winzigen Augenblick hatte Esser sich der Hoffnung hingegeben, dass noch alles noch gut werden könnte.

Doch der Tonfall, in dem Heidrun Esser seine Worte wiederholte, machte seine Hoffnung auf der Stelle zunichte. Er wagte es nicht, sich umzudrehen.

»Was hast du denn gedacht, wozu ich dich da raushole?«

Peter Esser kehrte nicht in die JVA zurück. Seine Schwester erklärte, es habe weder einen Streit gegeben noch sonst irgendetwas, das ihren Bruder zur Flucht veranlassen konnte. Er habe sich heimlich, während sie schlief, in den frühen Morgenstunden aus dem Staub gemacht.

Für Evelyn Meinecke war das keine Überraschung. Genauso hatte sie es nach dem, was Andreas ihr erzählt hatte, vorausgesehen.

»Ich hatte ja von vornherein meine Bedenken.« Sie gab sich Mühe, während der entsprechenden Krisensitzung nicht allzu penetrant aufzutrumpfen.

Gereon Keiffenheim war aschfahl im Gesicht. »Die Fahndung ist raus, ja?«

Der Anstaltsleiter nickte. »Weit wird er nicht kommen.«

Susanne zwang sich dazu tief durchzuatmen, während sie in der Schleuse auf das Öffnen der Innentür wartete. Es war das erste Mal nach der Beerdigung, dass sie Andreas wieder begegnen würde. Und sie wollte sich auf keinen Fall irgendetwas anmerken lassen.

Ich weiß nicht, ob ich das durchstehe …

Mittlerweile waren ihr einige der anderen Besucherinnen und Besucher vertraut. Um ihre Nervosität in den Griff zu bekommen, lauschte sie dem Gewisper der beiden Frauen, die vor ihr standen. »Wie blöd bist du eigentlich?« Die ältere Frau schnaubte verächtlich. »Natürlich gibt es Präser im Knast. Meinste, die haben hier Lust auf Tripper oder Aids?«

»Und er gibt mir … das … dann, ja? Aber wie krieg ich das … ich meine, wie krieg ich das ähm … da drin … das Zeug von Stefan … ähm …«

»Ich nehme an, Sie meinen Ejakulat«, hörte Susanne sich sagen.

Oh Gott! Hab ich das wirklich laut gesagt?

»Na sieh mal einer an!« Die ältere der beiden Frauen zog eine höhnische Grimasse, »eine Intellelle!«

Susanne überhörte geflissentlich den bösartigen Unterton und lächelte gewinnend. »Verzeihung, aber vielleicht kann ich Ihnen bei Ihrem Problem behilflich sein. Ich bin Krankenschwester.«

»Ach, echt?« Mit einem Schlag war die ältere Frau ganz Ohr. Als sie ihre Jacke auszog, kam darunter ein T-Shirt mit dem Bild eines Mopspärchens zum Vorschein. Die Halsbänder der Tiere waren mit Strasssteinchen verziert. Darunter stand: »Meine Möpse.«

Aha. Oh je.

Die Jüngere trug Bügelfaltenhose und Anorak.

Rentnerinnenlook. Jetzt versteh ich, was Nadja damit meint.

»Wissense, man hört doch so viel von Samenraub und so«, die mit dem Mops-Shirt tat plötzlich ungeheuer wichtig. »Wie damals bei Boris Becker und diesem komischen Model.«

»Unsinn. Das war ganz gewöhnlicher Sex.«

Ups! Ich rede mit Wildfremden über Sex? Allen Ernstes?

Die jüngere Frau kicherte und erntete dafür seitens ihrer Begleitung einen strafenden Blick.

»Na, versteh'n Se, ich will numal 'n Enkelchen, bevor ich zu alt dafür bin! Und meine Schwiegertochter stellt sich einfach zu dämlich an.«

Die Schwiegertochter war höchstens achtzehn und zog den Kopf ein, als habe Schwiegermama ihr eine Ohrfeige versetzt. »Ich möchte das doch auch«, wisperte sie. »Kann man denn nicht irgendwie das ... ähm ...«

»Ejakulat.«

»Genau. Kann man das denn so einfach rausschmuggeln und zu Hause bei sich ... ähm ... reintun?«

Der Vollzugsbeamte schloss die zweite Tür auf, und der Besuchertrupp setzte sich in Bewegung.

»Googeln Sie mal Bechermethode«, flüsterte Susanne hastig, »und das Ejakulat schön warm halten, bis es so weit ist, okay?«

Die jüngere Frau nickte dankbar.

»Hätt'ste doch längst mal googeln können«, zischte die Ältere.

Susanne machte, dass sie außer Reichweite der Mopsdame kam. »Viel Glück!«

Und hoffentlich setzen sich ausschließlich die mütterlichen Gene bei dem Enkelchen durch …

Im Besucherraum sprang Andreas Vogel wie gewohnt bei Susannes Anblick auf und lächelte sein entwaffnendes Lächeln. »Mein Burgfräulein!«

Susanne widerstand tapfer dem Bedürfnis, einfach davonzulaufen und ließ sich wie üblich keusch auf die Wange küssen.

Die Zukunft, Susanne! Du musst das Gespräch auf die Zukunft lenken.

»Andi, ich hab ja nun schon mal angefangen, das Haus renovieren zu lassen. Also erst mal nur innen, weil: Die Fassadenarbeiten müssen ja wegen Frost und Feuchtigkeit und so bis zum Frühjahr warten. Aber ich dachte, wir besprechen heute schon mal ein paar Einzelheiten. Ich meine, wo du doch nach deiner Entlassung mit mir im Alten Forsthaus wohnen wirst, wäre es jetzt schon mal gut zu wissen, ob du irgendwelche Ideen oder Wünsche hast.«

Ich glaub, ich hab hier noch nie so viel am Stück geredet …

»Natürlich. Lieb von dir. Aber erzähl doch erst mal, was dir so vorschwebt.«

»Na ja, wenn wir die erste Etage und die Mansarden vermieten, haben wir neben meinem Gehalt ein zweites festes Einkommen. Du musst also, wenn du hier rauskommst, nicht gleich den erstbesten Job annehmen, um über die Runden zu kommen. Außerdem ist da ja noch mein Erbe.«

Vogels Augen blitzten auf.

Gier oder Vorfreude?

»Na, dann kann ja nichts mehr schiefgehen!« Vogel lachte. »Außerdem scheinst du ja schon ziemlich konkrete Vorstellungen davon zu haben, wie das Ganze aussehen soll.«

Lass dich jetzt von seinen Samtaugen nicht ablenken!

»Na ja. Stimmt. Das Esszimmer ist ja auch schon fertig. Aber du hast doch bestimmt eine Lieblingsfarbe. Für dein zukünftiges Zimmer, zum Beispiel.«

»Ich mag keine Muster. Und ich mag eher kühle Farben.«

»Okay, also Tapeten mit Sonnenblumen.«

»Was?!«

Susanne lachte. »Reingefallen!«

Vogel lachte nicht mit. Stattdessen verdüsterte sich sein Gesicht. »Findest du das komisch?«

»Was? Dich auf den Arm zu nehmen? Ehrlich gesagt: ja!«

»Und ich dachte, wir reden hier ernsthaft über unsere gemeinsame Zukunft.«

»Tun wir doch. Ich hab doch nur Spaß gemacht.«

»Tut mir leid, aber da scheinen wir beide nicht das Gleiche drunter zu verstehen.«

Wie auf der Liste: charmant, leicht beleidigt und schnell aus nichtigem Anlass wütend.

Vogel stand auf und war bereits im Begriff, einem der Vollzugsbeamten zu verstehen zu geben, dass er zurück in seine Zelle wollte, als Susanne in letzter Sekunde seine Hand nahm und flehend zu ihm aufschaute. »Andi … Bitte. Es war doch nicht böse gemeint. Ich versprech dir, so was kommt nicht wieder vor.«

Für den Rest der Besuchszeit blieb Vogel reserviert.

Dominanz um jeden Preis.

Susanne hakte innerlich ein weiteres Indiz auf der Liste für psychopathische Persönlichkeitsmerkmale ab und plauderte munter weiter, als sei nichts geschehen. Sie referierte ausgiebig über den neuen Terrassenbelag und die scheußlichen grünen und braun-gelben Fliesen in den Bädern und dass sie längliche, hellgraue Fliesen in einer Wohnzeitschrift gesehen hätte und ganz toll fände.

Als sie das Gefängnisgebäude verließ, atmete sie hörbar aus.

Er glaubt nach wie vor an eine Knasthochzeit mit mir. Wie passt das mit Evelyns Plänen zusammen? Was stellt sie sich denn vor, wie das anschließend weitergehen soll? Und wer instrumentalisiert hier eigentlich wen?

Peter Esser hatte ein schlechtes Gewissen. Reiche Leute zu beklauen war in Ordnung, aber einem Obdachlosen die Sachen zu stehlen war ziemlich mies. Andererseits – so sagte er sich – wird der Kumpel sich freuen, in seinem Einkaufswagen einen nagelneuen, winterlich warm gefütterten Parka vorzufinden. Die im Tausch dagegen mitgenommene Windjacke war viel zu dünn für die Jahreszeit, aber sie erfüllte ihren Zweck: Die rote Farbe und das 1. FC-Köln-Logo auf dem Rücken waren auffällig genug, um jeden, der Ausschau nach einem entflohenen Häftling mit natogrünem Parka hielt, von einer näheren Begutachtung ihres Trägers abzuhalten. Zwar war es schade um die fehlende Kapuze, aber die blaugrau geringelte Strickmütze, die jemand – dem Zufall sei Dank – auf einer Bank vor dem Bahnhof liegen gelassen hatte, war vielleicht sogar die bessere Tarnung: Sie war unauffälliger, und tief ins Gesicht gezogen verdeckte sie den fliehenden Haaransatz. Seine Brille hatte Peter Esser abgenommen. Zum Weitsehen reichte es auch so. Ein Blick in den Spiegel eines Fotoautomaten zerstreute alle seine Ängste: Er hätte sich beinahe selbst nicht wiedererkannt.

Die frühen Morgenstunden hatte Esser in der Koblenzer Bahnhofshalle verbummelt, unauffällig-auffällig in seiner Verkleidung und gerade deshalb in der Menge der frühmorgendlichen Pendler untergehend. Er würde mit dem, was er aus Heidruns altbekanntem Bargeldversteck mitgenommen hatte, eine Zeit lang zurechtkommen, wenn er sparsam damit umging. Jetzt gönnte er sich erst mal einen Kaffee und ein Käsebrötchen. Dann zog er nach einigen Schwierigkeiten eine Fahrkarte. Eine junge Frau mit Nasenpiercing half ihm bei dem ungewohnten Touchscreen-Prozedere.

Als das mit dem Ticket – Fahrkarte sagte man offenbar nicht mehr dazu – erledigt war, konnte er nur hoffen, dass es das kleine Waffengeschäft, an das er sich erinnerte, noch gab und dass es nicht erst um die Mittagszeit aufmachte. Der Fußweg hin und zurück würde rund anderthalb Stunden in Anspruch nehmen, und mit Aussuchen, Bezahlen und allem Drum und Dran würde es nur knapp für den Regio um 9.52 Uhr reichen. Aber er wollte es zumindest versuchen: Er hatte keine Ahnung, wohin es ihn verschlagen würde, und ein Messer war schließlich zu vielem zu gebrauchen. Dass sie in dem Laden die Sorte noch hatten, die er sich schon als kleiner Junge sehnlich gewünscht hatte, konnte er nur hoffen.

Er musste sich beeilen. Natürlich fuhr kurz nach zehn auch noch ein Bus nach Mayen, aber im Zug achteten die Menschen nun mal nicht so sehr auf ihre Mitreisenden. Das hatte seine Vorteile.

Das Ticket war zwar doppelt so teuer wie erwartet, aber er würde, wenn alles glatt lief, um elf in Mayen eintreffen.

Natürlich wurde Andreas Vogel gefragt, was seinen Zellengenossen zur Flucht veranlasst haben und wohin er sich gewandt haben könnte. Aber er war nicht bereit zu kooperieren. »Sie wissen doch, was denjenigen blüht, die hier jemanden verpfeifen, oder?«

»Sie werden selbstverständlich von uns geschützt.« Anstaltsleiter Heinze hatte aus nachvollziehbaren Gründen kein Interesse daran, einen womöglich blutigen Racheakt zu riskieren. »Wir können Sie zu Ihrer Sicherheit in einen anderen Trakt und in eine Einzelzelle verlegen.«

»Das reicht nicht.«

»Was heißt das?«

»Freigängerhaus und'n Job außerhalb.«

»Nicht meine Entscheidung, das wissen Sie ganz genau.« Heinze zuckte mit den Achseln und stand auf. »Dann halt nicht.« Er war nicht so leicht zu erpressen, und noch bestand schließlich die berechtigte Hoffnung auf einen baldigen Erfolg der bundesweiten Fahndung.

Die mit dem Fall betraute Ermittlungsbeamtin befragte natürlich auch Essers Therapeuten. Gereon Keiffenheims Nerven lagen blank. »Gefährlich?! Glauben Sie, ich hätte Essers Langzeitausgang zugestimmt, wenn ich ihn für gefährlich halten würde?«

»Aber Ihre Kollegin – wie heißt sie noch? – hat ja, wenn ich richtig informiert bin, sehr deutlich ihre Bedenken geäußert.«

»Sie heißt Meinecke, und ihre Bedenken stützen sich in keiner Weise auf irgendwelche Fakten.«

»Ach so?« Die Beamtin zog eine Augenbraue hoch und schüttelte den Kopf. »Und ich dachte, gerade in Ihrem Beruf kommt es mehr als alles andere auf das berühmte Bauchgefühl an.«

»Nein. Da täuschen Sie sich.« Keiffenheims Lippen waren weiß vor mühsam unterdrückter Wut. »Aber ich kann Ihnen wie gesagt nicht weiterhelfen. Peter Esser ist ein ruhiger, unauffälliger Häftling, der seit Jahren zuverlässig einen Teil der anstehenden Reinigungsarbeiten im Haus übernimmt.«

»Vollgewichste Klos putzen.«

»Zum Beispiel.«

»Na toll. Keinerlei Weiterbildungsmaßnahmen oder sonstige Angebote, die seiner Wiedereingliederung in die Gesellschaft dienlich sein könnten?«

»Peter Essers intellektuelle Fähigkeiten sind leider äußerst begrenzt.«

»Immerhin haben sie für eine erfolgreiche Flucht gereicht. Und dafür, Ihnen womöglich seit Jahren etwas vorzumachen.«

Um Evelyn Meineckes Mundwinkel zuckte es verräterisch, als Keiffenheim an diesem Vormittag die Kantine betrat. Er sah erbärmlich aus. »Wenn die Menschen zehn Dinge ehrenvoll verrichtet haben und dann eines fehlschlägt«, hieß es bei Machiavelli, »hat dieses eine – besonders, wenn es wichtig ist – die Kraft, alle übrigen zu vernichten.«

Gereon Keiffenheim war mit dem heutigen Tag als ihr Gegner erledigt. Entsprechend euphorisch gestimmt machte Evelyn sich wenig später auf den Weg in den Therapieraum. Sie hatte über ihren Sieg beinahe den Unsinn vergessen, den Susanne ihr erzählt hatte: als Ehefrau perfekt werden? In Sachen Sex? Um ein Haar hätte sie laut losgelacht. Wer hatte dem naiven Ding bloß so einen Floh ins Ohr gesetzt? Bestimmt die kleine Krankenschwesternfreundin, die in letzter Zeit öfter im Alten Forsthaus aufkreuzte. Die loszuwerden dürfte jedenfalls keine großen Schwierigkeiten bereiten: Da brauchten nur mal ein paar Euro in Susannes Portemonnaie zu fehlen, für deren Abhandenkommen niemand außer der Kleinen infrage kam. Andererseits konnte eine Sexualtherapie tatsächlich Wunder wirken. Sie nahm sich vor, dafür zu sorgen, dass das ein Ende hatte.

Als die Vollzugsbeamtin Andreas Vogel in den Raum führte, gab Evelyn vor, etwas Wichtiges in ihren Unterlagen zu suchen, um ihre Anspannung zu verbergen. Als sie alleine waren, kam sie gleich zur Sache. »Andreas, was läuft denn da neuerdings bei euren Tête-à-têtes im Besucherraum, hm?«

»Gar nichts. Wir haben über Tapeten und Wandfarbe gesprochen«, erklärte Vogel achselzuckend.

»Hast du sie etwa angefasst?« Natürlich wusste Evelyn, dass die Vollzugsbeamtinnen und -beamten im Besucherraum durchaus bereit waren, gegebenenfalls darüber hinwegzusehen, dass die ein oder andere Hand unter dem Tisch verschwand und dort für längere Zeit verweilte.

»Ich? Sie angefasst?!«

Andreas reagierte für Evelyns Geschmack eine Spur zu empört auf ihre Frage. Vielleicht war auch ihm die Wandlung, die Susanne seit dem Tod ihrer Mutter vollzogen hatte, nicht entgangen. Und womöglich hatte diese Entdeckung auf seiner Seite Begehrlichkeiten zur Folge, die ihr ausgesprochen ungelegen kamen.

»Und warum fängt sie plötzlich mit 'ner Therapie an?«

»Von irgendwelchen Therapien weiß ich nichts.«

»Aber es muss doch einen Anlass für die Idee gegeben haben!«

»Was denn für 'nen Anlass?«

»Hast du sie irgendwie ermuntert? Habt ihr über ... eheliche Pflichten oder so gesprochen?«

»Eheliche Pflichten?« Vogel legte den Kopf in den Nacken und lachte. »Wie sollen die denn deiner Ansicht nach aussehen?«

Evelyn lachte nicht mit. Irgendetwas stimmte da nicht. Sie musste auf der Hut sein.

KAPITEL 22

»Na klar fänd ich das genauso eklig wie du, wenn mir einer ungefragt die Zunge in den Rachen rammt!« Nadja saß mit Susanne zusammen im Schwesternzimmer und übte mit geschlossenem Mund Kauen. Hundertprozentig klappte das allerdings immer noch nicht.

Na, Hauptsache, mein Leberwurstbrötchen schmeckt ihr.

»Was war denn das für 'ne Type, an die du damals geraten bist?«

»Pharmavertreter. Aus Aachen.«

»Und sonst?«

»Nichts sonst. Ich glaub, ich würd den heute nicht mal wiedererkennen.«

»Also, du warst nicht scharf auf den«, stellte Nadja fest, und Susanne schüttelte den Kopf, obwohl sie Nadjas Ausdrucksweise als ein bisschen sehr direkt empfand.

»Scharf auf den«? Mutti hat mir eingebläut, dass Männer immer nur das eine wollen und Frauen zusehen müssen, wie

sie damit klarkommen. Aber Mutti ist tot. Mausetot. Für immer und ewig. Und Mutti hatte unrecht. Meistens. Eigentlich immer.

»Suse?« Nadja legte Susanne den Arm um die Schultern und riss sie aus ihren Gedanken. »Und wenn ich dir jetzt sage, dass es was total anderes ist, mit jemandem zu knutschen, in den man verknallt ist?«

»Ja?«

»Ja.«

Dann war ich nie verknallt. Außer in der Schule, in Stefan Stühn.

»Und der war ein Arsch.«

»Was? Wer?«

»Stefan Stühn. War ein Arsch.«

»Na, dann isses ja nicht schade um ihn.«

»Genau.«

»Und dein Knacki?«

Susanne zuckte die Achseln. »Du hast doch gesagt, dass Sex und Liebe nicht immer dasselbe sind.«

»Stimmt. Aber was bedeutet das jetzt genau? Ich meine: in deinem Fall.«

»Zuallererst mal bedeutet das, dass Andi Ev nicht unbedingt liebt. Und sie ihn vielleicht auch nicht.«

»Und was ist mit dir?«

»Ich lerne.«

Im Bus nach Kürrenberg achtete keiner der Fahrgäste auf den blassen, älteren Mann mit Strickmütze und FC-Köln-Anorak. Er hatte eine Supermarkttüte in der Hand und kam offenbar vom Einkaufen. Nichts Auffälliges also.

Im Ort angekommen, fragte Peter Esser eine freundliche alte Frau in Kittelschürze und Strickjacke nach dem Weg zum Alten Forsthaus. Sie gab ihm bereitwillig die gewünschte Auskunft. Er hatte nichts zu befürchten. Niemand würde ihn hier vermuten; nicht einmal Andi Vogel käme auf die Idee, dass er sich unentdeckt hierher durchschlagen könnte. Trotzdem war es irgendwann mit seiner Freiheit vorbei, das war sonnenklar. Sie würden ihn nämlich unweigerlich kriegen. Spätestens, wenn Heidruns Geld alle war. Deshalb hatte er sich vorgenommen, seiner Flucht eine Art höheren Sinn zu verleihen, mit etwas, das ihn für die Schmach entschädigte, feige vor seiner Schwester davongelaufen zu sein.

Das Alte Forsthaus war beeindruckend, und es entsprach in keiner Weise Peter Essers Erwartungen. Andis nette Krankenschwester, so hatte er sich vorgestellt, würde in einem jener winzigen Siedlungshäuschen wohnen, die nach dem Krieg mehr oder weniger planlos in die Eifellandschaft gepflanzt worden waren. Die weit vom Ortskern abgelegene Jahrhundertwende-Villa passte so gar nicht ins Bild. Aber umso besser. Vielleicht fand sich hier sogar ein Schlupfwinkel, in dem er sich verborgen halten konnte. Vielleicht der Heizungskeller?

Zum vorderen Hauseingang führte eine breite Treppe, und die länglichen, schmalen Fenster knapp oberhalb der Auffahrt sahen aus, als seien die Räume darunter ursprünglich als Souterrain genutzt worden. Vielleicht gab es da sogar fließend Wasser. Im Vergleich zu seiner Gefängniszelle wäre das eine geradezu luxuriöse Unterkunft.

Er hatte kein Problem, ins Innere des Gebäudes zu gelangen: Neben dem Terrassenaufgang führten ein paar Stufen nach unten, und die Tür war nicht verriegelt. Aber er musste auf der Hut sein: Irgendwo im Haus lief ein Radiosender mit klassischer Musik, und es roch nach Farbe.

»Handwerker«, murmelte er, »Aber die gehen ja schließlich auch irgendwann.«

Nicht weit vom Alten Forsthaus entfernt saßen Robert Melchers, Lisa Wiegand, Max Odry und Bernadette Mangoldt zusammen im Wintergarten des Hotels. Um diese Jahreszeit wurde der Glasanbau von den anderen Hotelgästen lediglich zum Frühstück genutzt, aber man hatte ihnen zuliebe eine Ausnahme gemacht. Es gab außer dem dringend erforderlichen WLan-Empfang sogar eine Platte mit Brötchen als Zwischenverpflegung.

Vor Max Odry lag der Briefumschlag, der am Morgen eingetroffen war. »Das mit der Reisetasche war durchaus ein zutreffender Hinweis«, erklärte er, »und auf den Tatortfotos von damals ist sie denn auch tatsächlich zu sehen.«

Lisa Wiegand hinderte ihren Kollegen in letzter Sekunde daran, den Umschlag mit den entsprechenden Kopien an Bernadette weiterzureichen: Bei all ihrer in der Vergangenheit an den Tag gelegten Tapferkeit war es definitiv nicht notwendig, sie mit den Bildern ihrer toten Mutter zu konfrontieren.

Mareike Vogel lag mit dem Gesicht nach unten vor einem kunterbunt gestrichenen, altmodischen Kinderbett, einem offenbar liebevoll aufgearbeiteten Erbstück aus den Fünfzigerjahren des vorigen Jahrhunderts. Zwei der gedrechselten Gitterstäbe waren entfernt worden, damit die kleine Bernadette selbstständig ein- und aussteigen konnte. Am Kopfende befand sich ein Baldachin aus alter Spitze. Er war über und über mit Blut bespritzt. Mareike Vogel hatte die Hände ausgestreckt, ihr Hinterkopf mit den hellen blonden Haaren war nur noch ein Gemenge aus Blut, Hirnmasse und zertrümmerten Knochen. Ein Gegenstand lag halb unter ihrem Oberkörper, fast vollständig bedeckt von Blut.

»Die Reisetasche, Benny, genau, wie du dich erinnert hast. Sie befand sich denn auch eine Zeit lang im Landgericht Bielefeld in der Asservatenkammer«, Melchers seufzte resigniert, »aber natürlich ist sie mitsamt ihrem Inhalt vernichtet worden, nachdem es zur rechtskräftigen Verurteilung deines Vaters kam. Das ist nun mal Routine.«

Er schob den Auszug aus dem Verwahrbuch zu Bernadette hinüber.

»Inhalt: 1 Kinderpullover Gr. 104, 1 Latzhose Gr. 104, 1 Anorak Gr. 104.« Bernadette überflog stumm die restlichen Zeilen und gab dann das Blatt zurück, »Mama hat offenbar in aller Eile ein paar Anziehsachen für mich zusammengerafft. Aber warum hat sie gar nichts für sich selber mitgenommen?«

»Wahrscheinlich, weil man Erwachsenenklamotten mal schnell an jeder Ecke kaufen kann«, erklärte Lisa. »Für Kindersachen braucht es ein Kaufhaus oder Fachgeschäft.«

»Trotzdem: Es muss wirklich um Sekunden gegangen sein.«

»Tja. Das war's dann wohl.« Max Odry hob die Achseln. »Keinerlei neue Erkenntnisse, die die Wiederaufnahme eines Ermittlungsverfahrens rechtfertigen würden. Ende Gelände, Schluss, aus, basta und finito.«

Melchers nahm Bernadette tröstend in den Arm. »Danke für alles, Benny. Und toitoitoi für's Studium.«

Lisa und Max hatten bereits gepackt; es ging zurück nach Hause.

Der Abschied fiel ihnen sichtlich schwer.

Susanne hatte die kurzen Kaffeetreffen in der Klinik, die sie zu Muttis Lebzeiten eingeführt hatte, um ungestört mit Evelyn zu plaudern, wiederaufleben lassen. Die Renovierungsarbeiten waren eine gute Ausrede: »Im Haus riecht es wirklich penetrant nach Farbe, und die Küche ist momentan außer Gefecht, weil da sämtliche elektrischen Leitungen erneuert werden.«

»Verstehe.« Evelyn wirkte nervös.

Na, nun rück schon raus mit deiner Frage …

»Und? Wie läuft's so mit Andreas Vogel?«

»Gut.«

Vergiss es! Ich werd dir nicht den Gefallen tun, das Thema, das dir auf den Nägeln brennt, von mir aus anzusprechen.

»Und ähm …« Ev wand sich geradezu vor Unbehagen. »Und deine … Therapie?«

»Großartig.«

»Andreas Vogel erzählt neuerdings so gar nichts über seine – und deine – Zukunftspläne, weißt du?«

Steilvorlage!

Susanne lächelte und senkte schamhaft den Blick. »Na ja«, flüsterte sie, »vielleicht ist das auch ein bisschen zu … intim.«

Evelyns Kaffeetasse klirrte, als sie sie zurück auf die Untertasse stellte.

»Weißt du«, fuhr Susanne im Beste-Freundinnen-teilen-alle-Geheimnisse-Tonfall fort, »wir haben über die Bechermethode geredet.«

»Über was, bitte?«

»Über die Bechermethode.« Susanne dankte im Stillen der Frau mit dem Mops-T-Shirt und ihrer schüchternen kleinen Schwiegertochter für ihren Disput in Sachen »Schwangerschaft-trotz-Langzeithaft.«

»Ich verstehe nicht ...«

»Ach, weißt du, Ev, wir wünschen uns doch so sehnlich ein Kind. Und wieso sollten wir damit bis zur Hochzeit warten?«

»Ein Kind?«

Gleich springt sie mir an den Hals! Gut, dass wir hier nicht alleine sind!

»Die Erfolgsquote ist zwar nicht gerade hoch, aber wenn man zwischen Samenerguss und Einführen des Ejakulats nicht allzu viel Zeit verstreichen lässt und alles schön warm hält, kann das klappen.«

Tja. Aschfahl und sprachlos.

»Und wenn es nicht klappt«, fuhr Susanne ungerührt fort, »bleibt uns ja immer noch das Liebeszimmer. Je eher wir heiraten, desto eher dürfen wir da rein.«

»Ich ...« Evelyn brauchte einen Augenblick, um sich zu fangen. »Ich bin ehrlich gesagt ... erstaunt.«

»Worüber denn? Die Therapie anzufangen, war so ziemlich das Cleverste, was mir jemals eingefallen ist. Und wenn – wie soll ich das ausdrücken? – wenn man einmal weiß, wie es geht, will man natürlich so schnell wie möglich das Gelernte ausprobieren.« Sie zwinkerte Evelyn verschwörerisch zu. »Ganz abgesehen davon, dass Andi und ich an den Besuchstagen mittlerweile schon nicht mehr wissen, wohin mit unseren Händen.«

Okay, das verschämte Kichern hätt' ich ihr ersparen können. Aber andererseits soll sie – verdammt noch mal – endlich mit der Wahrheit rausrücken! Und dann kann jeder von uns dreien seiner Wege gehen.

»Schade, dass es jetzt eigentlich keinen Anlass mehr gibt, Susanne Kleinschmitt anzurufen.« Nachdem er Max und Lisa zur Bahn gebracht hatte, wandte sich Ex-Kommissar Melchers nach langer Zeit wieder mal seiner Espressomaschine zu. »Aber ich schulde ihr immerhin noch ein Menü in einem Restaurant ihrer Wahl.«

Die Espressomaschine rötzelte ungerührt vor sich hin, und Melchers war überzeugt, dass sie schnöde mit den Achseln zucken würde, wenn sie könnte. »Du bist ja nur eifersüchtig«, brummte er und gönnte sich ausnahmsweise zwei statt einem Löffel Zucker. Er verfluchte nicht zum ersten Mal seine gute Erziehung: Man mischte sich gefälligst nicht in anderer Leute Privatleben ein, und man machte einer Dame gefälligst keine Avancen, wenn diese nicht zumindest kleine Signale dahingehend aussandte, dass Letztere willkommen waren.

»Andererseits gehört Flirten definitiv nicht zu Susanne Kleinschmitts Kommunikationsrepertoire«, vertraute er seiner Espressomaschine an, aber deren grün leuchtendes Auge war bereits erloschen.

Melchers zog sich mit seiner Tasse ins Arbeitszimmer zurück und starrte minutenlang auf das virtuelle weiße Blatt auf dem Computerscreen. Dass es nach wie vor und trotz aller Mühe keinerlei Beweise dafür gab, dass Andreas Vogel seine Frau getötet hatte, weil sie ihn als Psychopathen und Mörder entlarvt hatte, bedeutete schließlich nicht, dass er unschuldig war. Und Susanne war nur so lange vor ihm sicher, wie er hinter Gittern saß. Wenn überhaupt. Es war dumm von ihm gewesen, ihr Robert Hares Psychopathie-Checkliste ans Herz zu legen. Selbst wenn ihr anhand der dort aufgeführten Merkmale klar würde, dass Vogel ein zutiefst gestörter Mensch war, hielt sie das womöglich nicht von ihren Blütenträumen ab.

Entschlossen griff er zu seinem Handy. »Susanne? Ich wollt nur mal hören, wie's so geht.«

»Von Peter Esser fehlt nach wie vor jede Spur«, erklärte Martin Heinze, »und die Kripo zieht in Erwägung, die Bevölkerung mit einem entsprechenden Aufruf in den Medien zur Hilfe bei der Fahndung aufzurufen.«

»Verstehe.« Gereon Keiffenheim nickte resigniert, »Ist wahrscheinlich das Beste. Weit kann er schließlich nicht gekommen sein.« Dass Keiffenheim nach wie vor herumlief wie ein geprügelter Hund und Rhea Amman offenbar die Lust daran verloren hatte, ihren Lover seelisch aufzurichten, nahm Evelyn nur noch am Rande wahr. Stattdessen fieberte sie mit allen Fasern dem nächsten Zusammentreffen mit Andreas Vogel entgegen. Nicht – so wie sonst – aus Lust. Die stickige Enge ihres heimlichen Liebesnests hinter der Großküche empfand sie diesmal alles andere als animierend. »Was zum Teufel läuft da hinter meinem Rücken?«, zischte sie, kaum dass Vogel zwischen den Dosen- und Getränkekistenstapeln auftauchte.

»Was ist denn los?«

»Was los ist?!« Evelyn krallte die Fingernägel in ihren Unterarm, um nicht laut herauszuschreien. »Andi, dass du es so weit treibst, ist dezidiert gegen unsere Verabredung!«

»Ich hab keine Ahnung, wovon du redest.«

»Ein Kind?! Mit Susanne? Bist du verrückt geworden?«

»Was denn für 'n Kind?«

»Versuch gar nicht erst, mich anzulügen! Was glaubst du denn, was du mit so 'ner Scheiße lostrittst?«

»Hey. Nicht in dem Ton, verstanden?« Vogel wirkte von einer Sekunde auf die andere wie versteinert. »Reiß dich zusammen und komm mir gefälligst nicht mit irgendwelchen Unterstellungen!« Sein Gesicht hatte zusehends an Farbe verloren, und er starrte ins Leere, als sei außer ihm niemand im Raum.

»Lüg mich nicht an, Andi!« Evelyn war viel zu aufgebracht, um die Warnsignale zu registrieren, »So was denkt sich die blöden Kuh doch nicht einfach aus! Und davon, dass du sie unter der Tischplatte befingerst, war verdammt noch mal auch nie die Rede!«

Übergangslos griff Vogel in Evelyns Haare und zerrte ihren Kopf nach hinten, die andere Hand fuhr an ihren Hals und drückte zu. »Halt dein dämliches Maul, verstanden? Ich weiß nicht, woher du diesen Schwachsinn hast, aber weißt du was?« Er lachte leise. »Die Idee ist gar nicht schlecht. Mit Susanne lässt es sich in jedem Fall bequemer leben als mit dir.«

Evelyn tastete hinter sich. Eine Flasche, eine Konservendose, irgendetwas Schweres. Das würde reichen. Und es musste schnell gehen.

Andreas Vogels Gesichtsausdruck hatte sich gewandelt. Während er die zweite Hand an ihren Hals führte und zudrückte, betrachtete er ihre weit aufgerissenen Augen mit dem gelassenen Interesse eines Raubtiers, das weiß, dass sein Opfer nicht mehr entkommen wird.

Peter Esser hatte eine nagelneue, noch in Folie geschweißte Matratze gefunden und sich damit im Heizungskeller eingerichtet. Hier war es warm, und die Wahrscheinlichkeit, dass jemand hier herunterkam, war gering. Er packte Wurst, Schinken, Käse und Bier aus der Supermarkttüte und teilte eines der Brötchen mithilfe seines nagelneuen Tauchermessers in zwei Hälften. Das gute Stück hatte zwar stolze zwanzig Euro gekostet, und die neongrüne Farbe des Kunststoffgriffs gefiel ihm nicht so recht, aber dafür gehörte ein Beinholster dazu, das mit etwas Geschick auch am Unterarm zu befestigen war. Genau so ein Messer hatte er sich als kleiner Junge gewünscht: das vordere Drittel der Klinge scharf und glatt, die restlichen zwei Drittel mit Wellenschliff und mit einer Kerbe oberhalb des Griffs, mit der sich Kronkorken mühelos abheben ließen. Das erste Bier seit mehr als zehn Jahren schmeckte vorzüglich.

Die Wunde an Andreas Vogels Schläfe blutete nicht mehr. Überhaupt waren die äußeren Verletzungen marginal, obwohl sie wieder und wieder zugeschlagen hatte, auch noch als er längst am Boden lag, regungslos und zusammengekrümmt wie ein Embryo. Nach zwei, drei röchelnden Atemzügen war es still, und Evelyn Meineke verließ den Vorratsraum hinter der Gefängnisküche so leise und unauffällig, wie sie gekommen war. Sie musste sich beeilen: In nicht allzu langer Zeit würde in der Großküche die Spätschicht beginnen. Und abgesehen von der Gefahr, hier unten entdeckt zu werden, gab es zu vorgerückter Stunde keinerlei Erklärung mehr für ihre Anwesenheit im Haus.

Evelyn hielt den Kopf gesenkt, um die Rötungen an ihrem Hals zumindest notdürftig zu verbergen. Gott sei Dank hatte sie vor ein paar Wochen einen ihrer Seidenschals im Büro liegen lassen. Er passte farblich nicht so recht zu ihrem Blazer, aber darauf konnte sie jetzt keinerlei Rücksicht nehmen.

Auf dem Weg nach draußen begegnete ihr Rhea Amman. »Ah, Evelyn. Schönen Feierabend.«

»Danke, gleichfalls«, brachte Evelyn beinahe tonlos hervor.

»Oh! Das hört sich nach Grippe an! Gute Besserung.«

Als die Spätschicht Andreas Vogels leblosen Körper entdeckte, hatte Evelyn sich bereits krankgemeldet. »Bronchitis«, erklärte sie heiser. Es klang ungemein glaubwürdig.

Sie wechselte kurz die Kleidung – Rollkragenpullover, Jeans und Sneakers –, warf den Blazer, der an der Innenseites des rechten Ärmels zwei Blutspritzer abbekommen hatte, auf einem Parkplatz an der A 48 in den Müllcontainer und fuhr zügig weiter.

KAPITEL 23

Jeans, weißes Oberhemd, Tweedjackett.« Robert Melchers hatte sein Abend-Outfit bereits vor Stunden auf dem Bett zurechtgelegt. Allerdings konnte er sich einfach nicht für die passende Krawatte entscheiden. »Ja, ich werd mich ein bisschen in Schale werfen, aber das bedeutet erst mal gar nichts«, konterte er die respektlose Bemerkung seiner Espressomaschine. Krawatte hin, Krawatte her: Der Abend sollte einfach perfekt werden! Der Zweiertisch mit Blick auf den Laacher See war reserviert, es würde einheimischen Fisch und einheimisches Wild und super-öko-bio-Fleisch vom Gut des Benediktinerklosters nebenan geben. Den Wein dazu hatte er bereits auf der Online-Speisekarte ausgewählt: Zu Fisch und Schwein einen trockenen 2011er Bernkasteler Riesling, zu Wild und Rind einen Ahrweiler Klosterberg oder einen Bio-Pinot-Noir vom Weingut Sturm in Leutesdorf. »Nein, sie ist bestimmt keine Vegetarierin!« Empört wies er die dummdreiste Frage seiner Espressomaschine zurück. Aber die Sache mit Vegetarismus und Sittichfutter erinnerte ihn schmerzlich an Max Odry und Lieschen Wiegand. Er vermisste die beiden jetzt schon, und ein bisschen vermisste er auch die Polizeiarbeit, die ihr Chef ihm so unverhofft vermittelt hatte. Vielleicht lohnte es sich ja doch, an der Sache dranzubleiben. »Aber vielleicht bist du auch nur ein verbohrter alter Sack, der keine Niederlage verkraften kann«, brummte Melchers, und seine Espressomaschine hüllte sich in beredtes Schweigen.

Er nahm sich vor, von sich aus nicht ein einziges Wort über seinen erfolglosen Vorstoß in Sachen Wiederaufnahme der Ermittlungen im Fall Rebecca zu verlieren. Susanne und er würden zum ersten Mal wieder unter sich sein, und er würde mit ihr über alles Mögliche plaudern, nur nicht über seinen gescheiterten Versuch, Andreas Vogel als den gefährlichen Triebtäter zu entlarven, als den er ihn nach wie vor betrachtete.

Entschlossen legte er beide Krawatten zurück in die Schublade. »Locker« hieß die Devise, auch wenn er sich ganz und gar nicht locker fühlte. Ein Blick auf die Uhr verriet ihm, dass es für einen Aufbruch noch viel zu früh war.

Susanne hatte im Alten Forsthaus ebenfalls mit der Frage nach dem Anlass angemessener Kleidung zu kämpfen: Das schlichte schwarze Kleid, das sie auf der Beerdigung getragen hatte, war zwar frisch gereinigt, wirkte aber Nadja zufolge »voll bieder und trostlos«. Das blaue Seidenkleid erinnerte Susanne an Stefan Stühn, und es war für die Jahreszeit ohnehin zu dünn. Blieb das weiße Burgfräulein-Kleid, das sie damals extra für ihren ersten Besuch in der JVA gekauft hatte. Eigentlich ebenfalls viel zu sommerlich, aber Nadja zog kurzerhand ihre Jacke aus und hielt sie Susanne auffordernd hin. »Kannste geliehen haben. Hat meine Omi irgendwann in der Siebzigern gehäkelt. Also: Siebzigerjahre, nicht, als sie siebzig war!« Sie grinste. »Na, los! Einfach mal gucken, wie's tut. Bisschen Farbe und so. Das wär doch mal total was Neues. Außerdem wärmt das Teil, trotz Lochmuster.« Als Susanne sich nach einigem Hin und Her bereit erklärte, das kunterbunte Häkelgebilde zumindest einmal anzuprobieren, blickte ihr aus dem Spiegel eine bis dato unbekannte Frau entgegen. Kurzerhand entfernte Nadja auch noch Susannes Haarspange.

»Bin ich für offene Mähne und Hippie-Look nicht 'n bisschen zu alt?«

»Erstens nennt sich das heutzutage Boho und zweitens nein.«

»Na gut.« Susanne musste zugeben, dass sie ein bisschen aufgeregt war. Natürlich war Melchers' abendliche Einladung lediglich eine höfliche Revanche für den Leichenschmaus nach der Beerdigung, aber es fühlte sich trotzdem ein bisschen an wie das, was in amerikanischen Serien als »Date« bezeichnet wurde und für das es im Deutschen keine passende Vokabel gab.

Selbst das französische »Rendezvous« passt nicht so recht, und »Verabredung« geht schon gar nicht.

»Nadja, was verstehst du unter einem Date?«

»Das, was du jetzt vorhast.«

»Genauer.«

»Also, ich fahr gleich nach Mayen, pack schon mal mein Zimmer zusammen und penn dann auch da. Das heißt, du hast hier sturmfreie Bude. Und wenn dein Date so läuft, wie es soll, endet es nicht unbedingt hier draußen vor der Haustür.«

»Nadja!«

Nadja amüsierte sich königlich über Susannes Empörung. »Na, dann frag mich nicht, wenn dir die Antwort nicht passt. Tschüssi und Good luck!«

Ich glaub, ich habe »Date« bisher völlig missverstanden …

Der Wecker auf ihrem Nachttisch zeigte nicht einmal halb fünf.

Noch über eine Stunde Zeit. Was mach ich bloß so lange?

Peter Esser war bereits nach einer Flasche Bier in Tiefschlaf verfallen. Alkohol war er einfach nicht mehr gewöhnt. Als er aufwachte, wurde es bereits dunkel.

Jemand hatte die Tür, durch die er hereingekommen war, verschlossen – Gott sei Dank ohne ihn in seinem Versteck zu bemerken. Ein Blick durch eines der Souterrainfenster verriet ihm, dass der VW-Bus mit der Aufschrift »Nachtschatten« mittlerweile ebenso wie der klapprige alte Fiat verschwunden war. Wahrscheinlich gehörte der Kleinwagen Andi Vogels Verlobter. Das hieß, er war allein und konnte erst einmal in aller Ruhe das Haus auskundschaften.

Vorsichtig – falls sich entgegen seiner Erwartung doch noch jemand da oben befand – stieg Peter Esser die Innentreppe hoch, in der Hoffnung, sein Versteck verlassen zu können. Die Stufen knarrten leise, doch die dicke Eichentür, die zu den eigentlichen Wohnräumen führte, ließ zum Glück kein Geräusch nach außen dringen. Sie war tatsächlich nicht verschlossen.

Im Haus war es still, und es roch nach frischer Wandfarbe. Der Teppich im Flur war zusammengerollt, und der Parkettboden war mit Malervlies ausgelegt. Linker Hand ging es in die Küche, rechts stand eine der Zimmertüren offen und gab den Blick auf ein strahlend weiß gestrichenes Esszimmer mit rot-weiß gepolsterten Stühlen frei.

Peter Esser beschloss, zunächst einmal die Küche näher in Augenschein zu nehmen. Vielleicht fand sich dort ja irgendwas Süßes: Kuchen oder Kekse. Womöglich sogar selbst gebacken. Er hatte ganz vergessen, wie so etwas schmeckte.

Als Nadja gegangen war, beschloss Susanne, die Wartezeit zu nutzen, um an Andi Vogel zu schreiben. Den Verlobungsring würde sie dem Leiter der JVA in einem Extra-Umschlag zukommen lassen. Es war nicht gestattet, Briefe mit Gegenständen darin an die Häftlinge zu schicken. Susanne erinnerte sich an den allerersten Brief, den sie Andreas Vogel geschrieben hatte.

Nadja fand die Anrede »Lieber« damals deplatziert.

Und heute ist sie das erst recht. Also »Hallo, Andreas!« – Nicht mit Komma, sondern mit Ausrufezeichen!

Susanne zögerte, bevor sie weiterschrieb.

Warum gibt es das Wort ver-lieben, aber nicht das Wort ent-lieben? Obwohl beides wie ein Blitz aus heiterem Himmel geschehen kann. Man ist machtlos dagegen.

Es war erstaunlich, wie anders man jemanden wahrnahm, wenn man nicht mehr verliebt war.

Wann hab ich mich entliebt? Endgültig entliebt?

Es war, wie ihr plötzlich bewusst wurde, ein banaler Augenblick gewesen: Als sie Evelyns Handschrift auf dem Notizblock wiedererkannte, hatte es in ihrem Inneren »Klick« gemacht, als habe man einen jener alten, schwarzen Bakelitschalter angeknipst, die es nach wie vor im Alten Forsthaus gab.

Nicht eine einzige Zeile hat er selbst geschrieben. Nicht ein Wort.

Sie hatte das Spiel in der vagen Hoffnung weitergespielt, dass einer von beiden aufgeben und das Ganze mit Anstand beenden würde. Aber nichts dergleichen war geschehen. Inzwischen hatte sie allerdings auf Robert Melchers' Initiative hin eine Website gegoogelt: »Die 20 Kriterien der PC-L«. Ein gewisser Robert Hare hatte in den Achtzigern eine mittlerweise überarbeitete Liste von Merkmalen psychopathischer Persönlichkeiten erstellt, die nach wie vor zu Diagnosezwecken eingesetzt wurde. Derzufolge waren Psychopathen trickreiche, sprachgewandte Blender mit oberflächlichem Charme und erheblich übersteigertem Selbstwertgefühl. Pathologisches Lügen gehörte ebenso zu ihrem Verhaltensrepertoire wie betrügerisch-manipulatives Verhalten. Und sie zeichneten sich durch Mangel an Gewissensbissen oder Schuldbewusstsein, durch oberflächliche Gefühle, Impulsivität und mangelnde Verhaltenskontrolle aus. Psychopathen, so ging aus dem Kontext hervor, hatten einfach kein Sensorium für die Gefühle anderer.

Aber sie können meisterlich Gefühle imitieren.

Seltsamerweise erschien es Susanne einfacher, Liebe und Zuneigung zu heucheln als Freundschaft.

Aber Evelyn kann das perfekt. Und ein Gewissen scheint sie auch nicht zu haben. Ich glaub', sie ist nur rein zufällig auf der Seite der »Guten«.

Als sie die Füllerpatrone wechselte, hörte sie im Flur ein scharrendes Geräusch.

Nadja wird irgendwas vergessen haben. Das passiert ihr ja dauernd.

»Was auch immer Sie zu beanstanden haben: Ich zahl das gern sofort.« Evelyn Meineckes Nerven waren ohnehin überreizt, und eine Verkehrskontrolle hatte ihr gerade noch gefehlt.

»Na, das entscheiden ja wohl nicht Sie, junge Frau.«

Polizeiobermeisterin Lara Münster hatte ihrer schulterlangen Dauerwelle eine unvorteilhaft dottergelbe Färbung verpasst. Die Uniform aus Hemdbluse und Hose – zu allem Überfluss mit Taillengürtel – war nach Evelyn Meineckes Einschätzung bereits oberhalb von Konfektionsgröße 38 nicht mehr tragbar, aber mit Größe 44 und zwei Pattentaschen auf der ohnehin üppigen Oberweite ging das Ganze in ihren Augen bereits in Richtung Zumutung. Ihre Reaktion auf POM Lara Münster fiel entsprechend arrogant aus – wie bei vielen Naturschlanken angesichts genetisch weniger begünstigter Mitmenschen.

»Sorry, aber ich hab's wirklich eilig!«, erklärte Evelyn und erachtete es offenbar als selbstverständlich, umgehend weiterfahren zu dürfen. Doch damit war sie bei

Lara Münster an die Falsche geraten. Nach eingehender Begutachtung von Fahrzeugbrief und Führerschein inspizierte diese auch noch den Kofferraum und stellte fest, dass das Verfallsdatum des Erste-Hilfe-Koffers längst überschritten und der Koffer zudem halb leer war. »Das betrachten wir jetzt mal als nicht mitgeführt. Sind Sie mit einem Verwarnungsgeld in Höhe von fünf Euro einverstanden?«

»Egal. Kann ich das wenigstens gleich zahlen?«

»Wenn Sie auf Ihr Recht, Einspruch zu erheben, verzichten: selbstverständlich.«

»Blöde Kuh«, murmelte Evelyn und deutete eine Scheibenwischergeste an, bevor sie das Portemonnaie aus ihrer Tasche kramte.

»Tja. Dafür dürften dann noch gut zwölfhundert Euro dazukommen.« Lara Münsters schlaksiger junger Kollege war hinterrücks um den Wagen herumgeschlichen, hatte Letzteres offenbar gehört und gesehen und nickte Evelyn grinsend zu, als handle es sich bei dem zu erwartenden Bußgeld um eine Art freundlichen Gimmick. Seine füllige Kollegin feixte unverschämt. Nachdem alle Präliminarien für die anstehende Beleidigungsklage erledigt waren, ließ Evelyn provokant den Motor aufheulen und bog wenig später in die Bundesstraße Richtung Kürrenberg ein.

Nichts würde sie von ihrem Vorhaben abhalten. Erst recht keine verfettete Planschkuh in blauem Popeline.

In der JVA herrschte Ratlosigkeit. Vogel war unter anderem für den Versand der fertigen Strohrömer zuständig gewesen. Auf diese Weise hatte er Zugang zu dem Bereich, in dem die Lieferfahrzeuge be- und entladen wurden. Und da auch die Lebensmittellieferungen dort in Empfang genommen wurden, grenzte der Küchentrakt, in dem man seinen leblosen Körper gefunden hatte, an die entsprechenden Räumlichkeiten.

»Aber um die Zeit ist da doch kein Mensch.« Anstaltsleiter Martin Heinze raufte sich im wörtlichen Sinn die Haare. Erst eine Flucht und jetzt ein Mord: Das würde nachhaltig für Unruhe unter den Häftlingen sorgen. »Braucht kein Mensch, so was«, murmelte er unglücklich, während er die Beamtinnen und Beamten der Kripo Koblenz im Haus herumführte. Sie nahmen Fingerabdrücke, befragten das JVA-Personal und die Küchenhilfen und studierten den Grundriss, um herauszufinden, wer sich – außer Andreas Vogel – hätte Zutritt verschaffen können. Mit einem Motiv für Vogels Ermordung konnte niemand dienen. »Der war 'n Einzelgänger. Zu wie 'ne Auster.«

»Vielleicht kann seine Therapeutin uns weiterhelfen.«

»Die ist krank.«

»Aber telefonieren wird sie wohl noch können.«

»Sie war heute Nachmittag schon total heiser«, erklärte Rhea Amman, »ich bezweifle, dass sie überhaupt noch einen Ton rauskriegt.«

Nach mehreren Versuchen, Evelyn Meinecke zu erreichen, gaben die Beamten auf.

Auch der Versuch, von Heidrun Esser Näheres über ein mögliches Motiv für den Mord an Andreas Vogel in Erfahrung zu bringen, sollte letzten Endes ergebnislos verlaufen. Stattdessen lieferte Peter Essers Schwester den ermittelnden Beamten eine bizarre Vorstellung, als diese bei ihr klingelten. Offenbar in der Annahme, ihr Bruder sei doch noch zu ihr zurückgekommen, riss sie bei ihrem Erscheinen mit einem schrillen Begeisterungsschrei die Haustür auf. Die Beamten prallten bei ihrem Anblick erschrocken zurück: Heidrun Esser war noch greller als sonst geschminkt. Halb nackt – lediglich mit billiger Reizwäsche bekleidet – wirkte sie wie alles andere, nur nicht wie eine besorgte große Schwester.

Heidrun Esser hatte keine Zeit mehr, das Kamerastativ und den Scheinwerfer, der das Bett in Peter Essers Jugendzimmer beleuchtete, verschwinden zu lassen. Die Utensilien, die dort aufgereiht waren, sprachen Bände.

»Je oller je doller«, stellte der jüngere der beiden Ermittler trocken fest, aber mit verständnislosem Kopfschütteln war es bei seinem älteren Kollegen nicht getan. »Wir sollten das in unserem Bericht zumindest erwähnen.«

»Was willst'n du da reinschreiben? ›Die Alte sah aus wie aus'm Gruselkabinett und filmt sich beim Masturbieren‹? Ich mein: Ist ja schließlich nicht verboten.«

»Nein. Aber die Kostümierung, die sie da eben zur vermeintlichen Rückkehr ihres Bruders anhatte, passt ja wohl kaum zu ihren Beteuerungen, seit Essers Kindheit bei ihm Mutterstelle angenommen zu haben.«

Dann fanden sie die Fotos, die DVDs und die Videokassetten. Sorgfältig beschriftet und datiert.

Ein kurzer Blick in die DVD mit dem Titel »Ronny« genügte: Ronald Fossiek, vor nicht ganz vierzehn Jahren grausam zu Tode gefoltert und anschließend auf einer

Müllhalde abgelegt wie ein nutzlos gewordenes, zerbrochenes Spielzeug.

»Frau Esser, Sie sollten sich was Warmes überziehen, bevor wir gehen.«

Dann klickten die Handschellen.

Peter Esser hatte tatsächlich etwas Süßes gefunden: Holländische Sirupwaffeln. Nicht selbst gebacken, aber trotzdem einfach köstlich. Als es an der Haustür klingelte, schrak er zusammen. Vom Obergeschoss her näherten sich Schritte. Jemand eilte die Treppe herunter. Leichtfüßig. Das war kein Mann. Etwas Buntes huschte an der offen stehenden Küchentür vorbei, und die hellbraunen Locken waren unverkennbar: Susanne Kleinschmitt war zu Hause. Allein. Jedenfalls bis jetzt. Aber vielleicht handelte es sich bei dem Störenfried an der Tür ja nur um den Paketboten.

Esser kroch unter den Küchentisch. Die lange, weiße Leinendecke bot zumindest oberflächlich Schutz: Stickmotive in verwaschenem Delfter Blau. Er kannte die Bilder aus seiner Kindheit: Holland-Mädchen mit Zipfelhauben, Holland-Jungen mit Holzpantinen und dazwischen Wolken und Windmühlen. Die Decke roch schwach nach Mottenkugeln und Waschpulver. Heimelig.

Er würde in Ruhe abwarten.

»Evelyn?« Susanne Kleinschmitts Stimme klang erstaunt. »Was treibt dich denn um diese Zeit hierher?«

»Willst du mich nicht reinbitten?«

»Natürlich. Selbstverständlich. Nur: Ich muss in 'ner knappen Stunde aus dem Haus.«

»Keine Angst. So lange wirds nicht dauern.«

Esser hielt den Atem an. Was hatte Andis Therapeutin bei Susanne Kleinschmitt verloren?!

»Magst du 'n Tee oder Kaffee?«

Offenbar blieb die Meinecke Susanne Kleinschmitt eine Antwort schuldig.

Schritte näherten sich, und Esser erwartete mit angehaltenem Atem, dass sich eine oder sogar beide Frauen an den Küchentisch setzten. Dann war er geliefert. Doch Evelyn Meinecke blieb stehen, während Susanne die Krümel auf dem Tisch zusammenklaubte, die er von den Sirupwaffeln übrig gelassen hatte.

»Typisch Nadja.« Susanne Kleinschmitt lachte leise. »Alles vollmüllen, und dann heißt es: nach mir die Sintflut.«

Evelyn Meinecke reagierte nicht. Einen Moment lang herrschte gespannte Stille. Dann brach Susanne erneut das Schweigen. »Nun sag schon, was du zu sagen hast, Ev«, ihre Stimme klang im Unterschied zu Evelyns aggressivem Ton gelassen, geradezu warmherzig. »Wir wissen beide, was ihr mit mir vorhattet und dass ihr durchschaut seid. Also lass uns unsere vorgebliche Freundschaft hier und jetzt in Frieden beenden. Einverstanden?«

Evelyn Meinecke blieb Susanne eine Antwort schuldig. »Du hast alles kaputt gemacht!«, schrie sie stattdessen, so laut, dass Peter Esser in seinem Versteck erschrocken zusammenzuckte. »Du verlogenes kleines Stück Scheiße!«

Etwas raschelte, gefolgt von einem seltsam knirschenden Geräusch. Dann schlug Susannes Körper auf dem Küchenboden auf. Aus einer Wunde in ihrem Hals sickerte

Blut, und die lange, silberne Klinge in Evelyn Meineckes Hand fuhr wieder und wieder auf Susannes bewegungslos daliegende Gestalt herab.

Zum zweiten Mal innerhalb kürzester Zeit standen ein Rettungs- und ein Polizeiwagen mit pulsierendem Blaulicht auf der Auffahrt zum Alten Forsthaus.

»Wird sie's schaffen?«

Der Notarzt zuckte die Schultern. »Wir tun, was wir können.«

»Verstehe.« Robert Melchers seufzte ergeben: Die übliche Antwort, und nicht sehr vertrauenerweckend.

Als der Krankenwagen von der Auffahrt rollte, geriet Melchers zum ersten Mal in seinem Leben auf die andere Seite: Eine Kollegin aus Koblenz nahm seine Aussage auf.

»Ich war mit Frau Kleinschmitt zum Essen verabredet und bin gegen siebzehn Uhr dreißig hier eingetroffen. Nachdem auf mein Klingeln hin niemand reagiert hat, bin ich ums Haus herumgegangen. Durch die Terrassentür konnte ich zunächst nur Frau Kleinschmitt erkennen. Sie lag am Boden und hatte offenbar bereits erheblich Blut verloren. Ich habe den Notruf gewählt und mithilfe eines Spatens unverzüglich die Glastür eingeschlagen, um Erste Hilfe zu leisten. Als ich den Raum betrat, erkannte ich eine männliche Person. Sie hielt ein Küchenhandtuch auf eine der Wunden, die Frau Kleinschmitt zugefügt worden waren, gepresst.«

»Der geflohene JVA-Insasse. Peter Esser.«

»Da ich Esser nicht persönlich kenne, konnte ich das zu diesem Zeitpunkt noch nicht wissen.«

»Schon klar«, die Beamtin hob beschwichtigend die Hände. »Aber Esser ist ja mittlerweile zweifelsfrei identifiziert.«

»Die männliche Person – gestatten Sie, dass ich hier präzise bleibe – war offensichtlich erleichtert, dass jemand zu Hilfe kam.«

»Tja, das hätt' sich Esser vorher überlegen müssen.« Die Beamtin zuckte mit den Achseln. »Sonst noch was?«

»Auf dem Boden lag ein blutverschmiertes Messer. Und in Essers Hals steckte seitlich eine Gabel.«

POM Lara Münster und ihr junger Kollege staunten nicht schlecht, als der VW Golf mit dem vorschriftswidrig veralteten, halb leeren Erste-Hilfe-Kasten ihnen – nicht lange, nachdem sie der unverschämten Halterin einen saftigen Denkzettel verpasst hatten – auf der Gegenfahrbahn entgegengeschlingert kam.

»Ist die besoffen oder was?«

Die Frage erübrigte sich, als der Wagen gegen einen Alleebaum prallte, die bewusstlose Halterin beim Öffnen der Fahrertür zur Seite kippte und den Blick auf den neongrünen Schaft eines Tauchermessers freigab, der aus ihrem Rücken ragte.

Es sah aus wie eine Szene aus »Grey's Anatomy«: Männliche und weibliche Hinterköpfe mit OP-Hauben, Hände in Latexhandschuhen und ein Mensch, in dessen Brustkorb mit Schläuchen und Skalpellen herumgefuhrwerkt wurde. Das Ganze mit viel, viel pittoresk pulsierendem Blut.

Es dauerte eine Weile, bis Susanne erkannte, dass der Mensch auf dem OP-Tisch sie selber war. Aber eigentümlicherweise ließ sie das Geschehen weitgehend kalt. Sie hatte irgendwo einmal gelesen, dass es so etwas gab: Kurz vor dem Tod trat man aus dem Körper heraus und guckte sich den Sterbevorgang aus der Vogelperspektive an.

Das war's also. Time to say goodbye. Schönes Lied …

Dabei hatte sich Peter Esser regelrecht für sie aufgeopfert!

Sie erinnerte sich: Sie hatte das Handy in ihrem neuen Arbeitszimmer im ersten Stock zurückgelassen, und Esser hätte nur dorthin laufen müssen, um einen Krankenwagen zu rufen und zumindest sich selber zu retten. Sie hatte ihn sogar dazu gedrängt.

Aber er wollte das nicht. Dazu hätte er den Druck auf meine Wunde aufgeben müssen. Und dann wär ich verblutet und läge jetzt nicht da unten auf dem Stahltisch.

Alles umsonst. Schade. Wie es ihm wohl geht?

Zu ihrem Erstaunen stellte Susanne fest, dass sie auch die Augen ihres immateriellen Körpers schließen konnte.

Dunkel. Das tut gut. Und ich muss mir das da unten nicht weiter ansehen. Wirklich nicht.

Peter Esser kam sich vor wie in einem Film, in dem er die Hauptrolle spielte, aber weder die Geschichte noch den Text kannte: Zuerst hatten sie ihn weitestgehend ruppig – soweit es seine Halsverletzung zuließ – in einen der beiden Krankenwagen verfrachtet. Und natürlich waren zwei der anwesenden Polizeibeamten mit in die Klinik gefahren: Eine blutüberströmte Frau, die mit dem Tode ringt, ein blutiges Messer am Boden neben ihr und ein entflohener Mörder, aus dessen Hals eine Fleischgabel ragt – wie sah das wohl aus?

Jetzt war seine Halswunde versorgt, und ein Krankenpfleger brachte ihm Tee und Bienenstich ans Krankenbett.

»Komplikationen sind nicht zu erwarten, Herr Esser. Wenn Sie sich fit fühlen, können Sie heute noch nach Hause.«

»Nach Hause ist gut …« Esser lachte bitter auf, obwohl die Wunde bei jeder Bewegung schmerzte. Den Kuchen ließ er sich trotzdem schmecken. Anschließend döste er ein bisschen.

Dann war plötzlich Martin Heinze aufgetaucht, mit einem älteren Herrn im Schlepptau: »Herr Esser, das ist Herr Doktor Winkler von der Staatsanwaltschaft.«

»Aha?«

Die Herren machten es kurz: Es müssten zwar noch diverse Amtswege beschritten werden, aber seine Schwester sei in Polizeigewahrsam, voll geständig, und bis zu seiner endgültigen Haftentlassung könne er, sobald alle Beweismittel gesichert seien, in sein Elternhaus zurückkehren.

Susanne hatte die Fähigkeit, wie eine Drohne über sich selbst zu schweben und das Geschehen um sie herum zu beobachten, eingebüßt, woraus sie schloss, dass sie noch am Leben sein musste. Allerdings war es ihr unmöglich, die Augen zu öffnen oder auch nur den kleinen Finger zu bewegen.

»Die Videos. Und die DVDs. Die müssen sie gefunden haben.«

Die Stimme des Mannes, der an ihrem Krankenbett saß, gehörte Peter Esser. Sie hätte ihm gerne dafür gedankt, dass er ihr das Leben gerettet hatte, aber so sehr sie sich auch bemühte: Ihre Lippen ließen sich ebenso wenig bewegen wie der Rest ihres Körpers.

»Ich bin froh, dass Heidrun – ich meine: meine Schwester – endlich reinen Tisch gemacht hat. Sie hat immer alles gefilmt oder auf Band aufgenommen, wissen Sie? – Oder darf ich du sagen?«

Wenn ich wenigstens nicken könnte! Natürlich darfst du das, Peter! Ohne dich wär ich jetzt tot.

»Gut, dann halt ab jetzt du statt Sie.«

Als könnte er meine Gedanken lesen ...

»Ich weiß nicht, ob man's dir schon gesagt hat, aber: Andi ist tot.«

Ja. Melchers hat das Nadja erzählt, als sie ihn hier abgelöst hat. Komisches Gefühl. Trotz allem: Trauer. Oder etwas, das dem zumindest nahekommt. Wie beim Tod meines Vaters.

»Weißt du, ich bin zu dir hin, weil ich dich warnen wollte. Der Andi, den ich kannte, war nicht der Gleiche wie der, in den du verknallt warst.«

Ich weiß.

»Ich war so blöd, ihm ganz am Anfang zu erzählen, was Heidrun so alles mit mir angestellt hat. Sexuell, mein ich. Und immer wieder neue Wichsfantasien erfinden und so. Mit möglichst viel Sado. Ich dachte, ich spinne, aber da ist er voll drauf abgefahren. Konnte gar nicht genug davon kriegen. Und wehe, wenn ich nicht geliefert hab. Am Ende ging's immer um Erwürgen. Das hat ihn total aufgegeilt.«

Oh Gott.

»Und wenn ich mich in 'ne Einzelzelle verzische, hat er gesagt, bringt er mich um.«

Es klopfte an der Tür, und Esser stand auf. »Scheiße, Susanne«, flüsterte Esser, »tut mir echt leid. Konnte doch keiner wissen, dass nicht Andreas, sondern die Psycho-Ische durchknallt und auf dich losgeht.«

»Tag, Herr Esser.«

Das hört sich nach Nadja an.

»Tach!«

Und Bolle.

»Ja. Tach und Tschüss!«

Tschüss, Peter. Ich weiß nicht, wie das gesetzlich geregelt ist, wenn man einen Mord gesteht, den man gar nicht begangen hat und dafür jahrelang ins Gefängnis geht. Aber ich wünsch dir von Herzen 'ne fette Abfindung für all die Jahre, die du anstelle deiner Schwester hinter Gittern verbracht hast.

»Hallo, Suse, ich bin's. Hab Bolle mitgebracht. Wir finden, zwei Wochen pennen ist langsam genug.«

Zwei Wochen?! Im Ernst?!

»Deshalb hat Nadja den Doc gefragt, ob wir 'n bisschen Livemusik machen dürfen. Ultraleise natürlich. Benny und Agnieszka kommen auch gleich.

»Agnieszka ist zwar Drummerin, aber die kann auch Geige«, warf Nadja erklärend ein.

»Meinst du, davon wird sie wach?«

»Mensch, Bolle, wenn wir's nicht probieren, werden wir's nie erfahren.«

Als Bernadette und ihre Freundin aufkreuzten, spielten die drei »Nachtschatten«-Bandmitglieder eine ultraleise Version von Franz Schuberts Streichtrio in B-Dur D 471.

Drei Tage später versuchten sie es mit der A-cappella-Version eines uralten »Prinzen«-Hits: »Vergammelte Speisen zu überhöhten Preisen sind zurückzuweisen ...«

Und Susanne musste lachen und schlug die Augen auf.

Die anderen vier weinten, aber das war okay.

DREI MONATE SPÄTER

Evelyn Meinecke wirkte ruhig, gelassen und geradezu desinteressiert an dem, was um sie herum vorging. Sie hatte während der Untersuchungshaft deutlich an Gewicht verloren, aber sie war sorgfältig geschminkt, und lediglich die herausgewachsenen Haaransätze verrieten, dass sie ihr gewohntes Leben zum Teil bereits aufgegeben hatte. Als der Richter eine zehnjährige Haftstrafe verhängte, verzog sie keine Miene. Das ihr zustehende Schlusswort verlas sie aufrecht stehend und mit klarer Stimme.

»Ich habe das Beste für alle gewollt«, begann sie, wohl wissend, wie provokativ das klang und dass dieser Satz geradezu zwangsläufig Protestreaktionen im Saal hervorrufen würde. Susanne sog hörbar die Luft ein. Melchers drückte beruhigend ihre Hand, ließ sie jedoch sofort wieder los.

Er hätte sie ruhig noch ein bisschen da lassen können.

»Wie Machiavelli sagt, heiligt der Zweck die Mittel. Es gab bei meinem Vorhaben keine Opfer. Zumindest hätte es keine gegeben, wenn alles so gelaufen wäre wie geplant. Allen wäre gedient gewesen: Susanne Kleinschmitt mit einer Josephsehe, in der ihr Widerwille gegen jede Art von Körperlichkeit kein Hindernis gewesen wäre, meinem geliebten Andreas mit der Freiheit, die er verdient hat, insbesondere, nachdem er unter den Verdächtigungen, denen er vonseiten einiger übereifriger Ermittler immer und immer wieder ausgesetzt wurde, seelisch mehr als genug gelitten hat, und natürlich auch mir, deren Beruf menschliche Regungen wie Liebe und Zuneigung verbietet und in dem es doch so naheliegt, dass man einander näherkommt.

Die Taten, um derentwillen ich hier verurteilt worden bin, haben sich erst ergeben, als ich hintergangen und belogen wurde. Schuld ist relativ. Es gibt Gesetze, denen zufolge heute Recht gesprochen wurde, und ich bin nicht so naiv, anzunehmen, dass sich an meinem Verdikt irgendetwas ändern würde, wenn ich Revision …«

Ihr Anwalt wollte erschrocken intervenieren, doch sie wehrte seinen Widerspruch mit einer heftigen Geste ab. »Nein, ich nehme die Strafe an als jemand, der drei Menschen glücklich machen wollte und mit seinem Vorhaben tragisch gescheitert ist. Ich bereue nichts.«

Draußen vor dem Gerichtsgebäude wartete bereits ein Taxi auf Susanne.

»Tja, dann …« Susanne streckte Robert Melchers förmlich die Hand entgegen.

»Ich dachte, ähm …« Melchers wirkte plötzlich unsicher wie ein Schulbub. »Ich meine: Ich hab mich doch immer noch nicht für die Einladung revanchiert.«

»Welche Einladung?«

»Nach der Beerdigung damals. Du hast es mir versprochen.«

»Und das muss unbedingt heute sein?«

»Na ja, ich hab lange genug darauf gewartet, dich mal ohne deine Entourage zu erwischen.«

»Ich hab den anderen gesagt, dass ich zur Urteilsverkündung ausnahmsweise mal alleine gehen will.«

»Kann ich verstehen. Und?«

»Was, und?«

»Na, wonach ist dir? Italienisch, spanisch, thailändisch …?«

»Sandwich. Flughafenrestaurant.«

»Bitte?!«

»Köln-Bonn. Abflughalle.«

Zwei Wochen später erreichte Melchers eine Postkarte aus Dar-Es-Salaam.

Lieber Robert,

gleich geht meine Fähre nach Sansibar. Ich werde mir den Sultanspalast ansehen und ein paar Tage am Indischen Ozean verbringen, bevor ich zurück auf's Festland fahre. Die nächste Karte kommt dann vom Fuß des Kilimandscharo!
Herzlich: Susanne

Während Susanne Kleinschmitt in der kenianischen Savanne auf den Spuren von Tania Blixen alias Meryl Streep wandelnd den Löwen lauschte, feierte Bernadette Mangoldt ihren achtzehnten Geburtstag. Die Treuhänderin, die das mütterliche Erbe bis dahin für sie verwaltet hatte, wartete zu ihrer Überraschung mit einer Memory Box auf. »Ein paar Dinge, von denen wir damals annahmen, dass Sie Ihrer Mutter etwas bedeutet haben: ein hübscher Schal, ein silberner Becher mit Monogramm und ein Schmuckkästchen. Seltsamerweise fand sich das damals unter dem Beifahrersitz ihres PKW. Als wollte sie es vor irgendwem verstecken.«

Das Schloss des unscheinbaren, mit rotem Kunstleder überzogenen Kästchens war selbst für Ungeübte leicht mit einer Haarklammer zu öffnen.

Zum Vorschein kamen vier sehr unterschiedliche Schmuckstücke. Hübsch, aber bis auf zwei Ausnahmen ohne besonderen Sachwert. Bernadette erkannte das Goldkettchen mit dem Kreuz sofort wieder. Sie hatte das Vermissten-Plakat von damals oft genug bis ins Kleinste studiert.

Der KTU in Koblenz gelang es in Zusammenarbeit mit den Kolleginnen und Kollegen in Düsseldorf, Mainz und Stuttgart, jede einzelne von Andreas Vogels Trophäen ihren Besitzerinnen zuzuordnen:

Ein schlichter Silberring mit Amethyst: Anke Mühlenhaupt (23) aus Holzgerlingen/Baden-Württemberg, AZ 73027/V17

Ein Bettelarmband (Silber) mit verschiedenen Anhängern in Tierform (Hase, Hund, Katze, Frosch, Pferd, Igel): Kathrin Voss (16) aus Wildberg/Baden-Württemberg, AZ 61044/K12

Ein Goldring (333) mit weißer Perle: Christiane Küster (19) aus Ditzingen/Baden-Württemberg, AZ 90117/H33

Die goldene Halskette mit dem 2,5 cm großen antiken Kreuz gehörte der achtzehnjährigen Rebecca Zülch aus Mayen, AZ 45329/C23.

Es war ein Erbstück ihrer Großmutter mütterlicherseits. Ein Unikat, in einer Detailaufnahme abgebildet auf dem Plakat, das ihre Eltern überall in Mayen ausgehängt hatten. Auch in der Fahrschule Röttgen, in der Mareike Vogel als Fahrlehrerin arbeitete.

Als sie an jenem Abend nach Hause kam, war ihr bewusst, was der Inhalt ihrer Schmuckschatulle bedeutete: Sie trug den Schmuck anderer Frauen. Getöteter Frauen. Trophäen, getarnt als liebevolle Geschenke ihres Ehemanns. Und sie hatte ihr Wissen mit ihrem Leben bezahlt.

Drei Wochen später schrieb Susanne die letzte Karte vor ihrem Abflug:

Lieber Peter Esser,
von meinem Balkon aus schau ich auf eine Wasserstelle, an der sich Elefanten, Zebras und Antilopen ein Stelldichein geben. Und unten im Garten quasselt ein Stachelschwein in den

höchsten Tönen vor sich hin. Es ist, als sei man in einer anderen Welt. Mehr, wenn ich wieder zu Hause bin! Einstweilen herzliche Grüße! Susanne

Sie gab die Karte an der Rezeption ab, nahm in einem der bequemen Rattansessel auf der Hotelterrasse Platz und bestellte sich einen Gin Tonic. Als das Glas halb leer war, atmete sie tief durch und nestelte das Handy aus ihrer Jackentasche.

»Robert?«

»Susanne?«

»Holst du mich vom Flughafen ab?«

»Wo steckst du denn?«

»Nairobi.«

»Und wann kommst du?«

»Morgen. 17.25 Uhr Köln-Bonn.«

»Soll ich Nadja und den anderen Bescheid sagen?«

»Nein.«

»Also … Nur abholen? Oder ist das so was wie 'n Date?«

»Date.«

»Wow.«

»Ja. Bis dann.«

WAS NOCH ZU SAGEN BLEIBT:

Auch wenn die geschilderten baulichen Details zum Teil denen der JVA Diez entsprechen, handelt es sich bei den in diesem Kontext geschilderten Personen und Vorgängen – ebenso wie bei den Personen und Vorgängen in den Landespolizeidirektionen und LKAs – um reine Fiktion. Doch Realität hin, Fiktion her: Dieses Buch wäre nicht zustande gekommen ohne die Hilfe und Unterstützung etlicher Fachleute.

Mein ganz besonderer Dank gilt daher zunächst einmal Prof. Dr. Heribert Prantl für die freundliche Genehmigung, seine treffenden Worte zum Thema Strafvollzug als Geleitwort zu zitieren. Es handelt sich bei dem Zitat um die Erinnerung Prantls an Vorlesungen im Strafrecht, die er durch seine spätere Zeit als Richter und Staatsanwalt bestätigt fand. Dr. Prantl ist heute Mitglied der Chefredaktion der *Süddeutschen Zeitung.*

Mein herzlicher Dank gilt zudem Helmut Crump von der JVA Diez, der mir freundlicherweise einen Blick hinter die dortigen Gefängnismauern ermöglicht hat, Maria Heikens aus Hamburg und KOK Gudrun Pöhls aus Klein Lukow/Mecklenburg, die mich an ihrem jeweiligen Fachwissen zum Thema Klinikalltag und Polizeiarbeit teilhaben ließen, sowie Joachim Schröder aus Pronsfeld/Kreis Bitburg-Prüm, der mir nicht zum ersten Mal mit seinem fulminanten Wissen zum Thema Eifel, Brauchtum, Land und Leute zur Seite gestanden hat. Darüber hinaus gebührt mein Dank dem Verein deutschsprachiger Krimiautorinnen, -verlegerinnen, -lektorinnen und -freundinnen »Mörderische Schwestern e. V.«, deren Mitglieder man von A wie Anfangsverdacht bis Z wie Zwangsvollstreckung zu praktisch jedem Detailbereich krimineller Handlungen und ihrer Folgen befragen kann.

Und last, but not least danke ich meiner Lektorin Nicola Härms für ihr scharfes Auge, ihr Einfühlungsvermögen und ihre Fähigkeit, Kritik so zu äußern, dass sie inspiriert und es Freude macht, den entsprechenden Gedanken zu folgen.

KBV KRIMINALROMAN

Volker Dützer

FREIER FALL

Taschenbuch, 384 Seiten
ISBN 978-3-95441-382-9
11,95 EURO

Absturz ins Bodenlose

Gerade als der Polizist Ben Funke sein Leben wieder in den Griff zu bekommen scheint, geschieht die Katastrophe: Als er am Morgen neben der Frau aufwacht, die ihm neue Hoffnung gegeben hat, ist diese tot – erschossen mit seiner eigenen Dienstwaffe. Funkes Erinnerung an die zurückliegenden Stunden ist restlos ausgelöscht, aber eines ist sicher: Niemals hätte er seine Geliebte getötet!

Auf eigene Faust begibt er sich auf die Suche nach dem Mörder. Auf die Hilfe von Profilerin Helen Stein kann er nicht hoffen, denn die Jagd nach einem Serientäter, auf dessen Konto sechs im Westerwald spurlos verschwundene junge Frauen gehen, fordert ihren vollen Einsatz. Funke ist gefangen in einem Albtraum. Gejagt, verletzt und ohne Aussicht, seine Unschuld beweisen zu können.

Der Westerwald: ein raues Land, wie gemacht für Morde!